Patrick Grainville

La Diane rousse

roman

Éditions du Seuil

Le vieux totémisme des bêtes, des pierres, des objets chargés de foudre, des costumes bestialement imprégnés, tout ce qui sert en un mot à capter, à diriger et à dériver des forces, est pour nous une chose morte...

Or toute vraie culture s'appuie sur les moyens barbares et primitifs du totémisme dont je veux adorer la vie sauvage, c'est-à-dire entièrement spontanée...

Maintenant, du fond de la nuit, je vois tout avec précision. Cela me fut interdit au temps de la lumière. Alors je vivais, j'étais aveugle. D'abord, le souvenir de cette journée bloqué dans ma mémoire : lancinant, rouge, immobile. C'était le second dimanche du mois d'août sur la plage. Une fulgurante brèche : l'aube, immense mouette. Déjà une ardeur peu commune rivait ses premiers rayons. Les goélands refluèrent ensanglantés.

Le soleil rougeoyait, explosait dans un ciel de braises. Midi aboli : une journée sans moment privilégié. Soleil vissé.

Dès dix heures du matin ce fut extrême et légendaire. Bien plus tard, à minuit, la température n'avait pas déchu. Régnaient quarante degrés de soleil noir. L'énorme coupole du ciel bourdonnait. Des orages crevaient, s'éboulaient en percussions lourdes, auréolées d'éclairs. Pareille nuit flammée reste mon cauchemar le plus chevillé. Car jamais je n'ai tant redouté, tant exploré, tant couru les demi-ténèbres que cette nuit sans fin, sans repos. Des feux roulaient sur la fourrure d'une mer collée au sable, muette, immobile mais secrètement intarissable. Régnaient son goût de meurtre, ses fugitifs éclatements de lame, de canine. On écoutait le bruissement de ses cous, la constriction de son ventre gonflé d'algues, de galets, de noyés.

Cet après-midi, comme tous les jours, vers trois heures, j'arrivai sur la plage en compagnie d'Hélianthe et de Diane. Nous fûmes alertés, convaincus par cet anormal et suspect parfum de poivre qu'exhalait le célèbre chemin de planches d'azobé violet. Le bois sous la chaleur avait retrouvé son goût sauvage. Un éblouissement fauve ondulait, brasillait dans la perspective de cette promenade aromatique et quasi déserte. La plupart des vacanciers s'étaient réfugiés au bord de l'eau pour y cueillir un souffle mouillé. La plage se bombait presque nue, hormis çà et là quelques bronzeurs têtus, suicidaires. Bonzes lisses, comateux. Ruines asexuées. Dorsales, lambeaux huilés. Ascètes rouges. Amphores de banquiers et de maîtresses femmes enduites d'un bronzage tatoué d'écarlate.

Hélianthe galopait sur les planches un peu en avant de moi, flanquée de Diane le setter feu dont le ressac cuivré heurtait sa jambe. Ma compagne avec une sorte de gaieté folâtre et féroce foulait le bois brûlant, le sable. Elle dénombrait d'un œil vorace les Vénus écaillées et les mâles croupis. La cohue des week-ends doublant la multitude des vacanciers d'août. Toutefois le gras de la foule avait lâché le terrain pour s'agglutiner dans la gadoue de marée basse. Cela faisait un hérissement de population grégaire aux tons jaunes, vineux. Et les quinquets des bikinis, slips criards.

Le second choc fut la vision de la plage privée, gardée par des plagistes patibulaires, vêtus de lin blanc et boulus de muscles. Les parasols vastes, contigus, aux pans circulaires qui les faisaient ressembler à des tentes évoquaient quelque campement guerrier d'Attila ou de Gengis Khan. Voiles figés. Vides oscillations de polyèdres. On eût dit ces habitacles abandonnés pour cause d'épidémie subite : un choléra antique, magistral et mortel. Ces demi-cadavres épars que nous venions d'observer ne faisaient que conforter notre intuition. On s'arrêta, Hélianthe, le setter feu et moi, suspendus dans l'imminence du souffle de mort qui nous culbuterait.

Hardiment nous fîmes irruption dans ce camp d'étrange ségrégation plagiste. Bientôt enfoncés dans le dédale des toiles, des pans colorés, des courtines secrètes nous eûmes la preuve que le sérail n'était pas si complètement déserté. Nous reconnaissions çà et là des silhouettes dans des transats en pleine lumière ou sur des matelas criminels écartelant leurs proies au soleil. Mais flottaient sur ce peuplement clairsemé une stupeur, un sourire de délire. Le feu tenaillait les chairs pourtant parées de triples ou quadruples couches d'ambre solaire. Tout cela rappelait vaguement *les Massacres de Scio*. Les pommettes saillaient sanglantes. Les joues se creusaient. Les orbites bleuissaient autour des yeux bouclés jetant seulement par à-coups de minces regards larmoyants.

Hélianthe jaillissait dans la torpeur du camp. Elle m'entraînait avec alacrité. Elle franchissait différentes enceintes de toile polygonales. Les châssis articulaient plusieurs pans et portaient en guise de toit un cône dont les bords étaient rabattus en festons. Seul le mot kiosque si tarabiscoté restitue les multiples facettes de ces habitacles de tissu. Notre couple enfila un nouveau lacis de chapelles écarlates ou d'un brillant bleu de cobalt. Enfin la guirlande des tentes s'interrompit sur une clairière de sable plus blond et plus nu que partout au monde. Au centre un parasol géant se dressait pareil à quelque conifère sahélien. Il projetait un disque de ténèbres. L'œil avait plaisir à scruter la démarcation nette entre le sable sensible et la zone d'ombre noire comme un pelage. Hélianthe qui portait un petit short et une bride de voile autour des seins expédia d'une chiquenaude ces pelures qui depuis trop longtemps lui pesaient. Elle fut surtout libérée du short dont l'entrejambe trop étroit mordait le recès de ses longues cuisses. Elle jaillissait slip et seins nus au cœur du cercle torride. Son déshabillage illico suscita encore une fois ce saisissement de souffles coupés. Avec plaisir je la regardais hausser sa gorge libre car la mode du torse nu avait pris cet été-là avec une sorte d'enragement transgressif et lascif annonciateur d'on ne savait quels désordres, quelles confusions lourds de délices et de périls. Les seins d'Hélianthe étaient toujours un spectacle remarquable pour les quelques privilégiés allongés alentour et l'épiant en coin ou la regardant l'œil vide, avec un rien de triste et de blasé dans l'inexpression feinte des prunelles. Mais Hélianthe savait éventer ces ruses grossières. Elle sentait l'étreinte cuisante de tous ces petits yeux goulus, mâles ou femelles, dardés sur sa peau. Elle se jouait de leur tension mal jugulée de gros criquets, de sauriens. Elle lançait son torse contre le zinc de ciel brut. Sa poitrine se gonflait à fleur des côtes marquées en lanières de fouet. Les seins subissaient en avant de leur partie dilatée cet étrécissement et cet infime fléchissement qui les rendaient si souples, si vrais. De là ils se retroussaient à la périphérie pulpeuse, floue et légèrement laiteuse des grandes aréoles. Hélianthe arborait ces dernières en cabochons roux, épais. Chez une très jeune femme l'exhibition d'un détail si truculent ne laissait pas de surprendre et de séduire. L'effet était aussitôt compensé par une minuscule vacuole, laquelle n'apparaissait qu'au regard de l'artiste inspiré de manie scrutatrice. Mais c'est rendre hommage à la création que d'en restituer les infimes particularités. Depuis cet accident où j'ai perdu la vue l'univers que je ne puis qu'imaginer se saisit d'une atomisation, d'un grossissement à la Bruegel et d'une préciosité proche de Botticelli. L'absolu ne paraît si bien que dans les plus petits détails. La vie est là. C'est le propre de la nuit que de faire voir. Et du fond des ténèbres ma vision s'exaspère et s'élargit. Je connais de véritables illuminations. C'est par là que je triompherai du destin. Je sens que mes détails rongent l'obscurité. Cet écrit jour après jour lime mes barreaux. Le jour éclatera sous la poussée du souvenir. Hélianthe aide-moi... où que tu sois : au fond de l'océan comme au centre du feu. J'observerai à la loupe notre passé. J'obtiendrai une telle concentration de lumière qu'elle me guérira et je te verrai. Puisque tout commence et finit avec toi dans l'acuité du soleil.

Le chien d'Hélianthe gémissait tandis que du bout de ses doigts elle saisissait les pointes molles et charnues comme des boutons de lilas. Puis reculant, de l'index elle lissait toute la corolle de la chair. Le naturaliste vigilant observa que l'aréole incluait dans son cercle d'intimes gerçures et une foule de boutons parasitaires. Sans doute, les lois du darwinisme le plus strict avaient-elles présidé au triomphe de la tétine centrale sur le semis des autres papules. Hélianthe paraissait porter une attention extrême à ces agglutinements et au problème sélectif qui en dépendait. Craignait-elle qu'un de ces boutons marginaux ne connût une brutale croissance mettant en péril l'équilibre de toute la poitrine ? Alors, elle se verrait surchargée d'un bouquet d'aréoles. Jusqu'où tendraient les licences d'un si monstrueux bourgeonnement. Décidément mon imagination n'avait jamais été si menaçante. Hélianthe, je protégerai ton intégrité contre les extrapolations de ma solitude. Toutefois j'eusse aimé te faire proliférer dans le cercle aride de cette plage. Tu aurais été un symbole de vigueur comme la Géante de Baudelaire et j'aurais dormi à l'ombre de tes seins dans le paradis restitué de la genèse.

Le résultat de l'inspection à laquelle se livra Hélianthe fut le renforcement sensible de la pointe excitée du sein qui évolua vers les nuances d'un incarnat vif et tropique. Hélianthe ensuite porta un intérêt plus fugace aux bordures de son bikini. Il était d'une abstraction mathématique. Une beauté de chiffre frisant le zéro. Hélianthe décollait les franges du nylon, harponnait quelques poils ludiques sortis de leur étroit logis. Très vite, en un éclair, elle écarta les bords arrière du slip, libérant les fesses cisaillées par l'élastique et rougies, incrustées d'invisibles échardes de poussière. Alors tout était bien. Elle s'était dénombrée, reconnue, bien récapitulée. Elle était vraiment Hélianthe, fesses, seins, reins pour l'éternité d'un après-midi cohérent et nu au soleil.

A mon tour, je me postai — crocodile méticuleux — sur ma serviette moussue. Et aussitôt je battis le rappel des formes familières. Nudités courbes, creuses... Calligraphies de dorsales. Panoramas négligés de la chair. Je profitais du relâchement auquel la canicule acculait la race des gisants. J'avais mes têtes, mes galbes, mes favorites. Depuis quelques jours me tourmentait une brune assez corpulente, miraculeusement nacrée malgré le soleil et en vertu de quelque crème protectrice à cent pour cent. A peine dérobait-elle sa beauté mythologique dans l'ombre d'une tente rouge et sauvage. Sa gorge faisait le gros de mes après-midi tant elle avait de plénitude complexe : équilibre de roideur et de mollesse, délicates rondeurs, puissantes volutes, frondaisons de veines longues et bleues. Hélianthe se moqua de cette plastique de génisse. Mais ma compagne était superficielle dès qu'elle entreprenait de juger son sexe. Je m'empressai de corriger avec une objectivité presque pédagogique les bévues de son sectarisme. Moi, le buste de l'étrangère me rappelait à tout le moins Giorgione ou quel souvenir touchant et démodé de Pierre Louÿs ? Elle s'appelait Maryse. Hélianthe me fit remarquer qu'il y avait dans ce nom un clapotis de gélatine. Poussant plus loin, elle repéra sous chaque fesse un collier de cellulite fraîche. Là, je fus captivé. J'admirais le prodigieux réalisme de ce détail. Tant de filles modernes s'émacient jusqu'à une stérilité de symbole. Convoitée, Maryse n'en bandait que plus son buste ferronné d'avant-guerre. Mon émotion s'en trouvait enrichie d'un intérêt historique et documentaire. J'étais l'archéologue scrupuleux et transi de cette plage soumise à mes coupes réglées. Je venais d'extraire du sable du désert un monstre éclatant, mamelu, puissant comme un nu de Rubens. Sous le feston de la tente, la femme me regardait d'un œil noir, sacralisé de grands cils. Je ne déplaçai pas d'un pouce le bout de ma pupille virile. Blanc s'épanouissait dans l'ombre ce Minotaure femelle qui signifiait la fécondité et la mort.

Cette cariatide éclatante n'était qu'une île de passionnante observation parmi beaucoup d'autres îlots. Je contemplais surtout une fillette menue. Le dénudé de son buste m'aurait presque choqué si la journée avait été moins chaude. Je jugeais qu'on aurait dû peut-être interdire la mode unislip à ces gamines dont les seins pubertères, immatures constituaient un délit plus sûr que la rondeur définitive des poitrines de trente ans. Cette fille m'ouvrait l'accès émerveillé aux équivoques de la genèse, aux charmes des commencements. Botticelli et Léonor Fini étaient présents dans mes songes avec leurs longues Vénus graciles, languissantes comme des éphèbes. Cet aspect androgynique sied par-dessus tout au caractère unitaire de l'origine et du vrai. La finesse païenne, concrète et surtout végétale de ma moderne fillette l'apparentait aussi à cette Grâce du *Printemps* dont la bouche libère cet extraordinaire jet de feuilles dès que le vent courbé sur elle de ses longs bras étreint l'arbre de son échine. Pareilles filles feuillues je les ai rencontrées aussi chez Delvaux. Il faudra pardonner à l'aveugle que je suis devenu ces comparaisons esthétiques et cette idolâtrie de la peinture. Ma nuit est un musée fabuleux où brillent tous les tableaux du monde éclairés par une lumière intérieure.

Du cercle siliceux de la plage monte un parfum végétal. J'aurais voulu réunir la fillette au pubis naissant et le monstre aux mamelles éclatantes afin de concilier dans une combinaison unique les grâces ambiguës de la Renaissance et les puissances de la Grèce primitive. Célébrer à la fois l'androgynie esthétique et sensuelle de l'art florentin et celle archaïque, monstrueuse et sacrée des premiers Hellènes. Sur ce sujet la statue qui m'a le plus impressionné est celle d'un Jupiter très ancien, tortueux, musclé, mais doué de mamelles. Le sens du divin est là. Comme quoi il faut le grand renfermement pour connaître. La vie intérieure ne prolifère si bien que dans son contraste avec la nuit. Mes ténèbres seront plus luxuriantes. Déjà je projette mes ramures, mes lierres au-delà des portes d'ombre. Je suis ces merveilleux jardins que l'on dit fleurir à l'île de Pâques encastrés dans des trous profonds de basalte. La vie développe ainsi des chapelles à l'abri du vent et des embruns. Les vraies métaphores sont souterraines et ont peu de rapport avec le vent qui disperse et ne rêve jamais.

Sur la plage, une autre cible consistait en un être d'une quinzaine d'années dont malgré ma vigilance je n'avais jamais réussi à dégager le sexe. Gommons ce que ce dernier moignon de phrase pourrait avoir de mignon. La créature en question exhibait pourtant à peu près tout le montrable en pareille occasion de bain de soleil. Mais cela n'avançait pas mon enquête. Son torse longiligne était orné de seins un peu outrés pour un garçon. Etait-ce l'effet de ce léger chaos hormonal observé si souvent chez les adolescents mâles dont les seins connaissent une brève licence printanière ? L'étroit tissu de son slip luisait d'une brillance chimique éclipsant tous les indices. Je scrutais un renflement timide sans percevoir si j'avais affaire à quelque système labié, fillette, ou à l'appendice masculin. Tout le reste : cheveux mi-longs, regards vagues, hanches louches, nombril joli, pilosités indécises flottaient dans un songe édénique et délicieux mais dommageable à ce souci de vérité policière qui était le mien. Car j'étais résolu à percer tous les secrets de ce parterre d'anthropoïdes riches, nus, oisifs, protégés des intrusions populeuses par quatre cordons et une brochette de parfaits plantons plagistes. Sous certaines tentes hermétiques j'imaginais des avatars, bien des métamorphoses. J'étais convaincu que la bourgeoisie huppée du Deauville estival retranchait là ses monstres, ses Minotaure, ses Méduse et ses Chimères. La brise imprimait aux toiles certains gonflements menaçants. Les papas obèses vautrés dans les transats abandonnaient sur le côté leurs grosses caboches de poissons. Leurs crânes anormalement chauves et protubérants évoquaient la bosse de Moby Dick. A l'hippodrome ils faisaient courir des chevaux aux noms symptomatiques de Cœlacanthe, de Devon, de Néréide et de Poséidon. Les mères cancanaient violentes sans arrêter d'éternuer. Elles avaient des problèmes de branchies. Cette hérédité annonçait une progéniture carabinée. Je soupçonnais des opérations crapuleuses. Les couples encombrés de leurs mioches douteux devaient les éliminer à l'abri des tentes, en les enfouissant profondément dans le sable. Les grandes marées d'octobre déterreraient les cadavres et les remmèneraient au large les abîmant dans le giron des océans au milieu des poulpes et des Léviathan. Il me fut donné à la faveur d'une courte hallucination de voir une adolescente folle, blanche, excessivement mamelue chevaucher un géant congre noir. Jérome Bosch et Lautréamont dans ces eaux troubles de la Manche se cachent partout pour vous surprendre. La Manche !... pas les grands océans limpides et salubres. Si vivifiant, si hilarant que soit l'Atlantique il ne rêve jamais tandis que la Manche enveloppée de bruines, de brouillards approfondit un grand songe. Petite mer onirique, grise, roulée dans la vase, pourrie de mazout, peuplée d'ulves et de grands thalles, laissant tourner au rythme des marées ses girons de sable et ses palais de mollusques.

Tout ceci ne faisait pas avancer mon enquête sur le sexe de l'adolescent. Par bonheur, Hélianthe imagina une ruse. L'hypothétique créature au retour du bain avait coutume d'aller se changer derrière le pan rabattu d'une tente coiffée d'oriflammes. Hélianthe dès qu'elle vit notre proie disparaître se ménagea une attente, puis d'un seul bond elle franchit le seuil de la caverne en soulevant le rideau obstructeur. Surpris le gibier émit un court jappement canin qui me fit augurer le pire.

Notre setter surpris fut brusquement tout hérissé. Radieuse Hélianthe réapparut en s'écriant : « C'est un garçon ! » Sa voix chantait pareille à celle de l'accoucheuse brandissant sous l'œil fier du géniteur son rejeton mâle. Arrivée tout contre mon oreille, le bourgeon rugueux de sa bouche s'entrouvrit et s'humecta pour me souffler tendrement : « C'est un très beau brin de garçon ! »

Nous restâmes quelques instants crucifiés au cœur du brasier dont la flamme bruissait avec un sifflement et des risées de vent dignes de l'harmattan. Hélianthe était lovée à même une natte de raphia. Je savourais le contraste entre son ensellure si joliment coulée et la paillasse presque disciplinaire. Ses flancs haletaient doucement sous une légère moire. Elle consentait au supplice du soleil. Tout à coup un moustique la piqua. D'un réflexe elle arqua tout le ressort de l'échine. Sursaut de la croupe : le slip est décalé, une fine raie brune darde son sillon entre les croissants des fesses. Cet incident fut théâtralisé par l'intervention d'un gros œil sanguinolent qui vint soudain rivaliser avec le mien. C'était un poussah du tepee d'en face : énorme marchand probablement accablé de lipides, de libido et d'argent liquide. Ma prunelle furieuse darda dans son orbite. Impressionné il replongea dans son journal trop déployé pour être honnête.

Dans ce dédale des passions, Diane le setter feu errait, haletante et morne sous le déchaînement du zénith.

Une petite heure après, Hélianthe et moi résolûmes d'aller vers la mer. Diane fougueuse agitait sa queue. Nous traversâmes les amples frondaisons des toiles bigarrées, nous coulant dans le secret d'un paysage aux cimes colorées, franchîmes la barrière ségrégatrice de belles cordes et de plantons immaculés, musclés, sordides. La plage se busquait dans ses mamelons de silice cernés de flaques et de mares. La mer en se retirant avait laissé la marque entière de ses torsions, de ses dents de truelle, de ses langues énormes et pénétrantes, de ses grandes mains compliquées, de ses nageoires volantes, de ses ventres profonds. Toute une manœuvre longue et suivie dont chaque péripétie restait inscrite dans la chair du sable. Le setter feu jaillissait dans ce paradis de traces dont son flair débusquait chaque particularité. Parfois on le voyait tout à coup stoppé, la queue roide, l'échine tendue, l'œil hagard, tout gémissant de gorge, museau fébrile. Alors nous étions sûrs qu'une telle frénésie était due à l'empreinte fossile d'une colossale empoignade de poulpe géant et de serpent de mer. Hélianthe frémissante se dressait dans un imprévisible sursaut d'orgueil. Elle regardait la mer qui avait reculé là-bas, rapetissée, ayant retiré très loin ses nœuds d'entrailles, ses organes huilés, son énorme nasse de monstres affamés.

Çà et là sur les croupes ou dans les sillons du sable quelques familles campaient. Cohues tirées des terres ou des pavés des villes par cet assaut de fournaise inédite. Des êtres blancs tachés de violet, flagellés de feu, accrochant leurs lèvres à quelque mamelle de mare abandonnée. On distinguait dans l'aire exiguë des supplices les reliquats d'une cueillette interrompue de crabes et de mollusques. Les seaux, les paniers ronds, les petits sacs de plastique lourds d'une provende de crustacés exhalaient déjà un relent de putréfaction. Pestilence qu'enrichissaient les effluves de crèmes datant de l'an passé, huiles antisolaires au rabais, poisse de coco et de bergamotes mêlées à des senteurs d'aisselles, d'anus et de nombril. Ces fragiles charniers de familles viraient à des teintes infra-rouges, ultra-violettes et phosphorescentes d'habitants de Mercure ou de Mars. En les voyant, d'instinct le setter s'immobilisait, pétrifié. Puis il faisait un écart la queue basse et proférait un court ululement funèbre. Parfois, l'on tombait derrière une levée de sable sur une adolescente livide, transpercée d'épées de soleil. Alors notre setter débonnaire poussait la gentillesse jusqu'à venir lécher un peu le visage de ce Sébastien. Plus bas, les grands crocs délicats mordillaient la touffe d'un pubis fané.

Hélianthe aimait ce paysage dont la rigueur calcinée seyait à ses atavismes les plus secrets...

Je me suis jusqu'ici limité à me remémorer les seins d'Hélianthe, merveille de complexité charnelle et concrète, miracle de plasticité nuancée. Toutefois il me faut maintenant chanter Hélianthe dans sa totalité physique.

Ce qui harponnait à coup sûr le regard était l'étrangeté de sa coiffure, sa matière et sa couleur. Hélianthe arborait un casque de cheveux ras et roux. Son crâne était révélé dans ses contours harmonieux et proéminents par ce gazon flamboyant. C'était comme un menu hérissement igné mordant à la figure et descendant loin dans le cou pour rejaillir dans un revif plus fougueux de boucles et de flammèches. Nul regard aussi blasé fût-il ne pouvait se soustraire au rouge cimier d'Hélianthe. Elle était belle et magique. Elle avait une physionomie hiératique, une minutie de traits qu'on ne voit qu'à certaines figurines. Le front se bombait exagérément. Les pommettes saillaient. Les joues étaient légèrement caves. Les yeux assez rapprochés du nez parfaitement droit se fendaient d'une clarté glauque, vert Nil. Il y avait dans ce visage une empreinte cynocéphalique, une dureté de masque sacré. Hélianthe eût été presque laide sans cette rigueur sculptée. On la voyait, on la scrutait, on ne l'aimait pas, toutefois on ne pouvait triompher de l'attrait angoissé dont elle vous prenait. Visage de feu, Anubis de brousse et de mort. Son bronzage était assez jaune, ce qui lui donnait quelque chose de fiévreux. En revanche le corps comportait beaucoup moins d'anomalies menaçantes, de sourdes analogies avec le règne animal ou divin. Sa silhouette était souple et son contour précis. Un bassin un peu large peut-être par rapport au torse émacié. Une toison circonscrite logeait sa dague de pelage dans l'étroit fourreau du slip. Les jambes étaient hautes, hampées, harmonieuses, l'anneau des chevilles délicat, les cuisses bombées de longs muscles dont les méplats obliques et coulés dans du bronze se jouaient sous la peau... Des cuisses auxquelles l'esthète académique et tatillon eût reproché l'excès de sportivité : cuisses d'hoplite ! C'est qu'Hélianthe était rompue à tous les exercices pédestres, à quoi s'ajoutaient la course, la natation, le ski et toutes les complexités posturales de l'amour. Un dos mince déployé jusqu'aux épaules droites et rondes et dont l'ensellure souple, cambrée s'enracinait dans la proéminence des reins. Les fesses sensiblement outrées par rapport au torse et aux cuisses se compensaient dans leur opulence relative d'une extrême sûreté de galbe et de muscles. Hélianthe eût fait une parfaite Diane chasseresse. Est-ce par analogie à sa riche et rouge toison, à son allure élancée et puissante qu'on avait baptisé justement son setter feu du nom de la déesse ? Toutefois, cet aspect de force féline, ce modelé athlétique n'enlevaient rien à la féminité d'Hélianthe qui connaissait une sorte d'épanouissement particulier dans l'enfonçure veloutée d'un ventre spacieux et les mollesses contenues juste à temps des fesses. Quand Hélianthe marchait ses bras se balançaient doucement d'un côté et de l'autre. Elle avait tendance à tenir sa tête inclinée, laquelle semblait suivre ce mouvement pendulaire qui entraînait par secousses les mottes souples et drues des seins. Ajouterai-je ce détail sans crainte du ridicule qu'Hélianthe avait un léger défaut du pied dont il résultait que sa plante glissait presqu'à plat sur le sable des plages ou sur l'asphalte brûlant des villes — car elle aimait marcher pieds nus dans les cités modernes, surtout au cœur des quartiers futuristes du bord de la Seine ou de la Défense. Telle était Hélianthe attirante, bizarre. La moderne et rousse Artémis. Sa féroce petite gueule vaguement simiesque lui conférait une laideur racée de totem.

Elle s'était mise à courir d'un bondissement juste un peu freiné, d'une lourdeur imperceptible dans l'essor et la réception. Le setter la précédait en aboyant, en voltigeant selon de grands cercles de crinière rouge, de grandes ondes de pelage acajou.

Nous nous rapprochions des lisières de la mer... l'innombrable forêt humaine accrochée à ce puits s'ouvrait devant les grands bonds d'Hélianthe qu'annonçait le setter, héraut dont la toison éclatante s'assortissait au crépu doré de sa maîtresse. Hélianthe traversait les groupes poussifs, leurs ablutions de phoques. Elle levait haut le menton au-dessus de cette marée humaine qui bêtifiait dans les dentelles du flot gris. Les petits cris horrifiés des baigneurs ponctuaient l'épiderme d'Hélianthe d'un essaim de frissons. Elle s'enlevait très loin, la torche du setter lui fouettant la cuisse. Elle nageait d'un crawl droit, régulier, tenace, coupant les petites houles, crevant les rouleaux de mousse, rejetant les grandes algues flottantes : grands thalles boutonnés de sporanges noirs. Elle filait loin au-delà des hommes. Moi-même j'étais contraint de rester dans la proche banlieue du rivage faute d'une suffisante aptitude à la nage... Je voyais émerger le cimier roux d'Hélianthe au-dessus de l'immense éboulis liquide et sonore. Le setter essoufflé avait renoncé comme moi. Fou il était revenu dans cette zone liminaire que ses pattes hachuraient sans trêve. Diane allait, venait museau désespérément dressé dans la direction du large. La bête émettait des aboiements spasmodiques, de drôles de criailleries caillouteuses soulignant le supplice d'être séparée d'Hélianthe. Diane m'eût presque mordu de colère si j'avais alors tenté de la divertir de son unique cible rouge dans la mer.

Moins scrupuleux que Diane je flânais parmi les touffes

de baigneurs. Les canots pneumatiques des CRS secouristes sillonnaient l'aire de la baignade en dégageant une insinuante odeur de fuel. Le ciel était d'un bleu factice fondu dans des fournaises. De l'estuaire de Seine arrivaient par le vent d'est, le vent de sécheresse, d'âcres relents de pétrole. Ce pourrissement inoculé dans la veine du beau temps me ravissait secrètement. Une impureté fondamentale se distillait dans les flots turquoise d'un ciel ainsi rendu perfide et mortel. Le monde se dressait comme une vipère claire, splendide et racée, mais dont la gorge était noircie de venin.

Au retour du bain un fléau quasi biblique répandit sur la multitude une violente panique. Ce fut d'abord au large un nuage orangé, un grand scarabée pulvérulent, ailé, empourprant l'horizon. Etait-ce la chevelure d'Hélianthe brusquement exaltée, propagée dans la totalité de l'azur ? De minces sifflements rayaient la risée ardente du vent d'est. Le voile rouge s'élargissait, s'abattait sur les cohues saisies de frousse religieuse. Bientôt au sein de leur grouillante effervescence l'on put identifier les coccinelles. Ces modestes bêtes du Bon Dieu firent tomber quelque peu les frayeurs. Mais les insectes ordinairement inoffensifs semblaient satanisés par on ne savait quel vent de furie, quel désastre monté de la mer et devant lequel ils fuyaient. Leur trombe roussoyait dans tout le ciel. Ils s'attaquaient aux torses, aux jambes, aux yeux, s'agglutinaient dans les cheveux. Tout un grésil doré qui s'engouffrait sur la plage, rejoignait notre campement privé, abordait le chemin de planches, agressait les villas, envahissait le port, souillait les élégants yachts rehaussés en figures de cygnes. Les vacanciers harcelés d'étincelles trépignaient, giflaient les vivants paquets de scories, secouaient leurs grappes caustiques. Et d'innombrables coccinelles — sans doute les plus fragiles — épuisées par leur traversée de la mer avaient péri, noyées aux lisières du flot. Elles composaient de grandes résilles pustuleuses et brillantes ballottées par le flux. Les survivantes, les plus féroces enrageaient leurs assauts sur tous les fronts. La plage, le ciel, la mer n'étaient qu'un guêpier de confettis écarlates. Les grandes tentes colorées de la plage privée aspiraient tout particulièrement la tornade des coléoptères. Le jaune surtout en happait des remous entiers qui giclaient, suintaient dans un magma de coquilles et de lies orangées. Les grands mâts surmontés d'oriflammes qui s'échelonnaient tout le long du chemin de planches étaient saisis d'un prurit, d'un crépitement d'élytres. Les riches vacanciers du Royal Hôtel battaient en retraite vers leur bastion de luxe, hélas, lui-même menacé du fait de la fermeture mal synchronisée des innombrables fenêtres ; et les grains roux postillonnaient, bombardaient les chambrettes Louis XV, les salons décadents, les solariums, les verdoyantes courettes intérieures, les jardins touffus. Toute la nacre des salles de bains se maculait d'un oxyde cramoisi et poisseux. Des couples surpris dans leur étreinte aquatique jaillissaient en hurlant. Les bêtes asticotaient surtout les sexes gluants. La sirène des pompiers traversa l'espace d'un long cri strident. Diane hurla à la mort. Hélianthe restait invisible au large, soufflant sans doute de sa bouche de dragonne ses milliards d'insectes destructeurs de piétaille touriste et de marmaille à poux. Diane toute revêtue d'écailles chatoyantes ressemblait à quelque saurien excité, ailé de feu. Le vrombissement enflait quand l'hélicoptère de la police arriva en bourrasque, son hélice décapitait des essaims entiers de coléoptères. Alors, devant cette riposte d'engins sécateurs, le nuage de coccinelles commença à se resserrer, à se caparaçonner tout verni au centre du ciel.

Ce fut un grouillement pourpré, bourdonnant qui, tout à coup, s'allongea en trombe folle, fuyant la ville, poussant vers les terres son souffle de grande Diane rousse de l'apocalypse.

Les planches, la plage, les bordures des vagues restaient souillées de crachats sanglants. Une odeur médicamenteuse de sauterelles broyées assaillait les narines. Diane pantelante errait le long du flot en jappant lugubrement. Son poil ponctué d'élytres luisait, tout coagulé. La paupière inférieure et avachie de son grand œil noir frottait contre des coquilles incrustées.

De violents coups m'étaient portés au cœur au fur et à mesure que je scrutais la mer lourde aux reflets de grande cantharide. En vain cherchai-je le cimier roux, le blason d'Hélianthe. Je m'efforçais de contenir mon angoisse en me récapitulant toutes les raisons que la jeune femme avait de différer son retour. Parfois elle s'éloignait dans la béance de l'estuaire. Au couchant elle pouvait disparaître ainsi plusieurs heures. Les grands yachts blancs du large croisaient son sillage. Je laissai passer les heures. La plage avait pris peu à peu l'aspect d'une matière en décomposition. Les corps étaient croupis de chaleur. Et toujours ces vomissures écarlates des insectes morts. L'air était devenu jaune, liquoreux. Une pesanteur d'orage se gonflait dans cet or fondu. Diane immobile, stupide couinait doucement vers moi. Alors un vide tout à coup creusa mes entrailles et cette fosse me poignait, élargissait une angoisse noire. La vue brouillée, le crâne serré dans un étau d'artères assourdissantes je courus au poste de secours. Aussitôt plusieurs canots pneumatiques furent mis à la mer. Des haut-parleurs répercutèrent bien loin au long des guirlandes des plages, au-dessus des lourdes dorures de la mer le signalement d'Hélianthe. Bientôt une vedette surgit dans l'estuaire ; son étrave parfaite avait une verticalité de scalpel. L'hélicoptère s'envola lourdement tout éclaboussé de coccinelles. Il rasait les flots, creusait les profondeurs, allant, venant, quadrillant l'épithélium infini des vagues.

Une sorte de nuit glauque souffla de la mer, s'étira sur la ville. Les cohues estivales avaient déserté la plage. Je courais de vedettes en jeeps dans un ronflement monotone d'hélices marines ou célestes. Des éclats de voix coupaient les faisceaux de lumière. Diane se couchait tout à coup, museau entre les pattes, pour se relever aussitôt, fébrile et visionnaire. Elle recommençait sans se lasser cette alternance d'alarme et de trêve.

Le lendemain, rien. Je m'en allai tout seul le long de la mer avec Diane, poussant mes recherches au fond de l'estuaire, pataugeant dans les marais, les éboulis de falaises, les vasières, clopinant sur de grosses crêtes de cailloux, piétinant des jonchées d'algues putrides. Tantôt les vedettes de la police résonnaient au large d'un ronronnement de routine. L'hélicoptère aussi se lassait, rabattant sa rumeur mécanique sur les rochers fissurés, frôlant les contours intacts d'anciens blockhaus obstinément belliqueux.

Officiellement les recherches cessèrent le troisième jour. Diane et moi pendant des mois revenions sur les sables à l'aurore ou au couchant. Déjà la grosse mer automnale échevelait ses grisailles mauvaises.

Une année passa solitaire, trois autres étés avant que ne parût dans ma vie déjà si délabrée, si vulnérable leur couple lascif... Mais je peindrai à satiété cet imprévisible supplément de bonheur qui me fut donné après la mort d'Hélianthe. Toutefois, trois autres hivers s'écoulèrent d'un répit endeuillé où je chassais accompagné de Diane les courlis tristes de l'estuaire, avec toujours l'angoisse de heurter de ma botte quelque dépouille horrible.

J'avais aussi l'espoir de la voir surgir des lointains de la mer, d'abord son casque roux, son grand front, son visage aigu, l'encoche verte de ses yeux rapprochés. Là-bas au ras des flots, au crépuscule elle venait... Je passais des nuits au gabion à l'attendre, ma guichetière ouverte, la figure froissée de gel et de bise. Les renards avaient revêtu leurs parures flamboyantes de l'hiver pour descendre à marée basse dévorer les poissons pris aux lignes de fond tendues le long des sables par les pêcheurs. L'écaille laiteuse, spasmodique rutilait sous la morsure avide des gueules de fourrure. Les renards convulsés tranchaient le cou géant des congres. L'odeur pourrie des pétroles du Havre s'exaltait dans l'emphase des vols d'oies grises et les accords primitifs des marées montantes.

Au petit village où j'habitais à sept kilomètres de Deauville, on ne peut pas dire qu'Hélianthe fût jamais pleurée. Ces gens-là ne nous aimaient pas. Nous figurions un couple de bohèmes voluptueux. Une légende s'était cristallisée autour de notre négligé marginal et provocant. Hélianthe surtout avait alors le chic de descendre « la grand'rue » le front haut, sa botte battue par le fouet palpitant du setter. La chienne et la fille semblaient fouler aux pieds l'épicier et le boucher. Les badauds guignaient cette géante garçonne qui galopait l'hiver, portant au revers un jean entré dans les fesses et moulé strictement de face en deux petits rouleaux verticaux où s'incrustait une fermeture Eclair de crocs étincelants. Une veste de vison battait à l'arrière des proéminences choisies et s'ouvrait à l'avant sur un épais ceinturon clouté de hussard hollywoodien. Hélianthe s'engouffrait dans les boutiques, et après des achats ressentis comme des pillages, s'envolait d'une dégaine élastique. Les mauvaises langues l'appelaient « la rousse », « la chienne ». On lui aurait volontiers jeté des cailloux dans les jambes pour la faire dégringoler de sa stèle. Le cabot était abominé : « le roussiau ». Il grognait aux jarrets des gens, pissait sur le pas des portes. Et ce qui portait l'indignation des villageois à son comble était cette patience effrontée d'Hélianthe — jambes ouvertes, mains sur les hanches façon mousquetaire — tandis que Diane crottait lentement, obstinément sur le trottoir. En trois ans la rumeur publique se hérissa et les contes se mirent à proliférer. On vitupérait notre fainéantise, nos noces, nos bringues, nos partouses, les louches provenances de notre pécule. Le cancan paroissial colportait des accusations d'exhibitionnisme, de détournements de mineurs, d'homosexualité et de zoophilie. Mais c'est l'été qu'Hélianthe réussissait à faire culminer le scandale et le courroux champêtres en ce joli pays de Flaubert. Elle arpentait la cité boutiquière en short et blouson de voile. Les bajoues de ses fesses — d'un brun plus roux, tout raturé de petites marques — rejaillissaient du tissu cintré. Et ces arcs de chair semés d'un duvet pliaient à chaque pas — dans une élasticité de ressort allègre et dodu — contre l'arrière plus glabre et les fermetés quasi marbrées de la cuisse. Le short devant fourrait son triangle subtil dans la pâleur des aines et une nichée de folâtres brins de poils. Le nombril ressortait roussâtre et chantourné boutonnant un ventre musclé, bronzé que découvraient les franges volages du blouson. Le voile court, transparent voltigeait à la pointe des seins. On disait qu'Hélianthe certaines nuits se faisait caresser par les polissons du village. Les boniments lui imputaient encore ses débauches avec les nomades et les athlètes douteux et tatoués des petits cirques en plein air. Quant au « type », il conduisait, il affinait les vices de la catin et du setter. La version sur la disparition d'Hélianthe, accréditée par les ragots, énonçait qu'elle s'était trissée avec un Arabe : pétrole et tout. Les mines désespérées du mari errant dans les gadoues de la mer n'étaient que contrefaçon.

Hélianthe a disparu. Diane est morte. Ce soir, seul, dans ma maison, j'écoute au magnétophone la description d'Hélianthe que j'ai dictée le matin. Car je n'écris plus depuis cet accident de chasse, ce traquenard que je raconterai, tout leur complot contre mes yeux... Je n'écris plus mais je parle, je dicte, j'écoute ! Jamais je n'ai été plus vigilant...

Maintenant un silence trop sensible semble creuser la nuit. C'est l'hiver. Il neige dans les jardins pleins d'Adonis, de Faunes et de Satyres. La terre aura bien chaud. S'il pouvait neiger dans mes yeux. Les migrations des grands oiseaux nordiques ont commencé. Je voudrais regarder les voliers de grives qui descendent l'estuaire. On les appelle les litornes. Leurs ventres flamboient entre leurs ailes bleues. La nuit doit en être toute fleurie. Le V déployé des vols d'oies grises passe au-dessus des villes. Les pluviers dorés roulent dans les ténèbres toutes blanches. Des vanneaux en bourrasques se prennent dans un cortège de pylônes. Les cygnes magiques et noirs frôlent la cime du ciel. Les chasseurs veillent au fond des gabions. Les pères ont emmené leur fils unique. De longues paupières de neige cernent le regard des mares. On a séparé en deux groupes les canards domestiques servant d'appelants. Les femelles réunies sur l'eau languissent après les mâles isolés sur la rive dans une cage derrière le gabion. Les mâles perdus appellent sans cesse leurs compagnes. Ce sont des gerbes de coassements, de grandes alarmes vives qui montent du fond de la nuit. Ce tapage provoqué par l'habileté des chasseurs est destiné à attirer les canards sauvages qui sillonnent l'estuaire, l'ombre et la neige. Moi aussi j'appelle du fond de ma solitude quelque immense oiseau au nom d'Hélianthe... J'entends le frottement de plumes innombrables dans les couloirs de l'obscurité. Attelages d'ailes et flocons de rémiges. Amples calligraphies des voliers sauvages. Vaisseaux de Vikings. Ils viennent les plus vieux oiseaux du monde. Mon ascendance. Mes totems... Certains ce soir passent en Egypte. Hélianthe voltige au-dessus des clochers. La souple et puissante Artémis chasse dans cette nuit de grands duvets, de blancheur et de sang. Partout fulgure mon Ophélie de musc et de feu. Rien n'approche le pathétisme qui monte du fond de ma mémoire. A chaque image une volupté reçue comme un couteau. Une angoisse se noue au creux de mon extase. Cette nuit je suis Lazare ressuscité du sépulcre. Emmenez-moi grands cygnes noirs. Là-bas, au pays d'Hélianthe et du Sphinx.

Ma maison occupe la seconde tranche d'un ensemble de quatre espaces rectangulaires, chacun doué d'une valeur si spécifique, si significative par rapport aux autres que l'organisation de ces lieux familiers me paraît encore le fruit d'une sorte de hasard logique. Je sais que j'habite un terrain surchargé de signes.

Un petit cimetière macabre et pastoral constitue le premier volet, ensuite c'est ma maison entourée d'une cour fermière, laquelle est flanquée d'un roncier touffu enserrant une villa abandonnée au nom d'Etoile. Le quatrième volet de cette surface aimantée consiste en une villa resplendissante et blanche : les Houx, laquelle donne sur une immense pelouse unie, ceinte de quatre hautes haies de houx incorruptibles et sombres.

Toute ma vie s'est inscrite au centre de cette marqueterie sinistre et bucolique. Après mon accident, de ma plus haute mansarde, les crépuscules d'automne, mon œil embrassait et détaillait ses seules richesses. D'abord le champ funéraire jalonné de rigoureuses pierres tombales, de croix de marbre, de vierges à l'enfant et de monolithes religieux et votifs... Puis ma cour : j'entends encore dans les différents poulaillers ces gloussements du soir que proféraient les oiseaux qui se perchaient. Les deux moutons se réfugiaient dans la bergerie recouverte d'un monceau de lierres et tapissée d'une terre chaude, poudreuse. Une poule couvait, incongrûment nichée à l'angle de deux poutres dans une sorte de loge dont j'ignorais l'usage ancien mais que la bête venait d'annexer. J'espérais avoir dans les vingt jours une floraison de poussins d'automne pépiants et fragiles aux coups de vent d'octobre. Mais cette nichée me tiendrait chaud. Il ne me déplaisait pas que ma bergerie empiétât ainsi sur les fonctions du poulailler. Ma petite poule blanche, pondeuse veillait du haut de son perchoir sur mes deux moutons roulés dans le copeau.

Au milieu de la cour la mare écarquillait son œil. Une anguille noire régnait au fond de ce regard obsédant.

De l'autre côté : l'inextricable roncier bombé dans le soir, sillonné de ses garennes. A l'extrémité haute de cet ancien jardin à l'abandon j'apercevais la pointe d'un édicule croulant, champignonnant : vestige d'un kiosque où prendre l'ombre aux heures chaudes, ou salle de jeu pour enfants, petit chalet de roman précieux et de libertinage dévoré depuis de vermine, d'épines. Cette crèche allait pourtant devenir un terrain de curiosités, l'asile d'un renouveau sensuel dont bientôt j'attiserai le souvenir. Oui je vais me replier sur ce bonheur précis et rétrospectif. Lentement je vais le dévorer. Jouir pour moi tout seul. La nuit collée contre mes yeux ne saurait entraver ces fêtes de l'esprit... A l'extrémité inférieure de l'épais roncier, jouxtant presque ma maison se dressait la villa Etoile, fracturée, muette, en deshérence, ouverte au vent, envahie d'araignes, de rats, de chevêches... En poussant encore le regard je distinguais nettement la cime de la grande haie de houx ténébreux séparant l'Etoile — noyée dans sa crinière de barbelés feuillus — et la villa des Houx qui flotte sur sa houle de gazon. En haut de cet impeccable jardin se dressait un portique pourri d'où pendaient une corde effiloquée, une seconde à nœuds plus coriace, une perche intacte, un fragment de trapèze verdi de mousse, et un unique anneau de rouille suspendu à un fil.

Là-bas, à l'horizon, au-delà de mon espace entièrement régi par son réseau de sourdes correspondances et de confondantes analogies, sont dispersés toujours, probablement, les mêmes champs cultivés, des pâturages, de petits prés à pommiers... puis la dernière frange moutonnée, nocturne du grand bois.

Si je traversais ma maison en m'orientant de la façade antérieure à la partie postérieure j'accédais à une petite chambre mansardée donnant sur un balcon. De là, pardessus un essaimage de toits, entre les motifs clairsemés d'ardoises, de girouettes, d'ombres et de lune : c'était la mer immense avec son regard mort à l'automne.

Le souvenir de ces tristes féeries d'octobre me requiert avec une sorte d'impulsivité malade. Jamais les arbres n'ont exhibé armoiries plus triomphantes — flamboyants blasons, cliquetis de ramilles, splendeur acajou des collines, frondaisons rouille, pourpre des fougères — qu'en ces temps de décrépitude. Le monde casqué de son cimier le plus belliqueux cachait l'entière corruption de son cadavre. Les peupliers, les chênes, les haies resplendissaient en un rituel culminant au terme duquel leurs oripeaux de gloriole allaient s'écrouler comme des postiches. Une intime noirceur hantait les grands arbres rayonnants pareils à des chevaliers mystiques. Alors quand mon regard fixait le pelage si rouge, si conquérant de Diane, une angoisse m'étreignait, comme si ce dernier soleil animal pouvait lui aussi d'un coup se muer en un monceau de gadoue. Mais la chienne exhalait contre mes lèvres son âpre chaleur. Tout son corps souple et dansant s'exaltait dans la profusion des senteurs d'automne. Jamais Diane ne fut si exubérante dans l'incorruptibilité de sa fourrure et de ses forces qu'en ces journées de chasse. C'était pour elle le temps du délire. Diane courait sur les multiples traces, s'engouffrait tout oriflammée dans les ornières des chemins, les galeries de garennes, les meusses des lièvres. Elle galopait le long des rivières et des mares débusquant les râles d'eau, les marouettes, les bécassines. Plume et pelage c'était son été à elle. Alors, reprenant confiance, superstitieux encore, je plongeais mes mains dans l'abondante toison de sa gorge, j'accrochais les touffes, je tirais, la peau résistait, ma chienne couinait de douleur, je tirais encore, elle miaulait toute contractée, durcie dans une cordée fantastique de vitalité. J'étais tout à fait rassuré, l'angoisse me lâchait. Je m'allongeais dans les fougères serrant dans mes bras nus le grand corps malhabile et jubilant de Diane rousse, d'Hélianthe... Chienne ou Femme je ne savais plus. Sa langue s'abattait sur ma joue, sur ma bouche, sur ma langue avec une fébrilité joyeuse. Les grands yeux ne laissaient affleurer qu'un coin de prunelle noire avivant tout le blanc de l'œil oblique et révulsé. Elle haletait, je prenais doucement entre mes lèvres sèches ses grandes babines roses et ténébreuses, marbrées, ocellées comme des tritons. Et cela avait un goût de chaud, de lait, de sauvage qui me recollait à la vie. Mais ce qui portait Diane au comble de la félicité était quand j'attrapais avec mes dents les crocs éblouissants et durs des mâchoires inférieures. Mes canines miniatures luttaient, heurtaient les géantes relevées en harpons. Diane en mugissait de plaisir. Tout à coup elle se dégageait, elle reculait, elle s'accroupissait pattes en avant, le museau bas, la queue battante, les yeux étincelants de gentillesse et de folie. Alors, d'un bond, elle me sautait dessus, m'emprisonnait entre ses quatre pattes fauves et me mordait la nuque en gémissant... Comment échanger ma nuit présente contre ce foyer de boucles ?

Nous partions à l'aube dans les brouillards et les pluies molles de fin d'été. Un grand chemin tirait droit sur la mer. Sa matière composée de goudron durci, imbriqué de silex poncés flattait mes yeux. J'aimais que cette obscurité violette du revêtement fût parfaitement cloutée par la mosaïque claire des cailloux. Une bizarre figure d'arbre mort érodé par la bise et le sel s'arquait au-dessus du passage. Des petites boules d'étourneaux noirs glapissant, émettant leurs coassements gloutons et fanatiques, si caractéristiques de l'espèce, composaient l'unique feston de cet arbre fossile. Au bout du chemin tout à coup c'était l'immense brouillon gris de la mer que labouraient les dragues, et que scandait le hoquet mécanique des petits chalutiers. Le brouillard s'évaporait, la pluie cessait. Le ciel retrouvait une teinte ardoisée, quelques nuages gonflaient des fourrures plus pâles sur des fonds de stratus schisteux. Les fumées noires des zones industrielles de l'estuaire traçaient d'incertaines calligraphies. J'inhalais une insondable bouffée de fadeur. Une tristesse m'angoissait. Un vol disparate et bruyant de corbeaux s'abattait sur ces renflements de végétaux en décomposition qu'on appelle ici le « marpoui » et qui forment des conglomérats bruns, spongieux, sortant des sables. Des mouettes immaculées suivant une impulsion contraire à la race sombre des corneilles atterrissaient en criailleries et buissons clairs, par-delà l'éboulis de falaises, dans des labours noirs. Ces espaces agrestes, inconsistants étaient rognés chaque nuit par les coups de mer et l'infiltration des sources... Tout le long de la plage saillaient en des reliefs obtus, vaguement menaçants et cornus des carcasses de blockhaus datant de la guerre. A ce spectacle de ruines et d'oiseaux hurleurs une anxiété croissante me mordait les poumons. Heureusement Diane galopait sur les crêtes étincelantes de galets. Elle pulvérisait dans les espaces déployés des records de galop. Tout son corps fuselé à contre bise faisait décoller une à une des écharpes de sternes et de goélands. Sur la mer en sens inverse passaient des colonnes de pétrels plus onéreux et plus sombres, dans un parfait alignement. On appelait ces oiseaux des « gros gris », des « margars » ; et je ne sais pourquoi ce mot fatal faisait éclore en moi l'écho du vocable gris crayeux de Burgrave, quand nul rapport sémantique ne rapprochait ces deux mots, hormis une lointaine et grave analogie sonore.

Nous nous enfoncions dans le marais. Très vite je trouvais refuge dans une niche centrale de chaumes, de grandes laîches et de roseaux. Le vent très lent faiblement agitait ces volumineuses pailles. On s'accroupissait Diane et moi au fond du salon secret dont le sol fragile de boue molle et jaunie toutefois se matelassait de joncs morts, de fétus, de poussières coriaces et de feuilles beiges. Alors on guettait, l'oreille alertée, ce grattement si typique du cri des bécassines qui voyagent au-dessus des étangs et des guirlandes tristes des marais. Je les voyais arriver, tracer de grands cercles dubitatifs au-dessus des mares et tout à coup chuter en verticale comme foudroyées. Aussitôt Diane et moi nous glissions lentement hors de notre chape de roseaux. L'on approchait avec précaution et contre le vent de l'endroit plus ou moins exactement pressenti de l'atterrissage. Diane s'immobilisait frémissante, levait une patte antérieure avec une délicatesse chorégraphique. Mon cœur battait. Diane tendue — jubilante ou souffrante ? — gémissait, couinait. Je buvais dans son regard fou un plaisir aux limites extrêmes de la vie. J'y puisais le contact joyeux de la mort. Parfois, oubliant les finalités de la chasse je lâchais mon fusil, abandonnais la bécassine qui s'enfuyait dans le fracas de l'arme tombée, et je me précipitais sur Diane ivre, tendue de muscles. Je l'enlaçais, la renversais dans les éclaboussures odorantes des vases et des macérations. La bête roidie, tout à coup privée de sa cible d'odeurs et de plumes, éclatait en aboiements de panique... Elle pleurait toute désorientée de ce que j'eusse violé le cérémonial normal de la chasse. Elle semblait attendre encore ce tonnerre de cartouches qui tuent. Son museau avait soif des senteurs tièdes, des duvets sanglants. Alors il arrivait qu'elle me mordît dans le désarroi de l'instinct. J'adhérais de toute ma chair à cette morsure éperdue. L'œil révulsé battait dans son cercle de pelage. Diane épanouissait ses longues cuisses de fourrure. J'abattais sur son museau sensible une pluie de baisers. Les petits poils qui jaillissaient là d'une multitude d'orifices imperceptibles et frémissants me faisaient éternuer. Nos jeux prenaient un autre cours, j'oubliais ma naissance.

Toutefois, souvent, je respectais les règles de la chasse. L'oiseau débusqué, en un premier temps filait droit au-dessus des roseaux. La détonation éclatait avant qu'il n'eût entrepris ces crochets, cet entrechat typique et vicieux d'un vol cette fois ascensionnel et qui l'eût soustrait aux plombs. Diane se précipitait au point de chute. Elle revenait agilement, tenant entre ses crocs sans la meurtrir notre proie grise au cou cassé, au long bec s'égouttant de côté.

Les bécassines étaient un gibier assez rare, heureusement compensé par le foisonnement d'une race inférieure, moins farouche, appelée « bécasseau ». Alors la chasse excitait furieusement le chien, car la sauvagine dérangée jaillissait d'un court bond de caille au-dessus des chaumes et repiquait quelques dizaines de mètres plus loin si je la ratais. La partie recommençait et ainsi de suite — ressort et feu, volatile fou, chienne rousse — jusqu'à l'immobilisation définitive de la bestiole à rebonds.

Ensuite, nous revenions vers le rivage. Diane galopait librement sur un tapis de cauris, troussant des liasses d'algues fanées ou belles, rondes, boutonnées. La tiédeur s'alourdissait. Les moustiques et les mouches d'automne rendus agressifs par l'imminence de leur trépas harcelaient l'homme et le chien. Je me déshabillais avec empressement. Diane bondissait dans la voltige du slip et du tricot de peau acrylique. Elle mordillait ce duvet bien chaud. Nous plongions dans la mer grise, bulleuse... Diane brusquement s'émaciait. Son poil collé adhérait à sa frêle ossature. Elle n'était plus qu'un soubresaut d'anguille entre mes bras. Un essaim de crevettes chatouillait mon sexe. Nous ressortions dès les premiers frissons. Diane rabougrie, gluante, se roulait dans le sable, s'ébrouait. Elle était tout à fait affreuse dans sa guenille de poils plaqués. Elle ressemblait à un poulain au moment de la naissance. Grand chien fœtus ou triton barbu ? Mais l'écho des baignades passées, des métamorphoses d'Hélianthe irisée de mer, revenait, poussant, remuant dans mes entrailles sa larme sourde, m'infligeant une sensation de souffle coupé.

Il fallait voir Hélianthe vivante dans l'aura des collines ôter lestement ses longues bottes de caoutchouc, arracher les deux boutons de sa courte veste kaki et jaillir. Elle courait le long du sable désert harponnée par les assauts réitérés de Diane. Elle revenait vers moi tout en sueur saline, traces d'écumes, brins d'algues. Son casque de cheveux collé au grand front. Ses minces yeux vert brillant de vipère fiévreuse. Sa petite mâchoire dure. Elle glissait un doigt sous l'élastique de l'étroite parure dont le chiffon mince se bombait, adhérait aux grandes lèvres gonflées. Diane se jetait dans l'écartement vif et parfumé des longues jambes de la déesse. Hélianthe se débattait, la repoussait exprès, puis consentait... gloussait.

Nous retournions à la mer — crépusculaire, ambrée,

ornée de flottilles d'algues rituelles et rouleuse de galets. Un contact glacé hérissait notre peau d'un semis de cônes sensibles. Lorsque nous quittions le bain, je regardais Hélianthe. Je voyais la pelure translucide du slip comme un second épiderme coller à chaque bloc fuselé des fesses, pénétrer dans le sillon, et devant, un nuage de pubis noir transparaissait sous le mouillement du tissu lâche et transi. Avec dévotion je défaisais les adhérences fragiles et l'agglutinement des mailles. Le masque enroulé rétrécissait peu à peu. Il m'arrivait dans ma lenteur fétichiste d'arrêter la descente au niveau des cuisses de manière que la barre de coton symbolique arrivât juste au-dessous des poils. Alors je me laissais séduire par leurs pointes trempées, jointes en pinceau, en bouc drôlatique et païen. Fête et furie dans la clarté des cuisses. Nous nous prenions dans une étreinte que rendait délicieusement subreptice cet hymen de coton bridé entre elle et moi. Diane folle mordillait nos jarrets, nous prodiguait mille léchées et furetait dans notre parfum mouvementé. J'espère abuser longtemps, au fil de ce récit, d'une foule de détails sensuels que je ne puis à présent que détailler dans un effort de précision malade, de transcription visionnaire... L'ombre et la solitude avivent les soleils passés de la félicité.

Hélianthe n'est plus. Diane fut abattue. Ils m'ont crevé les yeux... J'entends la mer aboyer aux pétrels, aux sternes, aux grandes mouettes livides.

La plage et le marais sont bigarrés de débris de matières synthétiques : pots de yaourt, girondes bouteilles de plastique, caoutchouc de ballons crevés, préservatifs en bouquets, soutiens-gorge de nylon écorché, culottes pourries, papier crotté, clinquant de fragments d'inox. Des macreuses engluées de mazout se traînent vers la mer. Diane les prend de course et leur casse le cou. Des traces, des mottes, des flaques de cambouis entachent de beaux cailloux par ailleurs éblouissants, dodus, creusés d'oreilles comme des morilles. La pollution je m'en foutais avant. Nous prenions au contraire Hélianthe et moi un plaisir rare à lancer le chien dans le marais décoré de tumulus orduriers. Hélianthe aimait mettre en joue des bidons que je plantais sur des piquets. La boîte encore intacte aux couleurs violentes et publicitaires recevait une giclée en pleine panse. Elle roulait au sol, tordue dans l'éclat argenté révélé sous sa pellicule de peinture. Hélianthe jetait des pots de yaourt à Diane qui courait les cueillir. Elle revenait le pot entre les crocs : c'était bien fifille !... La chienne tombait sur une vieille poupée de plastique, aux yeux déboutonnés, ayant pour tout sexe un trou percé. Corps foncièrement nu hormis une filasse de cheveux déchirés. Diane torturait la loque, croquait le crâne, reniflait dans les trous, bouffait les tifs du pantin. Hélianthe vitupérait cet accès de sauvagerie inhabituelle aux mœurs du setter. Hélianthe dans la certitude orgueilleuse de son incorruptibilité allait jusqu'à forniquer avec des accessoires chimiques et désarticulés. Elle s'ornait le chef d'un casque de passoire, agrippait sans peur de se couper des barbelés qu'elle brandissait comme la pythonisse l'eût fait de serpents. Elle se faisait un loup de caoutchouc et des moustaches de chiffon. Elle se nouait aux hanches un bout de ficelle et s'arrangeait un tutu de peaux de bananes et de festons de zinc. Horrible, gaie, elle cliquetait et tintinnabulait. Diane affolée se jetait griffes tendues sur ces pimpantes ordures. Hélianthe relevait un peu la passoire ronde aux quatre pieds renversés, érigés au-dessus de sa tête comme des antennes de Martien. Elle me commandait de tirer à balles, à trente pas. Je protestais, je dénonçais le décadentisme par trop tchékhovien de la scène. Elle insistait, suppliait... Parée de ferblanterie elle mimait des agenouillements mystiques, elle se collait contre une dent une boulette de goudron, elle riait de toute sa bouche à chicots. Alors il m'est arrivé de céder, de faire sauter d'une balle bien ajustée la gironde passoire hors du crâne d'Hélianthe ou d'intégrer la mèche de ma langue dans la denture de nacre et de goudron. Parfois ces travestissements coûtaient cher à ma compagne. Sa gorge attrapait des prurits. Un collier de dermites cernait sa cuisse d'une jarretière torride. Sans remords elle disait que ces petits boutons-là étaient clownesques. Elle arborait dans notre chambre à coucher, sous chaque fesse, un friselis de papules cramoisies. Le rouge ça me rend lubrique ! s'écriait-elle... Je possède une brochette de rosettes officieuses sous le sein droit ! Dans la même veine Hélianthe eût volontiers courtisé un pustuleux crapaud, caressé une couleuvre et cueilli des champignons vénéneux. Elle aimait exhiber ces emblèmes phalloïdes et mortels dont elle se riait.

Mais depuis qu'Hélianthe avait disparu, la pollution ne se prêtait plus à ces coquetteries burlesques. Le pays n'étalait plus qu'un visage désolé. Quand Diane se lançait à la poursuite d'un pot de yaourt enlevé par grand vent je la rappelais d'un sifflement si impérieux qu'elle s'arrêtait net, échine baissée, oreilles couchées, cul bas. Le yaourt voltigeait, rebondissait aux crêtes des vagues, puis roulait sur le tapis marin, métallique à perte de vue. Un essaim soudain de tiques de mer — qui sont une race avortée de pluviers — venait alors remplacer le yaourt manquant. Diane fonçait dans le tas en aboyant. Les tiques en bourrasque viraient, volaient à ras du flot comme des plombs et s'allaient ficher pépiant loin en bordure de mer. On voyait à l'horizon bouger très vite leur minuscule grouillement de suies. Jadis Hélianthe dansait sur un tapis de conques, de cauris, de coquilles dorées de buccins.

Le matin comme avant — car c'est elle qui avait eu l'idée de cette cour fermière plutôt que d'un jardin aux pelouses mortes et méticuleuses — j'allais visiter mon poulailler, ma bergerie, mes collets, mes pièges à rats. Diane joyeuse m'accompagnait. Je recueillais les œufs dans les endroits les plus disparates car une entière liberté d'imagination était laissée à mes gallinacés en vertu d'une pédagogie poulaillère dont Hélianthe avait tracé les linéaments mystérieux. Et contre toute attente, les poules pondeuses — pour dérober leurs œufs — prodiguaient un talent vertigineux de cautèle.

Ma préférée était une poule lumineuse au camail jaune, légèrement gonflé. Avec ça une crête bien rouge et découpée aux ciseaux. Plumage fuselé. Et vive, légère, autonome, inventive. Elle vous éparpillait ses œufs dans des cachettes presque toujours poétiques. C'était le pied d'un vieux lierre qu'elle partageait avec une nichée de lapins. Ou bien d'un coup d'ailes elle franchissait le mur du cimetière pour pondre dans un édicule de verre, sorte d'oratoire dédié à une vierge morte. Personne ne venait plus fleurir ce lieu désolé. Si j'avais laissé ma favorite elle aurait pondu dans mon lit.

Une autre poule me fascinait pour des raisons opposées. Elle était monstrueuse celle-là, douée sous le bec d'une triple caroncule cornée, boursouflée et violâtre. Sa crête subissait une surcharge parallèle avec des fioritures de pourri. Triomphante elle baladait partout sa déjection. J'observai la perversité de mon coq qui lui vouait une prédilection. J'avais aussi un poulet qui, juché sur le dos d'un mouton pour l'épouiller, jouait le rôle du pique-bœuf africain. A ce poulet équestre s'ajoutait un coq sodomite spécialisé dans le coquelet fessu. Sans oublier deux cocottes lesbiennes, deux poules bien rousses. J'observe que dans mes rêves le saphisme m'apparaît souvent sous l'aspect d'une violente rousseur. Autrement le reste du poulailler était composé d'individus normaux toujours becquetant, pépiant, chiant, pissant, ergotant, gobeurs de mouches, dénicheurs de vermine, égoïstes et chicaniers. Leurs mœurs pour être partagées ne laissaient pas d'être barbares. Dès qu'un de leurs congénères tombait malade, l'œil gonflé, sirupeux, ils accouraient lui picorer la plaie. Ils pompaient le jus jusqu'à faire éclater la tête du volatile perforé. Quand je tuais un oiseau et entreprenais de le plumer toute la volaille se pressait sous l'averse de sang et de duvets.

Le coq rouge au lever sautait les neuf poules sans s'arrêter. Le coq blanc, seul survivant d'une race différente et moins féconde, était tenu hargneusement à l'écart en vertu d'une solidarité raciale impérative. Il regardait le chef rouge secouer les crêtes violentes de ses concubines dont il labourait le plumage jusqu'à dénuder des lambeaux de peau jaune, adipeuse. Les poules subissaient le mâle comme une averse, elles s'ébrouaient aussitôt après, la queue en l'air, dévoilant leur anneau de cloaque cireux. Elles avaient alors un drôle de gigotement, clopinaient à petits coups d'ailes, un coup à gauche, un coup à droite et oublieuses entreprenaient de piquer les grains de maïs et de blé que je leur jetais en pâture. Le coq blanc minoritaire, paria du volailler, rêvait à son homologue tout-puissant caparaçonnant de son camail gonflé et de son plumage rouge les poules tièdes et pelotées. Ce supplice journalier donnait des tics au misérable. Il fuyait à l'approche de quiconque. Il avait peur des brebis, des sauterelles, des puces, même de cette main bondée de grains que je lui tendais avec une mansuétude évidente. Quiconque aurait vu ce poulet hystérique eût été conduit à réviser ses convictions sur la vie domestique des races plumées. Les poules sont moins sottes qu'on ne le croit et leur monde d'épate et de division n'est pas sans refléter exactement le nôtre ! Je m'indigne de ce qu'on ne s'intéresse qu'à l'existence rituelle des babouins, des cerfs, des abeilles ou des termites, animaux de prestige qui éclipsent, au grand préjudice de la science, des espèces comestibles mais non moins éprises de vie chichiteuse et de protocoles alambiqués. Henri IV et la trop célèbre poule au pot a historiquement contribué à la déchéance mythique des cocottes, en les réduisant à une trop exclusive finalité de cuisson.

Mon coq blanc marginal et névrotique m'inspirait une compassion toute particulière. Sa condition pathétique éveillait en moi une fermentation de complicité graveleuse. Je pourchassais le coq rouge, l'acculais, l'obligeais à entrer dans le poulailler que je bouclais. Alors je livrais la cohue caquetante des poules privées de tutelle aux instincts humiliés du Blanc. Il se rengorgeait un petit peu, jetait ses yeux fous de tous côtés, n'en croyait pas l'aubaine. D'une démarche prudente, toutefois, il approchait l'escouade de poulettes, il sautillait plus alertement vers elles. Les vieilles poules noires, colériques, véritables duègnes du harem combattaient les avances de ce péteux rival de leur grand chef tribal. Elles allongeaient le cou et lacéraient du bec cet imposteur. Effarouché il s'enfuyait à toutes pattes. Puis, peu à peu rassuré par la disparition du chef, il revenait, bravait le cordon des vieilles, réussissait à isoler un tendron et se jetait dessus avec fureur. Il harponnait la crête, gonflait son camail et s'incrustait à coups violents dans la volaille glapissante et pudique. Je me réjouissais de ce viol triomphant et durement payé de mon coq avorton. Plusieurs fois par jour il m'arrivait de favoriser ses entreprises avec toute la délicatesse voulue. Combien de victimes incarcérées dans des asiles mériteraient cette vigilance compréhensive et ces entractes récréatifs qui assureraient à défaut de leur équilibre sexuel — lequel je dois l'avouer ne fut jamais complètement apporté à mon coq — du moins l'assouvissement de leurs urgences les plus tragiques. Toutefois il me fallait libérer mon grand coq phallocrate assez injustement cloîtré. Il sortait offensé, écarquillé de bouffants, rouge de crête et flambant. Il me jetait des regards méfiants, allongeait le pas et brusquement partait en flèche sur l'ennemi. Mon petit névrosé n'avait pas le temps de se tourner. Déjà la bête purpurine le cravachait de ses ergots et de son bec crochu. Avouerai-je que je trouvais assez douce cette revanche du sachem ? Comme s'il fallait le dédommager de son incarcération et rétablir une hiérarchie naturelle, prégnante et farouche.

Toujours au chapitre de mes poulets. (J'insiste, ces poulets je les ai observés pendant des heures, ils me fascinent. Et puis pourquoi ne pas m'étendre sur ces volatiles, le poulet serait-il anti-romanesque ?) Une aventure me survint donc qui développa mon goût du voyeurisme ou de l'observation, c'est selon. J'avais commandé une dizaine de coquelets blancs dit « poulets de chair » à cause de leur croissance rapide à l'infrarouge et de croisements scientifiques. Race donc parfaitement mécanique et conditionnée, affichant l'inquiétante prospérité de la mort. Pour les distinguer des autres et en raison de leurs caractères très robotisés je les avais surnommés mes poulets « Asimov ». C'était une manière d'hommage rendu à un ouvrage célèbre de science-fiction, *les Robots,* d'Asimov justement. Chez cette espèce régnait un système social entièrement égalitaire. L'absence de clans est un fait rare chez les animaux qui en sont très friands la plupart du temps. Mais les Asimov étaient blancs, de même taille, partageant un parfait anonymat. En revanche, mes autres volatiles connaissaient les suavités d'une hiérarchie complexe. Leur groupe nuancé s'échelonnait autour d'un coq patriarche et phallocratique, établissant la police et ne tolérant aucun rival dans la fornication. J'appelais ces poulets archaïques mes « Judéochrétiens ». A la différence des Asimov élevés à l'infrarouge et biologiquement manipulés, mes Judéochrétiens étaient nés dans une basse-cour et s'y étaient développés librement. Ils avaient connu la chaleur et la sollicitude maternelles. Ces conditions leur avaient permis d'affirmer des caractères différents, pittoresques et colorés. Les Asimov, eux, privés de foyer naturel et orphelins avaient développé une sorte de maternité collective et diffuse. Ils vivaient perpétuellement groupés, recréant ainsi les ailes bienveillantes de la chaude matrone archétypale. Il fallait les voir réagir ensemble comme un individu unique. Sur cette base, première observation : la race diverse, nerveuse et menue des Judéochrétiens l'emportait de loin en agressivité sur mes Asimov énormes, puissants mais identiques et dociles. Le soir, au poulailler, les poulets archaïques occupaient le sommet du perchoir. Les Futuristes, eux, s'alignaient sur la juque inférieure. Si par goût de l'expérience je leur faisais intégrer le poulailler — en en interdisant d'abord l'accès aux Judéochrétiens — ils se rangeaient naïvement tout là-haut. A peine avais-je introduit leurs rivaux que les Asimov se trouvaient délogés, relégués au ras du sol. Autre détail intéressant : mes Judéochrétiens sur le perchoir ne trouvaient place et posture définitives qu'au terme d'essais, de ratés, de hargnes et de criailleries. Les Asimov, eux, s'installaient en automates et sans anicroches. Je rêvais à la société idéale qui réunirait l'individualisme champêtre et tribal de mes poulets archaïques et la vaste solidarité kolkhozienne de leurs congénères modernes. A quand des poulets hippies, poulets fouriéristes ? Hélas, jusqu'ici mon poulailler ne développait que deux tendances néfastes : d'un côté l'hystérie biblique et patriarcale, de l'autre l'hystérie kafkaïenne et bureaucratique.

Après les soins du poulailler me requérait la bergerie. Diane gambadait contre moi. Dans mon dos, déjà, des tourterelles bleuâtres s'abattaient, pillaient le maïs jeté aux poules. Elles crevaient le ciel de leurs cris macabres. Je savais que les plus hardis de la dernière nichée de lapins — dont les garennes circulaient sous le roncier voisin — glisseraient bientôt leur museau au milieu des becs. Il me plaisait de gaver ainsi non seulement mes races domestiques mais toute une faune effrontée, sauvage. Hélas ! il me fallait quelquefois freiner ces agapes dont le financement risquait de devenir exorbitant. Je flinguais quelques tourterelles prédatrices et deux ou trois lapins noceurs. L'histoire de mon coq recommençait : licence, sévices, équilibre, hiérarchie. Le cycle était social, cruel et méticuleux. La mort d'Hélianthe m'avait rendu politique. Mais peut-être mon imagination révoltée tend-elle à exaspérer le tableau dans un débordement rétrospectif... Des tourterelles blessées franchissaient en caracolant le muret séparant la cour du cimetière. Les vieilles bigotes sèches et noirâtres retrouvaient à l'aurore les ailes écartelées et les gorges sanglantes sur les plaques marmoréennes au pied des crucifix. Les sombres visiteuses poussaient des cris d'effroi devant ces intruses blanches, emperlées de sang. Elles interprétaient la présence de ces oiseaux trop purs, profanateurs des tombeaux, comme le signe d'une malveillance magique. J'étais le coupable. Les octogénaires en cénacle ergotaient contre le sadique, l'ancien type de la Rousse, de la perverse...

Il m'était doux de trouver refuge contre l'aube glacée dans l'espace restreint, arrondi et bouclé de la Bergerie. De gros lierres en masses volumineuses capuchonnaient l'endroit, le coiffaient d'une crinière tentaculaire où les merles s'embusquaient, poussant à mon approche de menus gloussements effarouchés. Quelques rats des champs à très beau poil brun, léché de propre habitaient aussi la termitière énorme des lierres.

A l'intérieur régnait un calme tiède, cendré, biologique et musqué. Le sol et les parois étaient voilés d'une poudre de terre séchée à consistance de sable. En y fourrant la main on délogeait de minces fragments d'os érodés ou de très anciennes coquilles d'huîtres usées, poncées par le temps. Ces bribes de nacre ou d'émail étaient manchonnées d'une pulvérulence de suie. Le sol et les cloisons étaient capitonnés de touffes cotonneuses arrachées aux toisons des bêtes. La brebis et ses deux agneaux couchés au fond de la niche émettaient des grognements de frayeur feinte en m'apercevant. Je n'aimais guère le style caoutchouteux de leurs bêlements de poupées qu'on bascule. Ces appels semblaient creuser à fond la crypte des corps pour en faire résonner les espaces caverneux et muqueux, sillonnés de dédales, d'impasses et de boyaux. Heureusement cet orchestre intestin était visuellement amorti par les opulents et sécurisants molletons de la laine. Chaque fois, je plongeais les poignets dans les masses sphériques disposées en gisements de toison parallèle. J'enfonçais tout mon bras à travers ces puits, ces cañons crayeux. Au fond l'on pouvait toucher le cuir intime et rosé de la bête.

Diane feu houspillait les pattes cabriolées des moutons potelés comme des commodes Louis XV. Soudain la brebis poussait en avant un front agressif. Mais cette manœuvre n'intimidait pas le chien. D'ailleurs après ces quelques joutes rituelles les animaux renouaient amitié, se reniflaient, associaient leurs pelages contrastés de braise et de copeau. Je me couchais alors parmi eux. C'était un paradis de fourrure et de suints fous, un débordement d'odeurs fauves, d'acides et de laitances. Je m'accrochais aux crinières culbutées dans mes élans noceurs. Diane jubilait. Il faisait chaud. Un nuage de poussières tourbillonnait, picotait. Les poils ébouriffés s'insinuaient partout entre les lèvres, sous les bras. Paradis de musc et de moiteur labouré de nos griffes, scandé de nos souffles. La poule pondeuse juchée au-dessus de nous, à l'intersection de deux poutres, jetait dans le tapage sa crête rouge par à-coups et bégayait des gloussements offensés. La poule s'ébrouait, laissait tomber autour de nous plumes et duvets qui nourrissaient l'humus déjà complexe, ce chaleureux terreau de résidus riches et doux. La carcasse vermoulue de la crêche secouait ses flancs, agitait ses poussières, sciures d'insectes, papillons à duvets sépia. Les merles fuyaient en hurlant la tignasse enfiévrée des lierres. Soudain un rat filait en météore au pied d'une longue planche. Il y en avait des colonies qui reniflaient, couinaient, chiaient de frousse dans l'instabilité de la maison du berger. Il arrivait parfois que Diane d'un trait fulgurant harponnât un petit tombé. Elle lui hachait les reins, le sang épais giclait, faisait cambouis sur les poils. La bestiole émettait un glapissement aigu et sa babine moustachue se retroussait sur les dents. La fête continuait sans plus de souci pour le rat crevé. Il serait livré plus tard aux poules, aux vieilles surtout, les duègnes qui étaient féroces et omnivores comme des porcs. Il fallait les voir piquer dans le gras, perforer les grappes de bourrelets puis viviséquer le cul en trognons sanglants. Elles se bigornaient dans la curée comme des vampires.

Sortis de la Bergerie, l'on s'ébrouait Diane et moi, décapant poudres, plumes, puces et poils. Alors nous nous engagions dans les galeries épineuses et touffues du roncier. De l'extérieur c'était une chape énorme et barbelée, impénétrable. Toutefois j'en connaissais les accès secrets : telle broussaille morte et plus claire, telle ruelle agile moulée au corps des renards, des lièvres. A coups de bottes et de reins, il suffisait d'élargir l'étroit calibre du passage. Je m'enfilais dans le froid des grottes qui se creusaient, toutes arrondies devant moi. Contraste étonnant entre les surfaces du roncier — tapisserie aérienne brochée de petites feuilles luisantes et nervurées — et les cavernes de la terre. Mon regard coulait dans des ténèbres ovales. Ateliers de racines, garennes, meusses, sentes et layons. Diane jaillissait là-dedans rouge et jappante. Elle galopait tête basse dans le sombre circuit de soupiraux, de cryptes et de coulisses. Je voyais son feu bondir derrière le clayonnage des ronces. Je suivais la fête de ses muscles partout dans la terre. Elle débusquait un chat sauvage. La bête mauvaise se contractait chuintante, ses reins prenant appui contre un tronçon de souche. Elle feulait, grimaçait. Les bouffissures de ses joues lui faisaient un masque de strige ou de tarasque. Diane parait la volée des griffes et aboyait de grands appels sonores qui tisonnaient le ventre des ténèbres. Des lapereaux furtifs filaient, des hérissons se pelotonnaient sur le copeau des brindilles, des orvets humides s'insinuaient sous les mousses, les scarabées rutilaient, disparaissaient. Les rats s'enfonçaient plus profondément dans les recès du sous-sol. Des pucerons, des mites, des papillons de nuit tout pollinisés rétractaient leurs antennes vibratiles. Des tourterelles sur lesquelles j'avais tiré et que j'avais blessées alors qu'elles pillaient mon grain, ayant trouvé refuge dans ce territoire obscurci, apparaissaient soudain. Lumineuses elles sautillaient, ailes cassées, traînant leurs plumes. Nacre maculée de sang. En vain tentaient-elles de libérer leurs rémiges clouées au crucifix du roncier. Leur cou s'étirait morbide et convulsif. Les belles finissaient toujours par servir de friandises aux rats. Diane voltigeait dans ce musée de plumes et de poils, jalonné de crottes cireuses de lapin. Elle labourait la terre tatouée d'indices, fouillait des orifices. Elle déterrait des œufs blancs de fourmis, une nichée de hérissons nus, roses et caoutchouteux dont les courtes pattes gigotaient striées de fétus. Diane de sa canine coupait la queue d'un orvet tortillé et phosphorescent. Je galopais derrière ma complice en dépit des ardillons, des nœuds de racines. Mes genoux bouleversaient des fouillis de moisi. Le sol exhalait son parfum d'éther, de champignon, de sperme. De petits oiseaux fantomatiques, pépiant faiblement, sautillaient dans l'aigre entrelacs de boucles. Minuscules boules de roitelets. Parfois, à un détour, nous tombions sur une embrouille de duvets sanglants : restes probables du festin d'un renard. Des araignées poilues portant sur leur dos des cloques plus claires venaient inspecter les vestiges douillets du carnage. Je jetais ma main tantôt sous la gorge haletante du setter qui sentait le poil, la feuille, l'urine et le mouillé, tantôt je l'enfouissais en grattant la terre. Il m'arrivait de dégoter de fins éclats de mica : fragments de coqs en faïence de Lunéville. Parfois l'humus était tout hérissé de leurs crêtes rouges. Je découvrais aussi des clenches lisses et rondes comme des œufs et dont me fascinait l'éclatante nubilité. Amandes de la terre, imputrescibles bogues de l'industrie humaine rendues au sol pour le féconder. A certains endroits elles proliféraient comme des étoiles. Je cueillais, en contemplant mon butin, des mûres chétives et granuleuses poussées loin du soleil. Parfois, un rayon s'infiltrait sous les voûtes. Il tachait les décombres feuillus de flaques vénéneuses. De rares fleurs chlorotiques doucement palpitaient comme des fanaux. J'aimais les prendre une à une. Je les faisais macérer dans des cruches remplies d'eau tourbeuse, de sèves et de larves. J'attribuais à la mixture d'exercer sur moi l'âpreté d'un charme.

Rapidement je faisais le tour de mes collets et de mes tapettes à rats. La cueillette me rapportait deux ou trois lapins étranglés, une souris ou une rate éclatée. Hélas, parfois la pièce était plus poignante : quelque renard pris par la patte dont l'os cisaillé saignait. La bête était couchée, aplatie, oreilles basses. Lisse et tordue elle ressemblait à un fossile. Jadis Hélianthe ne supportait pas la scène. Elle revenait bientôt avec une couverture qu'elle abattait sur le renard, elle le ficelait provisoirement, lui serrait les mâchoires dans une muselière. Immobilisé, le renard laissait alors cette grande fille rousse inspecter sa plaie, réajuster les petits os, les esquilles, installer une éclisse et coller un plâtre. Hélianthe venait chaque jour nourrir l'animal enchaîné. Dès qu'il était guéri elle le relâchait. Une sorte de contraction s'emparait du renard lucide. Son instinct étonné semblait tout effleuré de liberté. Il bougeait à peine. Il se ramassait peu à peu. Il tendait ses muscles. Il humait. Ses yeux brillants nous fixaient par en dessous. Il se tordait de côté. Il s'agitait comme à l'intérieur d'une prison abstraite. Soudain, d'une détente silencieuse il jaillissait en avant, il filait, dérobant sa fusée flammée derrière l'écran des ronces. Il brûlait au loin dans de grandes orbites noires.

Ce théâtre de pistes devait devenir le lieu de courses plus humaines, de traquenards plus tendres sur lesquels bientôt je reviendrai. Mais il me faut ériger l'ordre de mon texte, profiler avec soin mes jouissances avant leur déploiement. Déjà ce gradué alléchant insinue en moi une vive angoisse. Oui, bientôt je vais festoyer dans l'été de ma mémoire. Je vous célébrerai Christophe et Judith ! Ma félicité solaire sera d'autant plus parfaite qu'amenée avec un souci de précision diabolique. Je veux tout revivre. Creux et contours, reliefs et courses !... Alors je ferai éclater ma nuit à coups de métaphores et de mythes. Mes images irradient et c'est comme si se brisaient d'un coup ces barreaux de ténèbres. Oui je veux allumer partout ces flambeaux des fêtes intérieures. Ma nuit et tous ces villageois crèveront de cette antithèse. Cérémonieuses orgies de la mémoire.

A propos de ce roncier mon souvenir le plus incongru remonte déjà à quelques années. Alors nous élevions Hélianthe et moi en surcroît des poules quelques dindes à jabots, fanons, chichis et criailleries de grelot. Les dindes sont douées d'une sorte d'instinct de lévitation. Elles ne se plaisent que perchées, haussées... Tout leur est bon si l'on n'y veille : la niche d'un chien, le faîte d'un toit, le muret du cimetière, les branches d'un pommier, hélas ! aussi les pals de la clôture séparant la cour du roncier. Un soir que je précipitais un peu le retour au poulailler, une dinde grasse, blanche, rouge de caroncule refuse de réintégrer ses pénates et tout bonnement s'échappe par-dessus le grillage droit dans la masse épineuse du roncier. Hélianthe vient à mon secours armée d'une torche électrique car la nuit grandissait. Il nous faut descendre dans le chaos tout remuant d'impulsions nocturnes. Les chats sauvages balafrent le silence de leurs vagissements. Là-dessous la dinde gambille haute et charnue comme une autruche. Diane l'accule contre un panneau de branchages, alors d'un claquement d'ailes l'oiseau se perche. Il reste là, longtemps, hors d'atteinte, trônant au sommet d'un cône de ténèbres feuillues. Il incarne un culte lunaire bien insolite. Les rats au plus étroit, au plus fin des étuis de la terre glissent une pupille d'étonnement. La dinde nous fixe de son œil rond, elle fiente. Chouettes et chauves-souris là-haut viennent raser de l'aile ce poulet d'albâtre. Elle roue à la cime des ronces. Il me prend des envies furieuses de la plumer, de la rôtir, de la bourrer de farce et de piment. Hélianthe plus diplomate tente de l'amadouer par de menus gazouillements ; ce qui renforce le dédain de la bestiole qui semble coasser des sarcasmes. Diane lance la torche de son poil arrogant contre cet œuf plumeux sorti de la nuit. Oh ! ce Pleumeur-Bodou !... Planète de cocagne à coloration nougat. En vain ! Finalement je dus carabiner la fugueuse qui boula en roulant des ailes, lourd cerf-volant terrassé. Partout rats et renards humaient les fragrances du sang. Un long frisson parcourut l'intrication ténébreuse du roncier. Je sentis sur ma peau ce serrement de grandes mailles... Dans mes rêveries l'oiseau géant réapparaît sous des travestissements scéniques : époustouflant bedeau d'église ou baryton d'opéra bouffe, Vénus rengorgée, tumeur neigeuse, nénuphar énorme et farfelu, kyste éclatant, ou tout à fait schématisée la bête : fesses et mamelles dont s'épaissit la chair nourrie de lune. Elle culmine énorme, vierge et loufoque au-dessus du monde. Je ne puis oublier sa blanche obscénité.

Après la tournée du roncier, d'un trait nous avons gagné la cour fermière. Il fallait reposer nos yeux, oublier cette agression de griffes et de harpons. La mare qui ornait le centre du pré justement nous fascinait par son calme. Belle, douce, ovale. L'herbe autour était rase et menue, nivelée par les babines des moutons. Un ruisseau alimentait le plan d'eau. D'où venait-il ? Dans quelle forêt la source offre-t-elle sa boisson limpide aux chevreuils ? Bientôt je partirai en quête de son origine. Pour seul guide je n'aurai que ma nuit. Une Antigone vraiment bien noire. La mare exhibe sa peau. L'on entrevoit des vases sous-jacentes et quasi pulpeuses. Les bords sont enveloppés d'un cresson sauvage, vert clair et proliférant. Il faut voir l'œil noir de la mare briller sous ces paupières luxuriantes. il y a aussi des passages dégagés où viennent boire tous les animaux de la ferme. Ces enclaves sont boueuses, constellées de chiures, de fours plâtreux ou jaspés de lunules, de tortillons saumâtres. Une pestilence musquée vous pénètre. Des grenouilles délirent dans les gadoues. Rangées de petites gueules béates. L'on distingue juste au-dessous le renflement des gorges blanches. Et les os tout busqués, flaques de peau verte. Au fond de la mare, par temps clair, on apercevait des orifices ténébreux, logis de quelques anguilles grasses et noires, régurgitant des flopées de bulles. Un frelon énorme voltige et ronronne autour d'un bouquet d'iris. Le rayonnement solaire converge au centre de la mare en un fuseau proche d'éclore. J'imagine une formidable araigne cassant l'amphore de lumière.

Je revois Hélianthe, jadis...

Tout à coup, elle voulut nager dans l'eau tiède et tourbeuse. Elle s'était avancée jambes nues. Ses pieds s'enfoncèrent dans le ventre des boues. C'est doux ! c'est bon ! s'écriait-elle dans son caprice. Sa voix douce et concrète... dont le timbre fouille des solitudes qui font mal. Autour d'Hélianthe montait un parfum d'eau morte, de terre noire, de végétal dissous. Le fouillis des plantes parasitaires harcelait ses cuisses. Elle poussait des cris, redoutait quelque morsure de monstre venimeux tapi sous les feuilles. Elle aperçut tout à coup une couleuvre inoffensive que l'on avait apprivoisée. Elle allongea le bras. Le fil vert et subtil se laissa attraper de bonne grâce. Négligemment elle s'enroula autour du cou le serpent domestique. Les grenouilles tambourinaient, bavaient des coassements rythmiques... Les canards plongeaient leurs cous dans la vase et les moustiques. Hélas ! nul cygne blanc pour Léda. Mais des colonies de puces d'eau, d'un noir brillant. Une libellule toutefois vint frôler sa gorge rugueuse à force de frissons. Le pied de mon amie troublait le volume liquide. De grands voiles de gadoue enlaçaient ses genoux. L'intruse arriva bientôt au foyer de la mare. Elle ouvrit ce fuseau de rayons qui mûrissait dans l'eau. D'abord déroutés, les reflets se sont vite réunis pour former une cage lumineuse et ferronnée autour de ses cuisses. Le pubis sous l'eau gonflait son soleil noir. Les mains d'Hélianthe arrachèrent une sorte de chiendent aquatique qu'elle noua en guirlande autour de ses reins. Plus bas, sur le ventre, elle glissa un collier d'iris. Hélianthe s'enfonça brusquement au cœur de l'ombre... La mare était l'antre de ce pré si bucolique. Hélianthe remontait le fleuve noir. Elle disparut... A l'horizon de la mer ou de la mare ? Je ne sais plus. Ophélie de l'océan ou de l'étang ?... L'Absente maintenant voyage sous la terre, erre dans les profondes galeries du temps. Elle pénètre les couches, les cercles, les sédiments. Elle découvre sans moi les pays, les globes, les frondaisons de schiste, les arbres de la pierre. Elle parcourt les immenses plaines minérales, les fleuves, les monolithes de cristal. Elle contemple les brouillards fumant aux hanches des géants, tous les soleils et les charbons massifs. Elle atteint la forêt, le feu... Elle touche au cœur. Oui, c'est là que je brûle de la rejoindre. Et ce manque est atroce. Si je pouvais sceller dans ses bras un accouplement solaire, terrien et définitif. Nous serions les salamandres de l'éternité. Soudain, je sais que le noyau de la terre garde l'empreinte d'un couple primitif, inscription fondamentale au cœur de l'œuf planétaire à laquelle répond dans le cercle céleste une autre empreinte lumineuse et stellaire, celle-là. L'univers n'étant qu'une imbrication de cercles et de centres. Chaque cercle se faisant centre, chaque centre se faisant cercle en dehors de tout centre et au-delà de tous cercles. Ronde immense des mares éternelles.

Alors, Diane et moi avons erré partout. Nous nous sommes retrouvés en amont du roncier... le kiosque nous attendait. Edicule chatoyant, disloqué, tantôt revêtu de toiles d'araignées ou habillé d'immortelles et toujours occupé par un grand canapé charnu, rouge dont les rondeurs décadentes attiraient la main. Le kiosque nous enrubannait dc ses festons. Le vent sifflait entre les crocs des vitres éclatées et une foule de grands scarabées se doraient dans l'ombre. Souvenir des cabrioles étroites entre Hélianthe et moi sur le ventre du canapé !

Plus tard, ayant surmonté la disparition de mon amie, je revins accompagné de Diane. Nous nous allongions après les prouesses de nos courses sur le velours percé, grenat, maculé de chiasses, duveteux de mousses. C'étaient léchées, becquées, mamours de détente. Diane rousse festonnait le meuble. D'égrillardes petites fleurs rutilaient vers nous. Exode d'araignées. Débâcle de fourmis. Cela craquait, brillait, vivait. Le kiosque tournoyait dans les yeux sombres de Diane ivre.

Aux environs de onze heures nous gagnions l'extrémité opposée du roncier là où s'élevait la villa Etoile. Maison dormante. Météore immobile. Hauts murs sans vitres. Aigre girouette. Salles vides veloutées de gris. Partout des bris, miettes, fétus secs. Mouches rabougries, scarabées fanés, papillons figés. J'aimais l'aridité de cette demeure fracturée, béante dans ses gerbes de boiseries, sa rocaille de pièces que le soleil asséchait et où s'épanouissaient des araignées énormes, velues et des lézards élégants et monstrueux comme des molochs.

Du temps d'Hélianthe notre prédilection était de venir à midi, l'été, dans les salons d'Etoile. La chaleur cuisait les poussières, brouillait les lignes, chauffait des senteurs de laine, ravivait un peuple de chrysalides et de momies. On écoutait des crissements de criquets, le crépitement des lambris flétris. Nous nous adonnions à un temps de rêveries entrecoupées d'étreintes et de lectures. Hélianthe avait aussi coutume d'apporter un petit transistor rutilant dont la musique filtrait avec acuité. Diane adorait s'étendre sur le revers doux des poussières ; son souffle mugissait de béatitude, sa truffe humide furetait dans des pastilles mobiles de lumière et son cou s'étirait afin de rejoindre des ocelles tigrés de soleil.

La nuit, Etoile devient le nid de tous les chats du quartier. On entend leurs tapages lascifs. Etoile se transfigure en paradis de pelages, de prunelles, de langueurs et de saillies. Ses fenêtres béantes, ses fractures larges et ses petites fentes s'imbibent de nuit et de reflets d'astres. Après l'amour, les chats veillent comme des sphinx, rêvent dans des lacs de silence et tressaillent soudain dans les craquements des loirs.

Hélianthe morte, je venais me coucher dans les salles exposées au soleil. Je m'allongeais sur un parquet rongé, échardé. De mon doigt j'effritais des miettes de bois sec. Je détachais de longues aiguilles dont je me servais pour curer lentement mes ongles. Je mettais dans cette opération une minutie lente et voluptueuse pareille à celle d'un babouin qui s'épouille. Un jour un panneau éclate en plein midi projetant ses fioritures de bois clair. Quelle érosion, pression interne avaient causé l'accident ? Une subversion de tarets, ou la hampe de soleil dardée droit sur la surface ligneuse par une ouverture de fenêtre ? Je garde le souvenir d'un cataclysme lumineux. Son cratère blanc demeure. Sans doute est-il visible encore. Cette nuit, là-bas, il rayonne. Tous les chats accroupis rêvent au soleil d'Hélianthe. Réminiscence donnant à leurs prunelles ce charme de l'hypnose. Aussitôt nous nous étions couchés Hélianthe et moi dans le gravat torride où s'incrustait profondément l'empreinte de la foudre. Nos corps étaient roulés sur un bûcher de pailles et d'éclats magnétiques. Puis, redressés, debout, l'on s'était harponnés dans la plaie du bois déchiré. J'en conserve la sensation d'un feu d'échardes jaillies de mes reins. Ce souvenir fleurit ma nuit. Plus tard, je suis revenu avec vous Christophe et Judith renouer le rituel de la poussière, du bois et du soleil. Notre complicité fut spontanée, savante. Les chats jouaient, roulaient en grappes souples, s'accouplaient sur les lames des parquets tiraillés de vie secrète. Ils interrompaient leurs ébats pour nous regarder avec ces yeux de pierrerie dans les visages de fourrure. Vers le soir nous envahissions le jardin des Houx, ses pelouses molles et bonnes au toucher, fraîches au sexe. Le gazon sentait fort. Diane triturait des brins que nous lui chipions et que nous sucions encore tout imprégnés de salives. Les haies de houx bleu nous enserraient. Christophe courait jusqu'au portique, il se hissait le long de la corde que son effort bandait. Ses cuisses étreignaient la fibre ravivée de serpentements et de spasmes. Judith le rejoignait, enfourchant une perche voisine, brillante et dure. Le portique craquait. Les montants légèrement pourris oscillaient. A leur base pliaient des mousses imprégnées de rosée du soir. Et des primevères embaumaient les grimpeurs agiles. Athlètes dansant sous mes yeux avec leurs cuisses torsadées, leurs reins noueux. Les cuisses du garçon accrochaient la corde. Le ventre jaillissait. La fille dans une avide succion du bassin épousait la chute solide de la perche. Beau bois global et doux. Diane voltigeait dans le roulis du portique. Moi j'étais ébloui de muscles, de peau nue. Crosse de la cuisse, fosse des reins, festons des bras. Torrents de vigueur. Ils rampaient, ils roulaient, battaient dans un carré d'azur, surplombant la couronne des houx. Ils grimpaient, ils assiégeaient leur propre corps dont chaque impulsion leur était retransmise par la sensibilité de la corde. Plus tard, tous les trois, nous avons poussé à bout cette œuvre de connaissance.

Hélianthe, Diane, Christophe, Judith... Ma mémoire à présent est large, ouverte. Je m'y enroule en cent replis de l'imagination et du corps. Je veille, soleil au poing. Ils ont tué Diane, ils m'ont fermé les yeux. Jamais ils ne feront de mon passé un cadavre...

Une idée fixe a toujours disposé de mon être, et cela, d'égalité avec les fastes du loisir charnel, ses masques, ses lieux choisis, ses parfums, ses métaphores précieuses et précises, ses organisations méticuleuses, et ses fourrures, joyaux, rites — oui une vieille passion commande ma vie fondamentale : c'est le jeu.

Je rêve souvent de l'établissement d'un casino au sein des prisons. Les détenus y joueraient de secrètes économies ou des billets gagés sur des pécules massifs, fruits d'anciens hold-up mis en sécurité. Toute la diversité truculente du crime serait en quelque sorte ravivée, multipliée par une remise en jeu perpétuelle de ses profits. L'on peut rêver que le voleur néophyte et de petit acabit réussirait à gagner le pactole du truand chevronné. Ce serait là une bien intéressante modulation de la justice. Plus audacieux, j'imagine la possibilité donnée au condamné à mort de jouer sa grâce aux dés. Ainsi la gratuité du hasard le plus vierge renverserait ce demi-arbitraire compliqué de raisons trop diverses — à la fois subjectives et politiques — qui définit sur ce sujet macabre la décision du président de la République. Je joue ma tête à la roulette. Rouge et Noir au choix. Le Noir tue, le Rouge sauve la vie, ou vice versa suivant les symboles et les superstitions de chacun. La justice se parerait alors des pompes de l'arbitraire absolu. Elle y gagnerait un visage neuf, dépouillé de ces ambiguïtés dont la surchargent un nœud de motivations sociales, d'évaluations morales, l'illusion d'un calcul lucide des causes. Vraiment seule l'irresponsabilité du sort pourrait légitimement équilibrer celle du crime. Les assassins sont innocents. Trop de causes subies se nouent en un déterminisme immémorial et touffu qui confère à chaque transgression criminelle une préméditation — si j'ose dire — séculaire. Que la société laisse donc au coupable la chance de briser le carcan de son passé par la splendeur d'un hasard unique. Cesserait alors ce prêchi-prêcha d'arguties de sociologues, de psychiatres et de cagots. Le jeu, le jeu seul déciderait de la vie et de la mort. Le déterminisme total et le hasard absolu noueraient leur vieille fraternité de jumeaux en ces cérémonies du jugement à l'état pur. Alors, les damnés le temps d'un tour fulgurant de roulette seraient des rois. Oui, j'imagine de grandes soirées au casino du jugement dernier. La tête sanglante du guillotiné tomberait sur le tapis vert et prolongerait d'une brève giration la course de la boule justicière. La justice du chiffre supplanterait les louches élucubrations humaines. Jamais je n'ai rien trouvé de plus transparent, de plus estimable que ces catastrophes ou délices survenant au joueur. Le hasard a un style à la fois si enfantin et aristocratique de se laver les mains qu'il devrait donner à penser au peuple besogneux, sordide et pittoresque des jurés.

L'aventure capitale devait commencer pour moi dès la septième année, vers l'âge de raison, dont la formule s'inversa pour mon compte puisque j'entrai dans le temps du délire. Avec rage je jouais. Tout m'était bon : le corps, l'âme, l'habit, l'esprit. En trois jours je perdis aux dés une collection exotique de timbres de famille. Un passé prestigieux d'occupation coloniale dans les pays d'Afrique et d'Asie s'évapora entre mes doigts. La bibliothèque y passa petit à petit. J'ai joué le crucifix de ma première communion, ma première cravate et mon âme.

Nos parties de billes furent fanatiques. Un franc la bille. On volait pour jouer... jouer à la banque, au vingt et un. On lançait des pièces à qui serrerait de plus près une ligne tracée, au-delà l'argent était perdu. Nous avions créé mille conventions naïves et contournées nous permettant d'assouvir notre faim de hasard. Les filles prudentes se détournaient de nos paris. Déjà en elles — posés par les parents — prospéraient les linéaments d'une philosophie faite de modération, d'économie domestique, de constance. En revanche, le joueur se délectait de l'inconstance infaillible du destin. Il y avait donc — du moins était-ce notre illusion — quelque chose de typiquement masculin dans notre activité qui faisait de nous des êtres téméraires et privilégiés. J'ai le souvenir de ces journées ardentes, plein août. Quand les autres batifolaient à la plage ou traquaient les papillons au soleil, notre bande retranchée dans quelque alcôve noire suspendait son souffle aux décrets du hasard. Monde précieux, barbare. Cénacle de mioches écarlates. Gestes tendus, tics, roulent les dés !... Nous attrapions des expressions. Nos visages gagnaient je ne sais quoi de saillant, de mystique et de précoce. Les camarades de notre âge qui revenaient d'infructueuses parties de pêche avaient des physionomies crémeuses, tout à fait informes. Furieuse, notre puberté s'engageait dans des circuits méticuleux, ardents. Les autres noyaient les faibles vagissements de leurs premiers désirs dans des loisirs aussi obsédants qu'un herbier ou la construction d'une cabane. S'il nous arrivait de céder à ces pulsions architectoniques c'était pour édifier un temple à notre aimable vice. Les soleils des après-midi d'été tournoyaient dans les ténèbres confites. C'est du dedans que le sang nous brûlait. Avouerai-je qu'une forme de brunissement, de cuivré dans la coloration de la peau venait à ces coreligionnaires du fait de leur brûlante pratique du hasard ? C'est que nous jouiions avec nos sens. Les gamins épris de grand air ne pouvaient aucunement rivaliser avec notre épiderme doré de joueur. En matière de bronzage le vice est le plus sûr moyen. Toutefois une lassitude s'emparait parfois des sectateurs. Alors ils lançaient le reste de leurs énergies dans des étreintes anarchiques, furieuses et fugitives.

Le jeu, le plaisir. Hasard et transe... Mon sol mental est fait de ce tuf gorgé de flammes.

Avec Hélianthe nous affectionnions passer les après-midi caniculaires tour à tour à la baignade et au jeu. Bizarrement, nous réservions le bain pour l'aube ou le crépuscule. Il nous plaisait de tuer en quelque sorte la clarté naturelle et solaire pour lui substituer cette lumière factice que dispensent les lampes en plein jour sur le tapis vert de la boule ou de la roulette. Les clameurs des baigneurs et des cohues vacancières arrivaient tempérées par l'épaisseur des feutres, des lourds capitons. Les vrais joueurs jouent à midi. Minuit n'est qu'un nocturne théâtral de parvenus. C'est avec une pointe d'excitation que je voyais Hélianthe jouer, portant comme unique couronne la chevelure d'un bain de mer matinal. Sous la jupe le slip séchait. Où mieux cultiver cette torridité du hasard qu'au mois d'août, à midi ?

Autre particularité notable, il nous arriva de préférer à la roulette hiératique la boule simple et prolétarienne. Certes, au début notre prédilection allait à l'atmosphère de luxe confiné des salons de roulette et de baccara... Mais notre vice décanté peu à peu s'aiguisa, circonscrivit plus étroitement son essence. Alors nous avons délaissé les fastes surfaits du divertissement mondain pour partager la passion des misérables. La salle de boule était au rez-de-chaussée tandis que la roulette occupait les salons du premier étage. Là-haut les catastrophes, les ruines se feutraient pour ainsi dire du fin sourire des croupiers, de l'odeur sophistiquée des alcools et du tabac. La politesse augmentait plus la perte était tragique. Les lustres grouillant de pendeloques illuminaient des masques, des profils distingués de momies. Mais c'est à la boule que nous devions connaître le vrai vice avare. Il fallait jouer le samedi après-midi, juste après la paye générale qui avait lieu à midi dans toutes les entreprises de la ville. Alors commençait l'opéra funèbre. Les miteux, les déglingués, les travailleurs immigrés, les Arabes surtout, émaciés, sombres et fatalistes enveloppaient le disque ligneux, vernis, alvéolé de la piste. Les yeux dardaient au cœur de ce cratère lisse où filait la boule. J'ai souvent subodoré les nuances cosmiques, les implications planétaires de ce jeu simple et géométrique. Nul météore ne fut plus couvé que cette grosse bille gravitant sur nos destins. Elle nous écrasait de sa chute stellaire ou nous exaltait. Le sens de l'espace et du temps dans leur conjugaison foudroyante n'appartient qu'aux joueurs. La boule changeant d'orbite, différemment satellisée, divaguant dans des attractions, des cosmos imbriqués en armilles figurait la danse des planètes. Nos yeux brûlaient dans ces ténèbres incendiées de météorites. Chaque chiffre comptait son système solaire, ses bienheureux, ses martyrs, ses radiations clémentes ou contraires. La chevelure d'Hélianthe errait au-dessus de ces entrelacs de galaxies, déjouant souvent les prémonitions des joueurs les plus inspirés.

... La roulette pullule d'une foule de numéros sans charme, dénués de toute espèce de mythologie : le 34, le 26, le 14. Cohue de grisaille, anonymat populeux du nombre. Au contraire, la boule exhibe chacun de ses chiffres hérissé de son aura singulière. Je ne parlerai pas de l'as, du 2 et du 3 dont le symbolisme fait l'objet d'un accord universel. Le 5, lui, nous paraissait revêtu d'un principe de perfidie et de duplicité. Jouer le 5 c'est choisir le diable, parier pour la perversité. Le 5 est le vrai chiffre de la marginalité. C'est l'anti-monde, l'anti-matière, l'anti-Dieu. Il faut beaucoup d'audace et de sombre colère pour parier le 5. Organe de jouissance et de rébellion. Tumulte de la partialité. Chiffre de secte, de manie, de cabale, de barbarie, encensé de toutes les fascinations du rite. Le 5 dans son alvéole jaune ! Hélianthe et moi l'avions surnommé Zoroastre. Hélianthe, certains jours, sortait triomphante du casino. Son regard vert était tout brouillé de cynisme et animé d'une sorte d'horreur. Elle jubilait. Ses dents brillaient. Elle me criait dans les oreilles : « J'ai joué Zoroastre d'un bout à l'autre ! Zorro Astre, Zéro Astre, Astrosort... » Elle me faisait cette observation insane : « C'est comme si j'avais des chicots à la place des dents, comme si toute ma mâchoire déchaussée roulait des cailloux mêlés de tourbe. » Il y avait là une symbolique obscure à laquelle je n'eus jamais tout à fait accès.

Le 6 était le nombre de l'aisance et d'une certaine indécence. On le réservait pour les jours de licence, les jours soyeux quand tout coule de source. Il nous happait de sa mèche de fouet, nous enlaçait de son sifflement lascif. Lorsqu'Hélianthe dissimulait à peine cul et seins nus sous une robe brève, immanquablement elle choisissait le 6. Chiffre de la scissure. J'ai observé plus d'une fois qu'au seul timbre de sa voix formulant le 6, un frisson traversait le ténébreux conciliabule des joueurs. Les cils battaient et c'était dans les cerveaux hallucinés l'élargissement doux d'une fissure où s'ouvrageait le Sexe insidieux du Six. Hélianthe et moi dans notre vocabulaire intime appelions le 6 le silex... « Jouer silex » c'était jouer l'interstice, jouer le silence ciselé. La dent de scie du plaisir. Le jouissif serpent.

Le 7 présentait spontanément à nos yeux des vertus militaires ou paysannes. Jouer 7 c'était entrer dans l'ordre de la nature ou dans l'art de la guerre. Bastions, sillons. Chiffre du travail, du labeur... emblème des pèlerins aussi... symbole de la terre et du sang. Nous, le 7 insolitement nous l'avions surnommé Péguy ! oui, aussi arbitraire que cela parût. Jouer Péguy sur 7 ! Surtout les jours de nuages, de vent gris, de marée automnale. Alors le 7 était l'objet d'une vigilance accrue.

Le 8 était bien sûr le nœud de l'extase, signe d'une assez grosse béatitude. Lieu d'une nodosité spéciale. Félicité obséquieuse. Imbrication de croupe et de seins. Double mamelle. Testicules. Boudiné, saucissonné le 8 ! Dans notre langue à nous on l'appelait : l'holothurie ou le hibou. Jouer hibou c'était jouer 8. Oh ! le gros porno 8. Engrosser le 8.

Le 9 avait le privilège d'occuper le bout de la liste et de faire ainsi écho au numéro 1, l'as. Il en était pour ainsi dire la progéniture et l'ascendance. Comme un début de grouillement encore très organisé. Premier maillon d'une longue chaîne infinie et grossie de chiffres. Jouer 9 c'était jouer l'ordre. C'était aussi le numéro type de série. Il vous gobait la boule trois, quatre fois de suite. Certains jours il hantait, aux environs de cinq heures. Il atteignait des records. Il était récidiviste. Mais il restait sévère dans sa gloire, grave et serein le 9. Patriarche de famille. Sage huissier d'aréopage. Suisse de cathédrale. Solidement confucéen. Flic aussi... mais haute poule, volaille des ministères. Mûr le 9 ! expérimenté. Chiffre de la race par-dessus tout, symbole des générations. On ne pouvait oser le 9 sans éprouver le sentiment d'une lâcheté, d'une réinsertion bourgeoise et grave dans le rang.

Il va sans dire que ces analogies fantasques nées de la matrice des chiffres relevaient d'une logique vivante et particulière à notre couple. Les autres joueurs détenaient d'autres troubles combinaisons, agencements d'auspices, symboliques bizarres aux rouages voraces. Il arrivait, les jours de confidence, que l'un de nos commensaux gagnant gros jeu s'ouvrît à nous de sa grille d'interprétation personnelle. Il nous découvrait des rapports énormes et naïfs : toute une anatomie incongrue de chiffres, gnose de signes.

Dans ma nuit le cortège des chiffres passe et repasse souvent. Les nuits d'hiver, de grande gelée, de froidure. Certaines nuits de Noël, d'étoile polaire ils défilent comme les nains de Blanche-Neige, les Muses, les chevaliers de l'apocalypse, des ogres ou des gosses. Ils viennent pareils à des allégories du temps, et de l'éternité. Alors en eux je reconnais les oiseaux... De nouveau ils affluent dans les premières neiges. Ils constituent ma vraie famille, mon unique hérédité et ma descendance. Je les sens vivre, bouger comme des fruits de mes entrailles. Un désir violent de jouer, de chasser dans la neige me saisit au ventre, me ronge le poumon, comme une angoisse énorme qui s'ouvre.

Je rêve à la quiétude feutrée, fourrée des casinos, à cette aristocratie des sueurs. Casinos chats. Douillettes maisons de grand risque. Bergeries de panique. La piste circulaire de la roulette s'épanouit tel l'ovale d'un visage céleste... Orbe, aura, sphère d'oracles, anneau de complicité, matrice douce ardente, rosace des chiffres de jadis... du temps d'Hélianthe... Ah ! ces légendes ! Il neigeait, le casino vide à demi réunissait ses fidèles les plus tenaces. La boule rayonnait. Grande spirale huilée. Bois verni. Alvéoles coloriés. Incrustations de chiffres. Tapis verts. C'était l'oasis tandis que la neige au-dehors brouillait les pistes, amortissait tous bruits de rue, de routine, suspendant alentour une impression de nativité, propageant un effet infini d'oiseaux et de sidération. Hélianthe torse noué dans un pull moulant, laineux. Ses yeux brillaient, prunelles mobiles chevauchant les chiffres. Nous étions là... aréopage fanatique et tranquille lorgnant nos idoles bigarrées quand il neigeait partout sur les coupoles, les dômes de la ville, sur le sable et l'asphalte, les marbres de la mer. Et les oiseaux du Nord déferlaient, m'enveloppaient de leurs ailes vivifiantes et mystiques. Il fait nuit. Hélianthe combine dans une fantasmagorie savante la nudité du cygne et le vert du tapis tatoué de signes, vrillé d'yeux fixes, marqué de coups d'ongles. Avec ces crinières de cheveux au bout des corps haussés, hampés, stylés façon Greco... Hélianthe solaire survole tous les dédales, toutes les marqueteries de coloris tranchants et de sigles. Elle monte au-dessus de la terre, s'éloigne de la mer où glissent des navires uniques et sibyllins pareils à des nombres. Son index originel donne la chiquenaude aux planètes. Elle organise la ronde des mondes. Axe d'une chorégraphie vaste et précise de girations d'oiseaux et de flocons.

A propos de jeu me saute juste à l'esprit un souvenir de chat, d'Hélianthe, de croupiers, de femme vêtue de grande cape...

Les croupiers cela semblait toujours tendancieux pour Hélianthe, peut-être en vertu de cette analogie leste et gaillarde de croupes, croupades. Hélianthe porteuse de son masque cynocéphalique inspirait une terreur diffuse à la cohorte des servants du rite. Elle en faisait ses acolytes vaguement câlins, effarés. Tous s'affairaient autour de son doigté.

Il en était un particulièrement blond et nervalien distribuant des jetons avec calme dédain. Hélianthe l'appelait le distributeur de destin. Une conjonction étrange devait se produire dès qu'il plaçait les pions d'Hélianthe car tout à coup elle se mettait à gagner. Puis le garçon semblait affecter autant de négligence abstraite à se détourner d'elle qu'il en avait montré en la regardant. Alors elle perdait, c'était flagrant. Une jeune femme portant bizarrement cape sombre à revers clairs, d'un goût assez fâcheux, fréquentait la salle du jeu. De son visage émacié saillait une prunelle d'orfraie. Ce regard harponnait l'archange chlorotique et méticuleux sans que celui-ci jamais en marquât une quelconque émotion. Un jour un chat violent jaillit du revers de la cape. Pelage hérissé d'un très beau gris puma. Il griffe le tapis vert à la stupeur des joueurs, au scandale des croupiers. Sa petite gueule féroce mord la boule. En vain la cohue paniquée des garçons tente-t-elle à coups de baguettes d'endiguer la fureur du chat. Quand tout à coup le félin hideux et chuintant saute à la face du beau nervalien. Le visage médiumnique crache le sang. La jeune femme portant cape s'enfuit brusquement, avalée dans le cratère lumineux du hall. Le chat crevait les yeux du croupier. Les camarades accouraient avec ces espèces de légers râteaux à ramasser les jetons. Ils réussirent à décrocher le monstre, lequel après une ruade doublée d'un affreux vagissement parvint à s'évader, enfilant le hall... englouti par le soleil. Hélianthe bouleversée s'empressait autour du visage déchiqueté du mage nervalien. Il gémissait languissamment avec ses prunelles en sautoir sur les joues comme des binocles. Je me souviens de ses longues mains de nacre figée comme abandonnées, autonomes, découpées sur le vert cru du tapis. Quel bel aveugle, beau Lear blanc ce doit être à présent quelque part immaculé dans la nuit du monde ! Peut-être est-il mort... Hélianthe et lui, la même année, qui sait ? ce même après-midi de représailles bibliques. Le restant de sa face orphique dévoré par le nuage rouge des coléoptères.

Hélianthe souvent exprimait ce désir de jouer à la roulette au cœur d'un bidonville, enveloppée d'un écrin de crasse et de pouilleux. Nos amis lui reprochaient sa complaisance. Le silence, la mort et leurs protocoles ténébreux suffiraient aujourd'hui à laver la Diane de toute imputation superficielle de cette nature. Le vulgaire en l'occurrence confondait facticité et rareté. Hélianthe et moi nous étions rares. Aujourd'hui seul et tenace je témoigne de notre singularité en face d'un ramassis de bourgeois monocordes, un cénacle de spectres et de cadavres.

Peigner Diane fut après le temps d'Hélianthe un de mes recours, le seul alcool raccrochant à la vie. Notre petite cérémonie se déroulait de préférence à midi. La véritable intimité étant celle du plein soleil. Nous étions allongés sur le seuil de la maison comme un sofa. La pierre lézardée, colonisée de fourmis et de brins d'herbe, offrait sa matière opaque et sonore. Les griffes de la chienne égratignaient des mousses, son museau furetait dans un tourbillon d'ailes nervurées de mouches. J'aimais frôler de ma bouche l'extrémité craquelée et poussiéreuse de sa truffe. Par les petits trous des narines se diffusait une humidité qui noircissait le reste de ce groin d'ébène. Diane déployait sa crinière tout le long de la dalle du seuil. Ses longues pattes malhabiles s'agitaient, basculaient d'un côté et de l'autre. Ses oreilles parfois retournées et comme cornées révélaient leurs involutions roses et délicates. Diane se coulait dans son or comme un sphinx. Armé d'un peigne d'ivoire pour le soyeux des tresses et d'une petite raclette pour les crins rebelles j'entreprenais de coiffer, de lisser la chienne. Le poil menu, ras et serré du crâne concentrait toute mon attention. J'ôtais des macules, de légers grumeaux causés autour des yeux par les sécrétions lacrymales. Les bordures des paupières sombres et veinulées de sang coulaient sous les doigts. Diane mordillait mes ongles si proches. Elle clignait. Son grand œil de pierre brune, de minéral profond, fiché d'éclats de diorites se cristallisait dans le soleil. Les yeux de Diane n'avaient rien d'humain mais rayonnaient d'une brillance de gemmes. Il y avait en eux quelque chose de chaud, de souterrain, de natif qui m'attendrissait. Autour des orbites se produisaient de courtes giclées de poils quasi intangibles mais qui suffisaient à donner au visage quelque chose de touchant, de contradictoire, d'humain cette fois. De profil, la babine dépassait l'ourlet dense et velouté du museau. Ma bouche suivait cette reptation de chair sombre rose et collante. Toute cette substance tiède et flexible répondait à l'impact de mes lèvres par un tressautement muqueux. Rien à voir avec le chiche système labié des humains. Question pilosités, bouche, nous pratiquons — de même qu'en art — une très ancienne et très affligeante litote. Diane avait une grande gueule moirée béant comme la valve d'un coquillage géant. C'était tapissé de macules, de jaspures, d'ocelles de triton légendaire. Je ne me lassais jamais de sonder cette grotte sous-marine, d'où jaillissaient les polypes aigus et nacrés des dents. Et là-dedans une langue étroite, longue, liante, tiède et parfaitement rose, à peine grenue mais veloutée, exhalant une odeur de laitance, d'animalité chaude. C'était toute une ambiance de gueule quand Diane écartait ses mâchoires sous mes doigts. Elle me léchait avec un empressement joyeux, infatigable au fil duquel elle s'excitait, plus précise, éveillée... toute remuante et fébrile, bientôt jappante, elle me mordait, elle boulait dans le feu de ses grandes fourrures en liesse.

Le cou était orné d'une crinière assez dense qu'il fallait défricher à francs coups de peigne. Diane couinait de plaisir sous cette averse décapante. Ensuite, le poil ruisselait sur l'échine en torsades, moirages épais, gisements ondoyants dans lesquels le peigne s'enfonçait. Venaient les flancs. L'on sentait sous la vaguelette d'un cuir souple le sursaut de chaque côte. Aux reins, le poil se resserrait ténu, intriqué. Il pendait en fanons chantournés sur les cuisses puis s'amincissait miraculeusement aux pattes en feutrine bien plus suave que notre épiderme de grenouille. Diane affectait une toilette intermittente et capricieuse de cette petite barbe rase et dense recouvrant le dessus des pattes. Propreté toute sélective et maniérée des chiens. Certes on se lèche un tantinet le cul, corps arqué, tressautant, cherchant à joindre les deux bouts en un réseau de torsions cocasses. Mais je soupçonne que ce dévergondage est causé beaucoup plus par l'appétit du trou lointain et musqué que par un souci d'hygiène.

J'aimais m'attarder à peigner la gorge. Je fourrais mes doigts dans l'entrelacs de collerettes fauves ornant tout le poitrail. Diane se tenait assise sur son séant. Vraiment j'avais l'impression d'être prosterné devant mon idole : la Diane rousse. Et chaque course du peigne du haut en bas m'inclinait en un système de courbettes chinoises et dévotes. Diane était fière. Elle braquait le torse. Silhouette d'acrotère. Proue de navire... Je dégageais, déployais par vagues son obséquieux jabot. Alors je la prenais par le cou et j'embrassais ses joues minces, creuses et douces. Je voyais la gueule ouverte de côté et ce halètement si vif qui cadence si fort la vie animale. Notre respiration lente et inaudible d'humains végétatifs ! Le halètement de Diane était vigilance, ivresse, une perpétuelle posture d'élan, d'attaque et de jubilation.

... Puis Diane se couchait de côté, s'épanouissait toute cuivrée. Elle haletait. Son ventre transparaissait d'un brouillard de poils blancs. Les tétins jaillissaient voilés de mèches. Il y avait des régions dépouillées où l'on pouvait reconnaître les colorations diverses du cuir et de la peau. Des marbrures, de grandes taches irrégulières traçaient sur le ventre des géographies. Un ventre de planète entr'aperçue sous des nuées. Les paysages terrestres vus de la lune. Oui Diane roulait des mondes entre ces pattes aux rejets de poils éclatants, elle les brassait dans un embrun tiède et confus de duvets. Alors je l'enlaçais. Des jambes rouges malhabiles s'enchevêtraient aux miennes. La bête riait, bégayait de menus abois. Ses prunelles roulaient tout à fait folles, puis s'immobilisaient imprégnées d'une liqueur d'or. Nos grands corps de loisir s'étiraient, roulaient sur la dalle du seuil. Le soleil ardait dans notre chair, nos poils. De grandes langueurs nous prenaient, de grandes trêves heureuses où nous restions pantelants, écumeux. L'on baignait dans un humus léger, l'on rêvait dans un embrun de poils fauves, de rayons duvetés. L'iris et les pupilles de Diane modulaient des sortes de fuseaux de tendresse. Je m'abolissais dans leur splendeur ambrée, minérale.

Elle est tombée sous le feu des cartouches paysannes, massacrée à la chasse comme un renard. Les chasseurs complices se mêlaient dans une espèce de convivialité noceuse et macabre, tandis que j'accourais vers la dépouille éclatante. Alors j'ai tiré moi aussi, l'un d'eux en s'effondrant a riposté. Le coup fut dévié par la chute. Les plombs cinglant de biais m'ont déchiré étrangement le visage à fleur des yeux. Peut-être a-t-il eu conscience avant de tomber qu'à défaut de me tuer il me retirait la vue ? En vérité il m'a offert une profusion de lumière et de vrais regards. Diane seule est morte. Parfois, au crépuscule, quand le village hypocrite s'endort, j'attends... Un soir, je la verrai bondissant tout à coup, ébouriffée, jaillie de l'envers du soleil. Hélianthe chevauche la Diane apocalyptique et chanteuse. Ses aboiements formidables ameutent le troupeau des villageois. Ils s'enfuient effarés. Diane assaille et fulmine, elle s'engouffre dans le réseau des rues mortes. Elle bondit dans le dos des fuyards. Vraie comète rageuse accrochant les épaules. Les pantins roulent au sol. Les crocs saisissent les gorges et tranchent. Le sang des villageois irrigue le pavé. L'odeur violente : drapeau de musc. Diane se multiplie, grandit, douée d'une ubiquité farouche et solaire. Elle s'assène sur le crâne du village sec et chauve. Elle broie les toits. Son pelage ardent sème l'incendie, les désastres. De grandes hargnes aboient, triomphent. Partout resplendit la Diane rousse.

J'ai évoqué les joies du jeu, du désir. J'ai suggéré ce qui est peut-être la source de toutes ces passions ludiques et sacrées : la chasse. J'ai raconté mes chasses avec Diane et l'intimité brûlante qui existait alors entre nous. Mais jadis je chassais, j'agissais. J'étais pris dans cette réalité concrète. Aujourd'hui, à travers la nostalgie, je comprends tout à coup beaucoup mieux ce qui me fascinait alors. Je devine les principes profonds de ma jubilation, je puis dévoiler son essence.

Je suis frappé par l'incompréhension mécanique à laquelle s'est toujours heurté mon goût de la chasse. On avait vite fait de le réduire à quelque pulsion sadique et phallocratique. Mon fusil était un substitut de mon sexe. Telle était l'analyse à la mode. Quand cette assertion avait été établie, la conversation était close. Je veux tout dire là-dessus. Mais il ne faut rien brusquer. Je dois me nourrir en bon ordre des fantasmagories du passé. Cette rigueur sera l'instrument de ma liberté. Rarement prestidigitateur fut plus soucieux de l'ordre de ses mirages. Là encore la couleur dans toutes ses palpitations émane de la noirceur absolue. Au fond de la nuit j'ai forcément partie liée avec la magie. Ne rien laisser au hasard. Etre une nécessité. Ce que je révélerai me porte au cœur un enthousiasme que je n'ai pas connu depuis longtemps. Ce brusque éclair me traverse simultanément d'un poignement atroce. Je voudrais chasser, chasser un seul jour, un seul soir d'hiver. La Diane rousse me guiderait dans les plumages et la neige. Je raconterai la venue des grands oiseaux totémiques. Ils descendront du Nord. Encore une fois. Litornes, pluviers dorés, cols-verts envahiront le ciel, ce sera comme les Vikings jadis, sur ces mêmes plages de l'estuaire... Leurs armadas ailées m'emporteront.

Hélianthe disparue, chaque jour j'attendis. Soudain, je la voyais jaillir toute mouillée, vêtue d'algues, brillante d'écailles de coléoptères. La vision se perdit. L'absence ouvrit un vide où peu à peu s'établit l'idée de la mort. Les premiers temps je laissai intact tout son fourbi de femme. Ses vêtements, ses objets restaient suspendus dans un élan inextricable et confus de vie. Je les touchais, je les heurtais... Ils habillaient les couloirs, les chambres d'une forêt de formes, de couleurs, d'odeurs. J'évoluais dans cette grande trace vive et floue. Bientôt un malaise s'aiguisa. Tout ce dédale d'objets parut se figer. C'était comme une maladie, une pétrification. La mort d'Hélianthe se multipliait de tant de parures vides. Alors j'entrepris un lent et minutieux travail de prospection et de restauration.

La maison fut divisée en régions, quadrillée jusqu'aux encoignures les plus secrètes. Je cherchais, je triais, je recueillais les traces d'Hélianthe. J'agitais, transférais les habits, les objets. Je remodelais des espaces, des enchaînements, des contrastes. Alors une vie diffuse émergeait des formes, des matières, une phosphorescence ténue qui s'éteignait vite. Je me relançais, dans une fièvre de gestes et de translations, une redistribution inédite de figures.

Entre le cuir, la laine et la soie, j'imaginais des collusions, des distances. Je créais entre les parures une syntaxe si compliquée de relations qu'il me semblait impossible qu'un naufrage nouveau s'emparât de l'ensemble. J'entrelaçais robes limpides et slips noirs en arabesques violentes. Mais l'accident se produisait. La mort intarissable se coulait dans mes dispositions les plus colorées, réoccupait les territoires les plus inspirés. Il y avait même de grandes brousses d'habits, de grandes touffes sauvages qu'elle ankylosait d'un coup. En vain j'animais les pantalons, les pulls, les corsages d'Hélianthe. Ses ceintures les plus vives, les plus cinglantes se relâchaient. Ses souliers les plus coriaces, les plus rutilants bâillaient comme avachis. Que pouvais-je sans le corps rapide et voluptueux de la Diane ? Je piétinais un musée d'ossements.

Dans une troisième phase il m'apparut nécessaire de regrouper au cœur d'une chambre unique tous ces tronçons. Je sentis l'urgence de resserrer les extrémités de cette mort écartelée, brouillonne. Je compris qu'il était vain de chercher à ressaisir le rythme de la vie. Au contraire, je devais substituer à cette chorégraphie de ruines un ordre nouveau, une organisation personnelle et artistique. Ainsi j'élevais ces fragments d'un état biologique irrécupérable à un stade esthétique. Cette transmutation me parut la seule capable de résister à la mort. Une nouvelle fois je parcourus la maison en tous sens. Je recueillis d'abord des tubes, des fioles, des poires, des flacons. Je réunis des pâtes, des onguents, les laques, les shampooings, les essences de ses bains moussants, les parfums... Je m'étonnais du volume atteint par l'amalgame. Fluides dégoulinés, crèmes coagulées, tubes pincés, tordus. Odeurs d'humus, de croupi, d'huiles rances. L'opération débouchait sur un désastre. J'avais les doigts, le visage gluants. Ma face reflétée par les miroirs se révélait tatouée de fards. Je ressemblais à quelque Indien fou, dérisoirement guerrier, déchu. Je suspendis toute activité. J'attendis... Puis je décidai de détruire cette matière en décomposition, parfaitement conscient qu'il me manquait l'étincelle de divinité pour en tirer forme et vitalité. Je résolus de ne plus m'occuper que des objets solides : linges, parures, ornements, multiples instruments de coquetterie tels que limes, peignes, pinceaux, ciseaux. Bientôt je fus débordé. Je ne savais quelle hiérarchie imprimer à des choses aussi disparates qu'un manteau de fourrure, une paire de bottes de simple caoutchouc pour la chasse, un slip, un pull en lourd mohair, des bigoudis. La chambre encombrée de fatras n'arrivait pas plus à prendre vie que ne l'avait fait la maison laissée à l'état sauvage. Concentrer oui... Encore me fallait-il éliminer. Alors je pensais — pour ne point l'abandonner tout à fait — ranger le superflu dans des armoires, des commodes en attendant je ne savais quelle résurrection miraculeuse et future. A peine avais-je entrepris ce travail que l'aspect de stratification adopté par les choses couchées à plat sur les étagères me frappa d'une évidence de mort définitive. Je résolus d'anéantir une nouvelle vague d'ustensiles et de vêtements parasitaires. Mais je craignais que cet émondage ne détruisît l'aura d'Hélianthe, ce rayonnement indéfini de sa présence. Les objets resteraient alors comme arrachés à ce réseau d'harmoniques où ils devaient s'insérer pour survivre. Toutefois, à cette époque, un pressentiment peu à peu redressa l'orientation de mes recherches et fortifia mes premiers espoirs. C'était le vison, le manteau de vison... Je compris tout à coup que la fourrure d'Hélianthe était cette figure bruissante et centrale à partir de laquelle je pouvais espérer refaçonner un territoire de parures ayant chance de se perpétuer. La vérité m'avait été si longtemps dérobée du fait que ce manteau était resté caché dans sa housse d'hiver. Je le sortis, je le vis... en ses parfaites colonnettes de fourrure virant au bleu. Il était vivant, lourd, sauvage et racé. Précieux, barbare. Sa matière volumineuse aux gisements longilignes et géométriques offrait l'évidence de son incorruptibilité. Nocturne, il brillait. Il me brûlait les doigts. Chlamyde sombre et magique. Longtemps j'avais erré à travers des itinéraires incertains de matières, avec des alternances de rangement et de dispersion. J'avais remonté le réseau ardu des signes comme les tunnels imbriqués des garennes et du roncier. Enfin je débouchais dans la crypte. Le vison d'Hélianthe miroitait dans ses feux d'orage. Et quantité d'habits, d'ornements qui jusqu'ici étaient restés dénués de sens trouvèrent une irrésistible aimantation. Les jupes, les jeans, les tuniques, les souliers, les pulls, les ceintures, les foulards, ce fouillis entier aspiré par quelque secousse profonde prit forme et se cristallisa. Un ombilic puissant était né renouant la chaîne vivante des parures d'Hélianthe. Je vécus des heures d'ébriété, de folie. Le vison dans ses filons de pelage, ses spires villeuses et moirées irradiait les voiles, l'organdi, les cuirs, les dentelles, les soies et la laine. Toutes matières se saisirent d'une extraordinaire vivacité. Le linge savoureux exhalait un parfum de fille neuve. Les chaînettes d'or paraissaient cliqueter sous le nombril d'Hélianthe. Les bracelets à ses chevilles de fugueuse, à ses poignets... Je revoyais la saillie des muscles sous la peau, le dessin des veines, la cuisse au calibre exact, le long style de la jambe, l'incurvation des reins, ce dérobé de l'enfonçure du ventre et ce large élan de pubis noir comme un rebroussement de sexe. Quantité de bijoux d'agate ou diamantins, de marcassite, d'hyacinthe, de faux rubis, d'améthystes ruisselaient sur la gorge d'Hélianthe. J'allais ficher aussi leurs polyèdres lumineux dans la crypte anguleuse et sauvage de l'aisselle. Ils brillaient dans les crinières des cheveux et du ventre, doux dans leurs feux gluants et solides.

Plusieurs mois s'écoulèrent. J'étais certain d'avoir recueilli et concentré l'essence d'Hélianthe. Je passais des heures rituelles, à midi, allongé dans la chambre, mêlé aux tissus négligés ou somptueux, traversé d'éclats de parures, pénétré de parfums, de souvenirs. Avec ces contacts nourriciers, ces pulsations, ces flux partout présents. La chambre battait dans la noirceur du vison tout charbonneux, opaque ou rugueux, côtelé, presque solide dans ses aiguilles de lumière... ou plus dense dans ses épaisses forêts de poils bleus.

Plus tard de nouveaux signes de déchéance s'insinuèrent d'abord dans les périphéries lointaines de l'astre de fourrure. Il y avait sur des bordures indécises des étoffes qui mouraient, des couleurs flétries, des matières desséchées. L'angoisse me creva la poitrine. Dans un accès de détresse j'aurais tout arraché, tout défiguré... A coups de godasses déchiqueté le vison ! à coups de ceintures, de scions. Peut-être dans la grande plaie des guenilles d'Hélianthe aurais-je puisé un dernier sang de vie. Je me ressaisis. La lèpre n'attaquait que les lisières de certains souliers, de certaines robes. Je décidai de trancher sans attendre les bouts gangrenés. Il y eut une trêve, puis la maladie reprit, cancérisant des sphères de plus en plus larges, mordant aux pierreries mêmes, au lurex éclatant, aux failles, aux cachemires. Le vison seul résistait dans ses ferronneries de fourrure. Puis ça le prit... un jour criard et sale du mois de mars, je m'en souviens. Un ciel bousculé de vents, de nuages et de grisailles, avec de larges accrocs plus clairs : le dégel, le printemps. Des fécondités chuchotaient. Des oiseaux gigotaient dans les pâleurs. Nul ne fut épargné. Une déconfiture. La chambre pourrissait. J'ouvris grand la fenêtre. Le printemps tout veiné de tiédeurs s'engouffra dans la pièce pour la plonger dans un gâchis définitif.

... C'est vers la fin de l'été que le projet délirant naquit. Très vite il me cingla de son évidence. Mais ma folie était froide, lucide. Cette fois je sentais qu'Hélianthe allait quitter le cycle de ses vicissitudes pour s'établir et rayonner dans la constance de la mort. Au fond, c'était elle que j'avais refusée ; en vain m'étais-je efforcé de différer son échéance lugubre. Il m'apparut clairement qu'Hélianthe devait entrer dans l'espace protocolaire du cimetière pour trouver un ultime point de fixation. L'endroit était voisin, tout proche. Sans corps, sans tombe, sous quelle forme oserai-je y introduire Hélianthe ? Tant pis, j'édifierai un tombeau. Qui m'empêcherait ?... Avec humour je calculerai la manœuvre. Coûte que coûte je triompherai. D'abord, je briguai une concession à perpétuité. Le maire commença par refuser, appuyé par toute la cabale du conseil municipal. On ne voulait rien entendre de ce désir de perpétuer ma charogne dans le petit cimetière marin et bucolique. J'allais empoisonner les cadavres honnêtes, semer la zizanie chez les squelettes. Je sus assener des arguments pécuniaires de plus en plus obsédants. Je fis miroiter des fortunes. A force de pots-de-vin je détraquai la conjuration... Leurs mains calleuses et paysannes m'agrippèrent doucement. Sur une dernière liasse de billets le village trahit ses loyaux cadavres et capitula. Il ne me restait plus qu'à m'installer. La chose se fit peu à peu, sans inquiéter d'abord. L'on crut que je faisais construire — selon un usage bien établi — mon tombeau d'avance. C'est que le maire, les conseillers, les grosses familles possédaient tous déjà leurs sépulcres granitiques ou marmoréens avec double vue sur la campagne et sur la mer. J'observais dans chaque édicule le reflet tout hiérarchique des différents degrés d'abattage et de fortune. Le bourgeois dominait au trépas comme à la ville. Il portait pignon sur charognes. Un corpulent châtelet de marbre sombre attestait sa supériorité.

Mes travaux de maçonnerie furent bientôt suspectés de mégalomanie. Les bigotes noires et coassantes lorgnaient le progrès de l'édifice. Quand les premiers pilastres s'érigèrent dans l'azur avec une pompe toute pharaonique la stupeur, puis l'indignation éclatèrent. En vain, adressa-t-on des pétitions à la préfecture. La concession avait été léguée suivant les formes et dûment payée. J'étais libre de dresser à la gloire d'Hélianthe le temple de mon choix.

D'abord je fis creuser le sol. Sous la terre j'atteignis une source. Elle bouillonnait abondante, fidèle. Elle vivifiait l'argile et les ténèbres. Je soupçonnais qu'elle se reliait secrètement à la mare qui noircissait le centre de mon pré. D'autre part, cette fontaine abyssale offrit quand j'y portai ma bouche une saveur un peu saline. Je compris qu'elle rejoignait par des innervations souterraines l'entonnoir tout proche de la mer. Ainsi j'avais assuré aux soubassements de mon temple un lien direct avec le ventre de la terre. Dès lors je pouvais construire et me permettre toutes les audaces. L'édifice vigoureux s'élança vers le soleil. Les parties extrêmes s'ouvraient à l'air libre en deux brèches.

L'une d'elles captait le Levant. L'autre encadrait et pour ainsi dire orchestrait l'immersion du soleil crépusculaire. Au centre le bâtiment s'ouvrait en une courette intérieure où tombait d'aplomb le soleil de midi. Cette enclave s'ornait d'un obélisque de basalte. Immobile rayon qui unissait à mes yeux directement la source profonde au soleil. Mon architecture était libre. Elle croissait, elle battait. Elle recevait les prodigieuses impulsions terriennes et marines. Le jour, par trois fois, elle était baignée de soleil. La nuit, l'étoile polaire abreuvait ses chapelles tandis que la source — dont le débit alors augmentait lentement jusqu'à minuit — nourrissait les profondeurs. Le cimetière épanouissait autour du sépulcre le chœur de ses tombes pastorales et sereines. Pour le corps du bâtiment, frontons, coupoles, volutes, belles colonnes à glyphes, courbes ioniennes furent déployés. Affligé le maire câblait au préfet que si on me laissait faire ce ne serait plus un tombeau mais une pyramide. Les vieilles arguaient de ce que la bâtisse faisait de l'ombre aux morts. Fort de mes droits, je fis poursuivre les travaux jusqu'à leur terme... La sépulture écrasait le gentil troupeau des tombes. Elles se ratatinaient, rabougrissaient de dépit. Hélianthe rayonnait dans des structures complexes et chantournées dont les reliefs et les creux brillaient, ouvragés de Christ dorés, de Narcisse cuivrés, de Nabuchodonosor précieux... avec des Léda, des saint Christophe, des Osiris, des Melchior, des saint Sébastien, des Erostrate, des Dionysos et des Nostradamus, des Anubis et des sphinx et quelques Lolita finales travesties en saintes. Le tout réconcilia en un tourbillon unitaire et architectural l'Egypte, l'Antiquité, le christianisme et l'alchimie moderne. On cria au sacrilège, à la profanation. Des spécialistes vinrent scruter l'énormité et supputer du blasphème. Question tombeaux, j'avais pour garant les plus folles extravagances du Père-Lachaise... Mon style était si composite, si brillant, à la fois si chargé, si tournoyant que la sensibilité des censeurs délégués vibra à l'unisson. L'on s'émerveilla. Pour un peu les Beaux-Arts eussent financé les ultimes fignolements du Mausolée d'Hélianthe. Mais par-dessus tout j'étais heureux des grands Anubis et des sphinx dispersés en cortège au pied des colonnades. Ils brillaient à la lune d'une fixité de météores. Les parois intérieures du sanctuaire se nouaient en dispositions cryptiques, mouvantes, ombiliquées. J'y taillais moi-même dans le grès rouge un Lièvre, une Truite, une Litorne, un Pluvier doré, un Grand Coléoptère et des serpents, des béliers, des babouins. Ce travail m'envahit d'une joie profonde, totale. Une nouvelle fois je sentais que ces figures animales touchaient au cœur des choses.

Ailleurs les surfaces étaient revêtues de fourrures de renards tués de mes mains, de plumages de mouettes stercoraires et de faisans vénérés. Et j'accrochai dans l'efflorescence d'un chapiteau d'acanthes le trophée d'un grand cerf ébloui au pinceau des phares, crapuleusement abattu, émondé de sa coiffe dans cette ténébreuse forêt de Grainville-Langannerie, tout près de Rouen. Au fond d'un grand reliquaire rêvait le vison d'Hélianthe constellé de joyaux authentiques et factices.

Dans cette tribulation majeure entrèrent une large part de détresse et d'humour vengeur. L'itinéraire de la mort étroitement respecté conduit à l'éclat de rire canin. Toutefois, peu à peu, au contact du mausolée une vraie tendresse me naquit. J'entrai dans les familiarités, les délicatesses cachées de mon morceau de bravoure. J'y découvrais d'obscurs circuits. Progressivement je captais les signes moins tapageurs, plus diffus d'une présence idéale. En tout cas, son style byzantin et lancéolé qui brossait une plastique planétaire ponctuée de comètes et d'éclats galactiques, m'obsédait. Bientôt je fus tout bonnement saisi de fascination pour cette symphonie sépulcrale tout à la fois tellurique et solaire. Dès lors je pressentis qu'Hélianthe pouvait à tout moment revenir.

C'est vers cette époque que les bruits ont couru à nouveau. La Forêt redevenait le sanctuaire d'étranges rencontres. Des groupes de garçons particulièrement nombreux s'y rendaient défiant l'interdiction de leurs parents. Les adultes craignaient le retour de quelqu'un. Certains entendaient une bête fabuleuse qui gémissait les nuits de pleine lune sous les ifs et les frênes. Le parti le plus raisonnable du village assurait qu'il s'agissait d'un chien abandonné et revenu à l'état sauvage. Aujourd'hui, il m'arrive encore la nuit d'ouvrir ma fenêtre pour surprendre le hululement triste de la bête.

Les bourgeois organisèrent une battue à l'issue de laquelle ils ramenèrent un renard famélique, tout dévoré de pelade. Il est probable que le glapissement nocturne qui tenait en éveil les villageois ne venait que de cet animal infirme. Mais la nuit même de la battue, en dépit du meurtre, chacun put entendre à nouveau l'appel dans les bois. Ce fut un triomphe dans les chambres mansardées de tous les adolescents. Ils échangèrent jusqu'à l'aube des signaux lumineux. Les parents furieux l'avaient appris et menacèrent de couper l'électricité. Il y avait dans le village comme une atmosphère de complot. A midi, montaient des bois de grandes gerbes de fous rires. Un groupe de pères ramena de force au crépuscule deux garçons dont les bouches étaient tout écorchées de morsures amoureuses. Puis les filles s'y rendirent. On disait que la présence qui vivait dans les clairières était bonne aussi pour elles. La distinction des sexes disparaissait dès qu'on franchissait certains fourrés profonds composés de fougères et de houx noirs. L'instituteur philosophe s'amusait de ces racontars. Le curé en chaire invita ses ouailles à se détacher des superstitions. Pourtant, le lendemain même de la messe deux biches furent retrouvées sur la route à la sortie du bois. Leur gorge était tranchée mais leurs babines retroussées semblaient rire. Ces meurtres au lieu d'effrayer les adolescents constituaient pour eux une stimulation. Le scandale atteignit son paroxysme. Une jeune fille de dix-sept ans nommée Laura, la plus sage et la plus jolie du village, et même la plus jeune bachelière du canton, quitta une nuit la petite lampe de sa chambre bourrée de livres pour prendre le chemin de la forêt. Les parents avaient retrouvé la chambre vide à huit heures du matin. La lumière de la lampe allumée en plein jour faisait sur les draps une sorte de large flétrissure jaune. Les parents ulcérés crurent un moment qu'il s'agissait d'une grande mare d'urine séchée. Cela était de plus mauvais augure. Les recherches furent entreprises dans la forêt toute la journée. Elles n'aboutirent pas. Une deuxième nuit tomba sur le village. On entendait la mer haute vibrant dans toutes les ramifications de ses vagues. Et cela formait sous la lune un grouillement anormal. Alors, certains pensèrent que Laura surmenée par son excès de travail était allée se noyer. Le lendemain à midi, ce fut un garçon qui la vit le premier, elle descendait le petit sentier caillouteux qui rejoint la route conduisant elle-même à la grande rue du village. Elle portait un short jaune au lieu de ses kilts habituels foncés et bien plissés. Elle n'avait plus de corsage austère, mais un mince foulard de cachemire noué sur les seins. Sa bouche était toute violette comme si on eût écrasé sur la pulpe des lèvres ces grosses cerises qu'on appelle ici du nom fascinant de « Cœurs noirs ». Elle avançait d'un air négligent. On ne l'avait jamais vue abandonner ainsi ses hanches étroites au rythme de la marche. Quand elle vit le garçon elle l'appela doucement, l'agrippa au cou et lui fouilla la bouche de sa langue. Il révéla plus tard aux autres que cette langue avait la saveur du Sang des Oiseaux. Les autres n'avaient pas compris mais ils avaient aussitôt senti l'image susciter à leur ventre un ébranlement tiède suivi d'une efflorescence plus ardente et plus nette. Et c'était comme s'ils s'étaient soudain sentis naître sous la langue de Laura, et dans le Sang des Oiseaux.

Depuis, Laura a abandonné ses études. Elle ne pense plus qu'à rencontrer les garçons dans les blockhaus de la plage ou au fond des bois. Le village éprouve à son égard une sorte d'admiration secrète. Chacun répète qu'elle « tourne mal ». Mais tout le monde envie l'éblouissant abaissement de Laura. En souvenir de sa bouche barbouillée du sang des cerises, maintenant on l'appelle la petite « Cœur noir ».

Ce retour des « bruits » m'avait rempli d'une émotion dont je croyais avoir perdu le goût. C'était un peu de l'essence d'Hélianthe qui me revenait avec ces légendes de la forêt. Je sentis qu'à moi aussi quelque chose pouvait encore arriver.

Précédé de Diane j'émergeais des grilles du roncier. Le soleil déjà haut enfonçait une chaleur encore violente pour l'automne. J'étais en nage. Des brins de mousses, des pointes d'épines s'agglutinaient à mon front, collaient contre mon torse. Diane dégageait une odeur entêtante de sauvage et de suint. Nous avions un ardent besoin de bain glacé. Nous prenions la direction de la maison quand une musique étrange s'éleva du jardin des Houx. Diane émit un court jappement de gorge. D'un doigt levé et tenant l'autre figé contre mes lèvres closes je lui intimai le silence. Diane sentit jusqu'au fond de la chair l'emprise toute-puissante du mystère et de l'insolite. Son échine s'incurva, son cul bas... Elle se trémoussa au ras du sol en poussant un inaudible gémissement de soumission et de complicité. La musique, genre menuet, élevait ses volutes dérisoires et surannées dans l'atmosphère orageuse et feuillue. Des parfums de champignons, de terreau, de rousseurs macérées, d'herbes gorgées de rosée étouffaient ces notes fluettes du grand siècle. Le bruit arrachait au setter une sorte de surexcitation réfrénée qui se traduisait par des couinements éplorés. Diane désirait bondir, saisir cette musique à l'échine et la rompre tout net. Moi-même, palpitant de curiosité, je m'étais approché de l'épais buisson de houx noirs dans l'espoir de surprendre l'explication de ce que j'entendais. J'engageais avec lenteur subreptice mon profil dans ce puzzle de feuilles dures, violentes. Les pointes retroussées griffaient mes pommettes tandis qu'avec une douceur toute méticuleuse je tentais d'écarter une à une de mes yeux leurs saillies de tessons. Bientôt mon regard put plonger dans le jardin. Je fus le témoin d'un ébat chorégraphique dont les danseurs n'avaient guère dépassé la seizième année. Ils arboraient de minces Lewis de velours adhérant au modelé de la cuisse et s'insérant dans la scabreuse menuiserie des fesses, lesquelles dégageaient leurs structures gémellaires en galbes fuselés. Des fermetures Eclair giclaient doucement dans la sève du velours. Elles échardaient très superficiellement les ventres clos, pavanant, à peine écarquillés aux bordures des hanches. Le menuet rustique imbriquait ses figures choisies. Puis les adolescents ajustèrent avec aisance un pas plus rare et sautillant au rythme de Scarlatti. Diane pleurnichait d'envie... Ces arabesques lui cuisaient les reins, échauffaient sa mâchoire. Elle aurait volontiers croqué tout ce gibier de gestes. Hop ! les petits marquis... culbutés velours ! Lulli mordu, déculotté ! L'air montait d'un transistor étroit et rutilant posé sur l'appui d'un tronc fraîchement guillotiné, encore couronné de copeaux, Tout à coup les gamins stoppent et se font face en riant. Ils jubilent. Ils entrent dans des contorsions de jerk tout à fait contraires à la broderie du menuet. Un éclair de méchanceté allume le profil émacié des croquants. Ils retroussent les poches de leurs chemisettes et saisissent de minces lance-pierres. Ils arment leurs frondes, bombardent le poste. Les projectiles lacèrent l'étui métallique, infligent des secousses, des biffures aux vibrations de la danse vieillotte. Un torrent agressif et jubilatoire maintenant déchiquette l'ustensile à musique... Le transistor éventré montre un nid de radicelles, de fibrilles, de vrilles cuivrées. Les velours juvéniles incurvent et rejettent leurs culs. Les fermetures s'interceptent : baisers cuivrés. Obséquieux les galbes s'emboîtent. Les fesses copinent. Les bouches harponnent. Les talons pilent la paille du transistor factice. Je ne sais à quel exorcisme nous sommes conviés Diane et moi dans la flambée des houx noirs. Bientôt les adolescents sont fatigués. Ils se laissent tomber parmi les reliques du ballet. Des rires hachés s'extirpent de leurs gorges. Ils halètent. Ils ôtent leurs chemisettes. La fille offre une poitrine relevée en hameçons dissymétriques et renflés dessous. Ça lui gicle. Le long mec érige son torse ciselé. La fille porte le cheveu ras, plaqué en casque très sombre, noir d'algue. Le garçon a la figure auréolée d'une brousse de cheveux d'or. Je soupçonne qu'il se décolore à l'eau oxygénée. Ça l'éclaire comme un soleil. Soudain, ils semblent en proie à un terrible ennui. Spleen de mioches... Ils relèvent le nez, hument l'air chauffé d'automne, aux insinuations de fécondité, de corruption, de varech. Cet avachissement fait saillir leur identité à fleur de peau. Une individualité qui torture. Soudain ils vibrent : une idée ! Les voilà disparus dans la grosse villa des Houx. Ils reviennent embarrassés d'un étrange tuyau, long bourrelet d'informe caoutchouc si neuf que son relent obsède. Ils font jouer entre leurs doigts en l'étirant ce long serpent synthétique. Ils s'enchaînent aux deux extrémités et font le lézard avec de grandes mollesses qui les dandinent. Je me demande où ils ont bien pu dégoter ça. Feront-ils comme pour le transistor, griffant, piochant dans ce cordon vaguement muqueux, pneumatique ? Ils ont l'air d'exhiber le nombril géant de leur naissance... fœtus jumeaux, pendus, ludiques aux deux bouts. Ils entreprennent par d'espèces de tétines qu'ils vissent à leurs bouches de souffler dedans. L'épiderme mou gondole doucement. Les deux gamins rythment leur souffle. De belles bosses se relient d'un point à l'autre du réseau. Je suis fou de curiosité. J'attends quelque géante poupée gonflable, nudité polymorphe aux saillies de collines. Ils soufflent mes chérubins. Joues lisses à craquer. Ils accouchent du Dinosaure. C'est en réalité un bassin de plastique aux flancs rebondis : une piscine mobile, démontable. Elle s'épanouit dans sa beauté d'organe immense et labié. Les gamins la branchent à un robinet pour la remplir d'eau. A présent le soleil fait miroiter des crêtes aquatiques. C'est Diane qui aurait bien envie de plonger. Je me sens tout sec et démangé au bord de ce beau lac nubile. Oui trempette tout de suite ! Ouh mes muscles détendus. Et tous ces parasites du roncier : pucerons, moustiques, fétus décapés en un ressac. Agiles les adolescents ont déculotté les Lewis. Tout à coup plus que des symboles... d'une outrageuse nudité : anguilles de jambes, cuisses ficelles, hanches d'acanthe. Le garçon a le sexe maigre et doux noyé dans une flaque de poils blonds. La fille porte un pelage noir en ogive à la cime des cuisses. Ils sautillent dégingandés. Danse d'effroi. Ils allongent leurs mâchoires aiguës de sauriens. Leurs dents crissent. Les muscles se contractent. Blocs de fesses calées. Ils se frottent comme sous la douche et se heurtent. Le froid de l'eau les agrippe. Ils glapissent. Ils plongent. Les crinières des ventres se recroquevillent. Ils nagent dans le bain doux.

Et moi je les regarde, tout surchargé de ronces, endeuillé de houx sombres. Je brûle, j'ai soif... Diane émet de faibles ululements d'agonie. L'eau bariolée de rayons nous crucifie.

Et pourtant c'est comme un ancien triomphe qui remonte en moi. Je pressens que l'apparition de ces deux adolescents du soleil porte la marque d'Hélianthe.

Quand ils jailliront tardivement du bassin, je les verrai tout roides, dagués dans le soleil. Longs biseaux. Frêles fuseaux de muscles. Leur poil tout rencoigné à la pointe du ventre, leurs boucles douchées grouillant au crâne, aux tempes. Bouches mouillées, balbutiantes. Ils sont tout au bout de la nudité, tout horrifiés de frissons, tout gansés de gouttes. Le soleil les déguste. L'air les ressasse dans sa bouche. Leurs corps s'éjectent dans leurs muscles. Ils courent sous les ramures rousses. Légers daims, lièvres. Ils se frottent de leurs mains rapides. Des liasses de feuilles font velours sous la plante de leurs pieds. Ils s'effondrent, roulent au sein de l'humus, des souches, des corolles écrasées de champignons. Je vois sursauter leurs reins. Leurs cuisses s'ornent de houseaux de mousse. Ils sortent leur gueule terreuse tout excitée de ce plongeon herbu.

Enfin ils se sont relevés riant, haletant, orduriers dans le soleil. Ils rejoignent le portique en un galop. Ils ramassent dans leur course des paquets de feuilles qu'ils se jettent de plein fouet. Ils assaillent les cordes, les perches. Là-haut un buisson de mouettes piaille, virant vers le grouillement des bois au loin. Les figures se cabrent en verticale contre le ciel. Le vieux portique vermoulu grince du pied. Ils forcent, plaquent des ruades. Le portique se fissure, éclate dans ses aiguilles de chêne, vacille. Tout un montant périclite. Les corps basculent dans le vide.

D'un réflexe j'ai jailli des houx. Diane à mes trousses clame des aboiements de panique. Ils ont boulé au sol, figés maintenant... Mais tremblant déjà, tressautant de rires muets. Puis des éclats par secousses. Ils me voient et se taisent brusquement. Diane les enjambe, les lèche, mordille. Leurs regards verts se décochent des masques de terre et transparaissent dans les échappées du setter multiple.

... Moi c'est Judith.

... Lui Christophe.

Leurs images restent rivées à ma mémoire. Echardes dont les aiguillons vivent dans ma chair. Fresques de leurs corps volant au ciel. Ces lacis, élans de ferronneries. Mailles de chair drue. Brèches. Ciseaux des cuisses. Inextricables dans mes artères ils battent.

Christophe je ne sais pourquoi le nom évoque Joas le jeune roi d'Athalie : gosse hiératique, racinien et charmant.

Judith la putain héroïque tranchant le cou d'Holopherne.

Holopherne. Sexe flageolant coupé. Affaissement de cou. A mes yeux il suggère quelque bourrelet, bouffant pareil à la vessie gonflée du boyau de piscine tout à l'heure.

Où sont-ils à présent parodiant un menuet anachronique et délicat, lancés dans un jerk impulsif... A Paris, rentrés au bercail après l'esclandre, chez papa maman, impunis. Dans quel taudis riche de chambre tapissée de posters et de mégots ils vagabondent. Souple crapule. Sur les sentiers de grands appartements profonds. Allègres, ils s'imbriquent. Fourre tout velours. Moi ma nuit.

Judith et Christophe étaient devenus rapidement mes intimes. Je me souviens avec une force extraordinaire de leur première visite à la ferme. Ils témoignaient une sorte de curiosité fébrile à l'égard de tout ce qui formait le décor de ma solitude. Je leur présentai mes poulets Asimov et les Judéochrétiens. C'était le 10 avril. Ce chiffre s'épanouit dans ma mémoire avec une profusion d'oasis. Un bouvreuil énorme picorait les brindilles d'un jeune poirier. L'oiseau gonflait son torse roux dans la ramure frêle. Messager de Mars, observa Christophe. Il était le sultan, le janissaire de ma cour fermière. D'autres passereaux étaient arrivés depuis peu : les tarins. Cette appellation du terroir est assez fâcheuse. Je n'en connais point d'autre. Les oiseaux étaient jaune-vert. La couleur rappelait à la fois le moisi, l'eau morte et la sève. Un vert d'algue aussi, d'humus. Un vert presque vénéneux. Au nord, à contre-jour sous les sureaux ils bougent, pullulent. Ils hantent le seuil de la mare. Judith les baptisa les habitants du Léthé, du Tartare... Les tartarets ou les chardonnerets verts. Ils tournent dans la lumière équivoque des pénombres, des limbes. Oiseaux d'Elseneur, migrateurs de la mort. Leurs gros becs les font ressembler à des choucas bucoliques.

Judith et Christophe furent aussitôt alertés par ce contraste étrange opposant le bouvreuil absolu et solaire et cette tribu d'oiseaux lunaires. Nous passions des heures dans des transats à épier le moindre de leurs mouvements. Le Bouvreuil était l'oiseau viking et les tartarets participaient de la puissance d'Odin et de Lohengrin. Sur ce fond légendaire la bande des Asimov ordonnait son contrepoint de robots.

C'était le temps des oiseaux. Ce printemps m'annonçait paradoxalement déjà l'hiver, la neige, d'autres envahisseurs, d'autres oiseaux, plus grands, définitifs.

Une foule de tourterelles étaient survenues elles aussi. Bleues, légères, lilas, issues d'un conte oriental. Leur féminité, leur grâce un peu molle s'affirmaient dans cette lumière austère encore de la mi-avril. Réserve faite de leur charme poétique les tourterelles étaient un fléau pour mon maïs. Goulûment, elles anéantissaient mes provisions. A peine si ma volaille trop lente en voyait la couleur. L'essaim de ces tourterelles sauvages et bleuâtres me rappelait les coups de main des Barbaresques. L'avidité chez les êtres si esthétiques me désorientait. Souvent il m'était nécessaire de flinguer les effrontées sous peine d'être ruiné. Ces épisodes sanglants frappèrent mes compagnons. Judith surtout qu'horripilait la mignardise de ces oiseaux de chromo incrustant leurs cris atroces et purs dans la perfection de nos après-midi. Ils déchiraient l'air de leurs brusques fêlures, offraient l'alliance du sacré et de la mort. Leurs cris comme le remarqua Judith créaient une sorte de dissociation mentale, prédisposant à la folie. Judith soudain s'empara de la carabine et commença à mitrailler les colombes bibliques. Hypocrites oiseaux ! jura-t-elle. Affolées, elles s'enfuyaient, revenaient, tournaient. Elles ne comprenaient pas le sens de ces multiples détonations. Elles tombaient, elles mouraient, sans quitter le cercle du pré, axant leur vol sur le pivot ténébreux de la mare. On eût même dit qu'elles s'habituaient. Elles tourbillonnaient plus lentement dans l'aire du supplice, se resserrant dans l'attraction de la mort. Les plumages glissaient en spirales, volutes et fioritures blêmes. Les touffes de duvet flottaient dans le vent monté de la mer. Des mouettes planaient très haut, très douces, au-delà de tout. Il y avait dans ce massacre un apprêt chorégraphique qui poussait à bout la colère vengeresse de Judith. Parfois les oiseaux blessés dégringolaient d'une chute oblique, hachée de soubresauts, coupée d'envols avortés. Ils tombaient de l'autre côté du mur dans le cimetière. Les têtes heurtaient les marbres compassés. Les ailes épanouissaient leur légèreté de glycines sur le bronze des Christ. De récentes couronnes mortuaires agrafées de bandes de tissus violets — où s'inscrivaient en blanc les regrets des vivants — formaient des masses touffues, mystiques entre les tombeaux anciens et déserts. Ces rosaces d'œillets, de chrysanthèmes happaient le cou des tourterelles. Que figurait dans leur délire ce luxe funèbre ? Retrouvaient-elles dans l'ultime éclair les oasis du Maroc ou d'Egypte. Les dépouilles plumeuses constellaient les grandes cibles de corolles. La fusillade exhalait un étrange parfum de poudre noire : odeur sulfureuse, infernale et le dirai-je, subrepticement anale. Cette bouffée vieillotte et belliqueuse attisait ma fibre secrète. Je ployais l'échine et plongeais avec délice une narine dilatée dans la douille béante de la cartouche vide. Et c'étaient les tourbillons d'un encens qui me poignaient. Les oiseaux qui tombaient dans la cour sans pouvoir rejoindre les fleurs du cimetière attiraient aussitôt des bandes de vieilles poules nécrophiles. Elles nettoyaient du bec ces flancs où le sang riche et lent forgeait des aigrettes complaisantes. Ecarlate, la semence sortait de la nacre des plumes avec une fécondité effrayante. La blancheur au paroxysme engendre son contraire : la gemme noire du sang. Les poules se gorgeaient de ces fontaines barbares. Un bataillon de bigotes déboucha dans le cimetière. La pluie des tourterelles provoqua la stupeur. Jamais la mort ne leur avait paru si galante, si précieuse. En cohue serrée, les guêpes ténébreuses fixaient ces formes convulsées, ces râles énamourés, ces duvets ponctués de rubis. Les vieilles se liguèrent face au scandale. L'une d'elles montée sur le bréchet protubérant d'un tombeau réussit à pousser sa tête par-dessus le muret. Elle avisa les sadiques et les couvrit de malédictions. A son poing, elle tendait un chapelet noué. Judith brava la vieille en dirigeant sur elle la carabine. Cette petite tête fripée et vociférante était horrible ainsi découpée au-dessus du mur. L'on voyait un tronçon de cou tendu par spasmes et les ronces des bras. A cette vision, Diane aboya comme enragée. Elle galopa au pied du mur, allongeant le cou, allant et venant, véloce, les crocs braqués sur la tête flétrie.

La poudre noire embaumait. Les plumes fleurissaient, déployaient leurs fresques. Contre l'azur, cérémonieux et pétrifié le bouvreuil arborait sa pourpre. Les tartarets verts formaient une lente ébullition, semblant sortir des profondeurs de la mare. Bulles de soufre au seuil de l'anti-monde. Saisis de panique, les moutons galopaient à tous les angles du champ. Leur course était scandée de bêlements macabres. Cinq tourterelles figées, ovales, hors de portée, s'alignaient sur un fil électrique entre deux pylônes de béton. En les voyant tout à coup la brebis et ses moutons stoppèrent au coin du pré. Au cimetière le peloton des vieilles s'était consolidé. Elles avaient appelé à l'aide le maire et le curé. Les cadavres des oiseaux du Bon Dieu impressionnèrent les notables. Le scandale courrouçait les bobines. On en fut quitte pour un jugement au tribunal de Pont-l'Evêque et une grosse amende. Ainsi, le contentieux s'aggravait brusquement entre le village et moi. On vilipendait mon intimité avec les gosses de la villa des Houx. L'on devinait des jouissances pas racontables. Les Houx hérissaient les imaginations de leur flamboiement solide et noir.

Il est vrai que les adolescents échauffaient mes penchants. La chute d'Hélianthe derrière l'horizon, au fond de la mer tout à coup rebondissait en un double soleil matinal : Judith et Christophe. Je fus peuplé de nouvelles visions. Pour mon malheur, les adolescents jouissaient d'une liberté presque totale. Les parents habitaient à Paris et ne venaient qu'aux week-ends. Renvoyés des lycées parisiens en raison de diverses indécences, le frère et la sœur avaient été récupérés par le petit lycée provincial de Deauville. La police informa les géniteurs des dernières frasques de mes nouveaux amis. Le couple arriva de Paris, exigea une rencontre avec le corrupteur ! La conversation fut courte. Les menaces concises. Le fils ressemblait à sa mère, la fille au père. Cette beauté des parents compliqua ma haine à leur égard. Une bêtise jalouse tranchait sur leur physique de la façon la plus délicieuse. La mère était une mince poupée de quarante ans. Rides légères. La délicatesse des traits laissait deviner des tares discrètes, une rouerie maîtrisée, une férocité stylée. Le père, un grand chauve, bronzé, aux yeux immenses et bleus. Grand bonhomme aérien. Un architecte. Pourquoi la révélation de ce métier d'archange me porta au cœur un désir exaspéré de Christophe et de Judith ?

Hier soir, je suis allé contempler le soleil couchant sur la mer. C'était l'habituelle splendeur excessive et surannée. Des hirondelles me semblèrent soudain harceler le ciel avec une excitation anormale. Quelque part : le chuintement d'un orage. Tout à coup le spectacle me parut absolument neuf. Pour la première fois je voyais le soleil descendre vers la mer. Il y eut une étonnante concentration de hiboux, de chouettes. Dans la campagne des renards glapissaient. Les étoiles s'allumèrent alors qu'il faisait encore clair. Une joie violente me secoua. Cela me prit aux reins, se déploya véloce le long de mon échine. Mes poumons me brûlaient. La mer n'avait jamais été aussi présente. L'horizon se creusait, s'ouvrait... De grandes lueurs rouges apparurent et commencèrent à fourmiller dans cette brèche. Quelque chose venait... Le ciel craquait. Des éclairs surgissaient. Un vrombissement intense d'insectes montait de la mer. Les vagues retentissaient dans l'ombre comme des voix. Le vent siffla et tous les arbres de la forêt répondirent. Il me sembla que le village retenait son souffle. Puis les fenêtres des chambres durent partout s'ouvrir. Les gens sortaient sur leurs balcons. Quelqu'un avançait sur la mer. Les adolescents regardaient au loin avec une expression de sensualité triomphante. Les parents avaient peur. Ils fixaient l'horizon de mer. Le soleil brilla comme à midi. Les visages des garçons et des filles étaient émerveillés de jouissance. Je savais que Christophe et Judith, main dans la main sur le balcon de la villa des Houx, eux aussi voyaient ce que nous tous nous voyions.

Hélianthe revenait. On entendait le froissement de ses pas sur le velours de la mer. Son échine noire se dressait contre les strates du ciel rouge. Peut-être Hélianthe allait-elle ainsi toute la nuit hanter le disque de la mer tout proche du village. Peut-être le matin allait-on la découvrir étendue sur le sable, souriante et coulée dans sa nudité de muscles et d'ambre.

Le lendemain je me remis à l'attendre avec avidité. Peu après, en regardant Judith et Christophe nus au soleil, je sus qu'elle était revenue.

J'aimais interroger Judith et Christophe sur leur lycée. Le mot m'a toujours attiré par ses consonances de lien, de licence, de lys ou de lissé ? J'ai toujours rêvé d'être professeur. Vivre dans un jardin d'adolescents ! Le lycée de Deauville était original, inscrit dans le bâillement de l'estuaire. Christophe et Judith passaient leur temps au dernier rang de la classe, en bordure des fenêtres, à contempler la mer. Les effets de clarté, de grisaille, les brouillards, les bruines, toutes ces ondulations d'herbages, soudain la prairie d'un ciel qui se lève — entretenaient un songe continuel. Ils regardaient les paquebots partir du Havre vers le large. Le bateau s'amenuisait, glissait derrière l'horizon. Ce n'était plus qu'un mot, une lettre qui s'évanouissait à l'instant où sombre la courbe du globe. Des bandes de chevaux galopaient souvent le long du flot à midi. Judith rêvait aux grandes proues lisses et voluptueuses. C'était comme une écriture souple sur la ligne du rivage. Judith mimait la course en écrivant vite n'importe quoi d'un style aux jambages élancés et musclés. Tel était le génie de mes deux cancres. Christophe épiait les rendez-vous sur la plage. Il observait des adultères et des ruptures tragiques. Parfois une voiture ivre s'engageait sur le sable, rutilante elle filait le long des vagues, disparaissant dans la commissure de l'estuaire du côté d'Honfleur. Un chien solitaire pourchassait soudain des mouettes. Les oiseaux se décollaient du sable avec difficulté. Cela faisait une volumineuse crinière qui prenait du large, montait, se déployait puis retombait par étapes, blocs de plumages resoudés au sol. Christophe se délectait de cet opulent cassis des mouettes. Il y trouvait des métaphores innombrables de semaille, d'envol et de mort. C'était le lent mouvement des cycles et des siècles. Les mouettes tourbillonnaient dans un jeu d'alambics et de clepsydres éternels. Des femmes seules venaient se faire bronzer comme ça sur une dune. On voyait ce minuscule îlot offert au soleil dans le dédale monstrueux des sables. A marée basse quand la plage était dépouillée dans toute sa profondeur, cette volonté humaine marquait l'étendue d'un signe têtu et touchant. Un soir Judith et Christophe avaient vu une étrangère provoquer ainsi l'immensité. Le ciel s'assombrissait. Le sable devenait gris comme du schiste. De grandes carrières ténébreuses s'élargissaient. Des couches différentes et des ondulations s'enchevêtraient, se brouillaient à l'infini. La femme semblait prise lentement dans un travail géologique monté du fond des temps. La terre et le ciel broyaient la chair dans leurs gisements millénaires. L'absorption finale jeta un rayon crayeux sur des fonds basaltiques. C'était cela le lycée pour Judith et Christophe. Un grand rêve minéral de chevaux, de chiens, de femmes et d'oiseaux. Alors très souvent pour commencer nos tête-à-tête je leur disais : « Racontez-moi le lycée là-bas. »

Christophe me disait : « Les chiottes aujourd'hui étaient taillées dans une blancheur de Carrare. La laine des pulls dans les couloirs est devenue noire comme du charbon. Sur le tableau vert c'était écrit Hélianthe en lettres de sang. Dans les classes j'ai surpris une forêt de tables et de chaises. Du bois naissaient encore çà et là des nœuds, des feuilles, d'étranges fleurs. Les corbeilles à papier ont pris feu, toutes sans exception, au même instant. Aujourd'hui, sous les combles, la femme de l'intendant a accouché d'un oursin que lui a fait un écolier rigoureusement albinos. Le surveillant général au conseil de discipline en administrant la sentence de mort contre un élève pervers et surpris en flagrant délit, a eu un regard de Léviathan. Pour la troisième fois de l'année une fille des toutes petites classes a eu un délire divinatoire. La cour de l'école à midi s'est brusquement remplie de congres et de moutons. Des goélands pondaient sous le préau des œufs successivement bleus et noirs. Un renard s'est échappé des W.-C. Une araignée a jailli soudain du bout de craie que tenait le professeur de mathématiques. »

Christophe, Judith et moi avions nos rites. Les jours de petite pluie étaient célébrés avec autant de ferveur que les après-midi de soleil. Le pré se situait au bout du village dominant la mer. On voyait entre les échancrures des feuillages l'étendue liquide. Il y avait des arbres et puis rien. Enfin tout... La pluie venait de là, en ouest. Le décor se resserrait. Les ombres volaient. Le plumage de mes Asimov se rebroussait dans une saute de vent. Diane frissonnait. Le cimetière sentait bon. Des mouettes fouillaient le labour frais d'une tombe. La mare devenait plus profonde et plus noire. Le coq fleurissait dans des tons sauvages. Le bouvreuil avait un rougeoiement planétaire. C'étaient les signes. La pluie tambourinait déjà les rochers de la moulière, les blockhaus du rivage, l'écaille des premiers toits. C'était le mois de juin. Il faisait très doux. La pluie était bienvenue comme un soleil... Judith ôtait son tricot de laine et nous le faisait respirer. Il sentait le feuillage. Le torse de la jeune fille émergeait avec ses mamelons dont la chair sensible, criblée de gouttes, se contractait. Christophe totalement dévêtu exhibait son corps émacié de Christ. La pluie volait toute ridée. Un milliard de molécules légères, lianes enlaçant la peau nue. Partout les clochers luisaient, les girouettes, les antennes, les isolateurs vert bouteille et cannelés au sommet des pylônes électriques. Les rivières gonflaient. Les falaises remuaient. La pluie sentait la mer et la fiente des mouettes. Elle arrosait les robes d'été, palpait les draps suspendus dans les cours. Perlée, plurielle sur les bateaux de pêche, les villages, les villes, toute charnue. Les gosses dans leurs cabanes faisaient leur première expérience de l'abri. Pour les égouts, les sources, les fleuves, les robinets, les piscines, c'était une aubaine. Il y avait surtout une piscine vide dans un jardin abandonné au bord de la plage. La pluie la remplissait. On s'y allait baigner comme dans l'eau des mares, avec autour la végétation revenue à l'état sauvage. La pluie vagabondait partout avec son odeur d'algue. Elle tombait dans les bois, sur les bûcherons. Elle arrosait les grands arbres couchés dans leurs blessures fraîches. Les pierres vivaient. Le nylon des parapluies crépitait. Les bouches s'ouvraient pour sentir les gouttes. La pluie caressait les cuisses, les ventres offerts, le monde entier. Les truites sautaient dans les ruisseaux. Les grenouilles et les anguilles... Les escargots sortaient soudain coriaces et doux. L'herbe et les orties exhalaient leurs brusques odeurs. Christophe sentait son membre brûlant contre sa cuisse. Les petites vieilles dans le cimetière attendaient à l'abri des croix que ça passe... « ça va faire du bien à la terre »... « ça distraira les trépassés ». On était effleuré par l'odeur de suie des bigotes. Sur les navires, les capitaines regardent par le hublot cloqué, grouillant de gouttes. Les ouvriers dans leurs cagibis minuscules au sommet des grues écoutent la pluie. Ils rêvent aux filles surprises dans les rues ou tout au fond des bois mouillés parmi les écureuils. La pluie s'amuse, elle fuit, revient. Avec ses ailes, ses pattes, ses grains, ses embryons, ses embruns. Elle fouette doucement les seins de Judith rugueux de volupté. La pluie lascive et bénévole dans vos oreilles, vos yeux, vos cheveux. Elle allume des étincelles. Elle sent la toison de Diane et des moutons. Elle vous lacère tendrement. Son corps réticulé bouge tout le temps. Et le soleil apparaît, disparaît dans le vent, les arbres, les nuages. Un arc-en-ciel encadre au pied du village le cercle mobile de la moulière noire. Les mouettes ne sachant plus où est la mer vont pêcher dans les champs. Diane se roule dans l'herbe mouillée. Christophe astique ses muscles, vernit ses cuisses. Judith se couche sur le gazon, chasse son jean après son pull. Son ventre se creuse dans la brutale éviction d'un slip acrylique et soyeux. Rebroussé au passage le pubis surgit. Effervescence sombre entre les aines plus pâles. Soudain mouillé le poil en minces jets noirs épouse les lèvres légèrement renflées du sexe. Les hanches, le ventre, l'amorce des cuisses forment une sorte de vasque au centre de laquelle jailliraient les sources vives et noires du corps et de la terre. On voit sur les seins nus mollement crépiter la pluie. Judith s'imprègne de cette bruine salée qui sent à la fois la forêt et le poisson. Puis les gouttes grossissent, l'averse va labourer profondément la mer. Les embruns gorgent les clairières. On se lie. Des choses viennent de très loin. C'est plein de visites. De petits orages claquent au-dessus des greniers. Les têtes s'affolent. Les caves sont inondées. Les maisons craquent sous les fulgurations et la crue. Et le désir crie. Il y a soudain des gosses qui ont envie... D'autres s'occupent de leurs collections de timbres exotiques, ouvrent de beaux illustrés brillants tout en écoutant la pluie. Les coquelicots vibrent dans les talus. Le goudron des rues a un parfum de soute. La pluie nous mélange Diane et les adolescents. Des plumes se collent à nos flancs, lanières d'eau, brins de terre, pétales. La chair est à la fois plus râpeuse et plus douce. Le corps s'ouvre et jouit. Des tentacules vous nouent à tout. C'est la pluie qui brûle Honfleur, Harfleur. Elle chahute au Havre. Toute la Hève se creuse sous le grain. Il en profite, plonge très loin dans les terres, parfois jusqu'aux sangliers dans les fougères. L'averse fouille l'entaille brûlante entre les cuisses. A Barneville l'ondée fait frissonner l'étang, le château, les cygnes nus. Dans un chemin elle se coule. Elle surprend une équipe de cinéma. Une star américaine fait la moue, puis se cambre sous cette pluie appétissante et paysanne. Les voiliers du large, les avions de plaisance bougent dans ses filets. Les églises sonnent sous la pluie. Naissance, mort. Battent les cœurs. La pluie embrasse tout. Elle danse. Elle pianote des airs sur les genoux, les troncs, les gorges, les gouttières. Elle est folle, elle gicle dans le cou, lèche la naissance du dos, dévale le toboggan d'une échine bandée de surprise. Gourmande, elle hésite entre le sillon des fesses et les courbes des hanches. Ma bouche la suit. Mes lèvres prêtes à tout. Judith ravie se trémousse. La goutte bascule. Moi aussi. Saisie de frissons Judith arque les reins, fait volte-face. La pluie pour la punir lui flagelle les seins. Pluie de baisers. Bouts dressés. Le pubis s'offre grouillant de gouttes. Ma langue comme une chatte roule dans tout ce moelleux d'herbe, d'humus... Diane dégage soudain une vive odeur de musc. Christophe bloque entre ses membres la chienne gémissante et dorée. Corps à corps. Toison durcie. Ventre lisse. Cuisses acajou contre jambes nues. La chienne émet des grondements de fureur et d'allégresse. Elle saisit dans ses chaudes babines la cheville de Christophe. Elle croque le pied, suce l'orteil plus succulent qu'un os à moelle. Elle lape avec agilité un peu de crasse entre les doigts dodus. Christophe reconnaissant caresse le ventre de la Diane semé de son chapelet de petits mamelons distendus. Judith et moi nous rampons, nous rejoignons le garçon et la bête. Le terrain joue autour de nous. La pluie provoque des inondations dans les villes. Sur le rivage une falaise s'écroule. La pluie plaque contre un arbre un couple, c'est l'adultère dans le feuillage. Elle ruse, vous entortille le sexe de ses mains fines. Elle favorise. Comme une langue rapide qui va, brûle et durcit. Que de bêtises elle fait commettre. Plus ardente que le sommeil immobile. Elle noie les derniers scrupules et les moineaux dans les nids. Hop ! une autre falaise. Les villas tombent à la mer. Le flot les écartèle comme des ventres fendus. Chaos d'argile et de muscles... Un avion se paume, heurte un pylône, jet d'étincelles. Le pilote est tué net. Bouche bée. Extase. C'est la pluie. Elle fait pousser les champignons vénéneux. Elle vivifie les grandes couleuvres des prairies. Elle s'accroche. Elle n'en finit pas. Il se fait tard. Le couple adultère craint les suites. Elle s'achèvera par des larmes. Elle enrhume. Bronchite et toux la pluie. Elle rouille, pourrit. Elle ne sait plus s'arrêter. Elle ne veut pas mourir. Sur les routes deux voitures se tamponnent : un mort. Encore. On entend l'ambulance et les pompiers. Elle lance des éclairs et met le feu dans les granges. Elle est hétéroclite. Elle touche à tout. Elle relie les extrêmes. Elle est trop sympathique. Et puis soudain elle s'effraie... Le vent la rejette. Elle décampe sans prévenir. D'un bond la voilà du côté de Rouen. On la perd de vue. Le soleil illumine ses débris. Il s'épanouit tout contre nous. Il sèche nos étreintes. Mais la pluie se lasse rapidement de Rouen. La province elle connaît par cœur. Elle continue le long de la Seine. Tout à coup, elle est ambitieuse. Elle a trouvé un but. Elle monte à Paris. Elle convoite la tour Eiffel. Et le soleil boit dans nos cuisses. Il nous dénoue, s'étire. Le foyer s'élargit vers la mer. Hélianthe... On n'a plus d'horizon. Les goélands brûlent. Au centre du soleil il y a le feuillage.

Maintenant je ne vois plus la pluie, le brouillard mobile de ses millions de gouttes. Ce sont les couleurs des saisons qui me manquent. La blancheur de neige. Tout cet estuaire parcouru d'avions, d'oiseaux, de vaisseaux.

La forêt, les fleuves, les marées. Et le petit cimetière bucolique. Je préférerais la mort. On voit sous la terre. Je voudrais contempler la ronde des soleils dans le tombeau d'Hélianthe. L'Orient, le Couchant sur la mer et Midi dans les terres. Ce galop de Diane rousse, de scarabée ailé dans le ciel. Je hais ces ténèbres équitables qui n'ont pas la profondeur de la grande nuit cosmique où vivent et meurent des milliards de soleils. Pourquoi suis-je dans la nuit ? Cet accident de chasse n'explique rien. J'ai oublié les vraies causes comme après bien des métamorphoses. Mon sort est incompréhensible. Partout le silence. Personne. Il faut me recroqueviller dans ma mémoire. Là s'ouvre l'origine et l'inépuisable.

Cette nuit rebelle a un mérite. Elle incite à l'effort. Elle favorise l'exploration. Il faut creuser ces ténèbres comme une terre opaque. Tout au fond je finirai par capter la transparence et la source. Alors, pour de bon je verrai. Après mon accident de chasse la vérité pour moi cessa d'être située au bout de ma route. Elle n'était plus en avant. Elle existait en profondeur. Cette certitude ne fut pas sans provoquer une révolution intérieure. Longtemps j'ai imaginé rencontrer la vérité à l'horizon d'un chemin de surface. Je la voyais solidement plantée sous le ciel au carrefour d'une longue route de campagne. Bien sûr elle avait un visage de femme. Elle était jeune, longues jambes, cuisses modelées dans la douceur et le muscle. La vérité montrait son ventre souple et creux, barré d'une toison noire. Elle avait des cheveux verts et le corps vif et frais coulé dans un remous. Le sang battait sous la peau. C'était la vérité de la campagne et du soleil. Elle était autonome, sportive, allègre, éclatante. Elle avait un trop-plein d'humour et de liberté. Elle était aussi blanche qu'Hélianthe était brune. Aussi franche qu'Hélianthe était troublante. Mais toutes deux avaient cet orgueil triomphant. C'était la vérité de l'adolescent. A présent les routes et l'horizon sont vides.

C'est aux racines que je trouve la vérité, au centre. Il me faut nager, descendre dans ma propre obscurité, rejoindre le fond où s'opèrent les rencontres décisives. Deux épisodes de mon enfance surgissent en un double halo lumineux. J'aime qu'ils soient liés à l'animalité. J'ai toujours su que la présence c'est auprès des bêtes qu'on l'obtient. Déjà Diane m'en avait persuadé. Hélianthe et sa trouble nature de Chacal, de Chimère et de Sphinx n'était pas sans renforcer ma conviction.

A douze ans je fis deux rencontres que je puis maintenant qualifier de révélatrices. Alors je les vécus dans l'aveuglement d'une sorte de transe. Maintenant je les vois dans la pleine lumière des profondeurs et de la nuit. Je fus ébranlé par le contact d'un principe essentiel, vital. En quelque sorte je fus visité. Mes visiteurs étaient des bêtes. Elles vivent encore tout au fond, à l'origine de puits dont la plupart du temps je n'occupe que la surface. La nuit s'apprend. Il faut la sonder, scruter son corps peu à peu, s'enfoncer loin dans ses muscles. Alors elle vit. Elle libère un couple de bêtes intactes. Je suis le fils de ces deux bêtes neuves.

Je partis aux environs de deux heures à la chasse au merle, armé d'une carabine 12 mm, peu offensive. Mes cartouches étaient chargées d'un tout petit plomb : le 8. J'étais donc singulièrement démuni pour affronter le lièvre. La promenade fut lente, les merles rares. Je ratai plusieurs oiseaux. Je garde du début de cet après-midi un sentiment de solitude, d'errance. Une cendre fine troublait le ciel. Octobre malade tendait son piège de mailles sombres. Je franchissais des clôtures noires. J'errais dans l'espace nu, traqué. Je blessai les merles au plumage opaque. Ils fuyaient d'un vol écorché.

Alors se produisit une saute de temps et une mutation d'espace. Au milieu du champ que je traversais se dressait un buisson. Dans une campagne aussi domestiquée cette confusion soudaine était anormale. J'orientai donc sur elle ma marche, espérant lever quelque merle. Arrivé, je perçus un léger froissement qui se répercuta violemment sur mes nerfs. Sans bruit je me dressai au-dessus des ronces pour localiser ce frôlement. Tout à coup je le vis. Il était roux, boulu, énorme et comme sorti de la terre. Il me regardait immobile, alerté. Je voyais son grand œil brillant. Dans une sorte d'état second je levai ma carabine. Je visai, je tirai. Il vacilla. Il tomba. Le petit plomb à six mètres l'avait criblé. La poudre m'enveloppa de son encens noir.

Tenant mon lièvre par les oreilles, je surgis dans le bureau de mon père. Le sang dégouttait sur le tapis. Mon père fut saisi de stupeur. Dans un élan brusque d'enthousiasme et de désordre il attrapa le lièvre, le sortit, le fit pisser : première leçon. Ensuite me prenant par une main et brandissant le lièvre de l'autre il entreprit de me faire exécuter un tour d'honneur dans les différents ateliers de l'entreprise familiale. Il montrait ma prise aux ouvriers. Le fait que je n'avais pas encore de permis de chasse et que mon acte était parfaitement illicite augmentait la jubilation du père, du fils et des témoins. Le lièvre fut ensuite exposé sur le carrelage de la cuisine. Et les amis défilèrent jusqu'à la nuit pour le voir et pour me voir. Les copains, les parents, les intimes : tout le monde me félicita. Dès lors je me sentis reconnu par mon père et par la famille, véritablement inséré dans la tribu.

Ce caractère sacré conféré ainsi à une chasse au lièvre dans les terres est une exception. En vérité, je n'avais pas chassé le grand lièvre, il m'était apparu. Mais dans la plupart des cas, les chasses à la campagne déroulent un scénario négatif, tragique, qui a peu de rapports avec la vraie vie. La chasse poursuite, battue, fuite vous engage dans une aventure irréversible qui ne procure pas le vivifiant coup de visions de ma première chasse. Le lièvre, le faisan, le perdreau, le sanglier sont tués dans le dos : modalité très différente de la chasse avènement où le gibier vient à vous. Dans le premier cas, si l'animal traqué est raté alors il est perdu définitivement. A l'inverse de la chasse avènement où l'animal venant à vous vous arrache au sentiment de l'échec et de la solitude. La chasse poursuite est une tragique histoire de Caïn. Pour bien sentir la spécificité de l'expérience il suffit de la comparer à la pêche. J'ai beaucoup pratiqué celle-ci dans les ruisseaux de l'estuaire. Il s'agissait d'un sport extrêmement mobile où j'allais et venais du rivage à la source sur des kilomètres. On ignore souvent ce caractère dynamique du pêcheur de truites. A la pêche la fatigue physique vient beaucoup plus vite qu'à la chasse. Mais la pêche n'est jamais tragique. A l'irréversibilité de la chasse elle oppose un univers réversible, optimiste et léger. Ne dit-on pas « taquiner » la truite. A la pêche, le gibier n'est jamais perdu. Le pêcheur remonte la rivière, la redescend et parfois repart. Une truite ratée en chemin peut être ferrée sur le retour quelques heures après. A la chasse le gibier manqué quitte un territoire où l'on n'est jamais sûr de le revoir. Les deux activités diffèrent sur un autre point. A la chasse les moyens dont dispose le chasseur sont limités. A la pêche ils sont innombrables. Le chasseur pour tuer sa proie utilise deux cartouches, en général. Une cartouche de 6 dans le coup droit et une de 4 dans le coup gauche. Le pêcheur, lui, exploite un arsenal de séduction bien plus divers. S'il manque la truite à la cuillère il peut essayer la mouche. Ensuite il tente le ver, la sauterelle, l'asticot et toute une gamme d'autres cuillères dorées, argentées, lancéolées, striées, mouchetées, barbelées... Le pêcheur change perpétuellement les appâts, les lignes, les tactiques. Au crépuscule, la manœuvre n'est plus la même qu'à midi. La pêche se nourrit d'un espoir inlassable. Elle offre un ballet de tentations, de séductions déployées à l'égard du poisson rusé. Le donjuanisme de la pêche est évident. Il faut attirer la proie, l'amener à soi. C'est une conquête. La chasse, elle, est tuerie dans le dos de la bête en fuite. En revanche la pêche développe son élégant marivaudage de cour, fêtes galantes, après-midi Watteau. La chasse est univoque, linéaire, rédhibitoire. La pêche multiplie les entrechats. La chasse débouche sur le néant. La pêche est un éternel retour : comédie aquatique dans un univers de reflets, de narcissisme, d'inceste et d'androgynie.

Toutefois, j'ai connu une première pêche dont la structure diffère en tout de ce maniérisme délicieux dans le miroitement des ruisseaux. C'est justement la pêche Avènement. L'épisode coïncide exactement avec celui du premier Lièvre.

A douze ans, les compagnons de mes jeux étaient mes trois cousins qui ne me quittaient guère. Nous formions un quatuor de bambins mousquetaires avides d'aventures et de surprises. Notre sport favori était la pêche à la truite le long de la petite rivière de Criquebeuf. Un lieu surtout nous attirait, nous fascinait. Nous l'appelions la « Chute ». Il s'agissait d'un grand trou qui élargissait et approfondissait brusquement le cours du ruisseau. L'existence de ce nœud de remous constituait un mystère. On se demandait comment un ruisseau si modeste avait pu engendrer un gouffre pareil. En tout cas, l'habitude était de plonger nos appâts des heures durant dans la cascade. Il nous semblait que ce puits turbulent devait loger quelque truite géante. Un paysan racontait qu'une nuit, en revenant d'une pêche à la crevette, il avait vu jaillir de l'eau un poisson énorme, étincelant, qui longuement s'était roulé dans l'herbe, au clair de lune, avant de replonger dans la chute. Mais l'homme avait l'esprit un peu dérangé et personne n'ajoutait foi à ses sublimes racontars. Nous, les gosses, on se disait que, peut-être... Dans notre imagination l'endroit représentait le creuset de la vie même, un chaos indescriptible et fécond. Obscurément nous attendions un événement. Il eut lieu, un soir, aux environs de cinq heures. Nous avions passé la journée à pêcher tout le long de la rivière et vers le crépuscule selon l'usage nous avions planté nos lignes dans la chute. Un brusque ennui s'empara de nous. Le lieu cessait d'exercer son attraction. Alors, calant nos lignes dans des trous de rats d'eau et laissant nos appâts tourner dans l'ébullition de la chute, nous nous étions éloignés de quelques mètres pour chahuter et plus exactement catcher. Ce vigoureux divertissement inaugurait sa carrière et produisait chez les enfants des ravages indescriptibles. Bien vite, la bagarre nous épuisa. Le jour diminua. La chute devint noire. Un tumulte plus clair tombait des grands arbres rivulaires. Cela vivait dans le ciel... La mer montait puissante et animale. Elle ramifiait partout ses énergies. Tout à coup, la canne à pêche d'un de mes cousins fit une embardée et darda droit dans l'eau. D'un bond, nous nous précipitâmes. Une frénésie bouleversait le roseau valsant aux quatre coins du trou. Sans perdre une seconde, tout habillés, nous dégringolâmes dans cette cuve écumante et crépusculaire. Nous agrippant à des broussailles et à quelques racines nous réussîmes à rattraper le manche de la ligne. Alors, tous trois, conjuguant nos forces, nous nous sommes mis à tirer. Brusquement, elle jaillit, voltigea au-dessus du courant. Je revois les flancs étincelants, les torsions d'un ventre éclatant constellé de points rouges. La gueule ouverte claquait sur le crin bondissant de la ligne. Dans un dernier effort que notre effroi et notre fascination décuplèrent nous avons triomphé de sa résistance. La truite géante atterrit dans l'herbe. Elle se débattait agitée de soubresauts, elle nous mordait les doigts, giclait, rutilait. Elle semblait surgie des eaux et de la terre. Prestigieux dragon du chaos. Aujourd'hui encore je m'étonne que nous ayons harponné une truite si grosse dans un ruisseau si petit. C'est pourquoi, à notre retour au village, notre exploit éveilla des soupçons. La rumeur courut que nous avions volé le poisson dans une pisciculture du voisinage. Je n'ai jamais oublié ces tressaillements, cette musculature gluante de la truite. Le poisson pris, très vite ensuite se ternit. Alors, nul ne peut imaginer devant sa dépouille grise et débilitée quelle fut sa théâtrale, éblouissante épiphanie.

La même année la Truite du Chaos court-circuita le grand Lièvre tellurique. Si j'ai commencé à écrire douze ans plus tard ce fut pour retrouver la force perdue, la plénitude de plaisir que ces deux bêtes m'avaient procurée. Le Lièvre et la Truite ont jailli soudain de l'Eau et de la Terre, de la Chute et du Buisson pour me révéler l'éclat d'un soleil autre et plus vrai. Je suis le fils du Lièvre et de la Truite. Dans mon ciel imaginaire je vois surgir le Lièvre et la Truite comme de grandes figures de Jérôme

Bosch ou de Chagall. Instantanément je trouve le Centre, le Chemin. J'entre au paradis des Dieux, des pères et des bêtes. Le Mausolée d'Hélianthe ne s'y trompait pas en intégrant pour principaux motifs de sa statuaire le grand Lièvre et la Truite géante. Souvent, dans mes rêves, je vois étrangement voler mon Lièvre en compagnie de la Truite. Ils viennent à moi. Je monte sur leurs dos, à la fois sur l'échine musclée et velue du Lièvre et sur la dorsale liquide de la Truite. Ils me portent, me conduisent... Pareille volupté je ne l'ai retrouvée qu'en faisant l'amour avec Hélianthe. Cette fille avait surgi dans ma vie avec autant de force magique que la truite et le lièvre de mon enfance. Elle en était le prolongement humain. L'animalité primitive du poisson et de la bête vibrait dans chacun de ses désirs impulsifs. Aquatique, souple et solaire Hélianthe, comme la grande truite. Crinière rousse, muscles tendus comme le lièvre. La plénitude de mon bonheur venait de ces retrouvailles avec le ciel, l'eau et la terre réunis en un seul corps prodigieusement vivant, résolu. Hélianthe n'hésitait jamais. Elle avait la beauté fulgurante, égoïste de l'instinct.

C'était l'aube du solstice d'été, j'avais invité Judith et Chistophe à venir voir le tombeau d'Hélianthe. Je leur avait permis d'y vivre un jour entier. A cinq heures du matin, respectueux des conditions que j'avais fixées ils arrivèrent. J'entendis leurs poings cogner à petits coups spasmodiques contre ma vitre. Ce fut avec la brusque allégresse d'une réminiscence que je vis leur couple se détacher sur la nuit plus claire. Ils étaient excités par une insomnie consacrée à je ne sais quel abus. Le frère et la sœur souvent se comparaient aux dieux de l'Egypte. Ils relevaient — disaient-ils non sans complaisance et provocation — d'Isis et d'Osiris. Leurs chemisettes leur collaient à la peau, mais largement ouvertes sur le torse et comme tranchées d'un coup de ciseau. Le short de Judith était retroussé jusqu'aux aines en un ourlet de festons artistement modelés. Celui de Christophe par une affectation contraire lui arrivait à mi-cuisses et débobinait une pluie de fils jusqu'aux genoux. Ces trouvailles étaient bien de leur cru. Ils n'ignoraient pas à quel point elles me flattaient. Un rayonnement violet sourdait des brumes de la mer. Les cheveux de Christophe se tordaient en un buisson de flammèches. Judith portait les siens collés, lisses et noirs. Je sentis combien les fascinait cette mystérieuse entreprise du matin. Les soubresauts d'une gaieté extraordinaire me parcoururent soudain. Il me sembla qu'Hélianthe était descendue parmi nous. Je la voyais brûler dans les cheveux de Christophe et les prunelles de Judith. Une élasticité violente presque animale cambrait les reins de la jeune fille. Christophe avait les pommettes saillantes et dans les yeux des reflets verts. Hélianthe revenait donc de plus en plus souvent. Une nouvelle époque dangereuse et sensuelle commençait. Le village laisserait-il ainsi revenir si souvent la Diane ?

Les adolescents nous suivirent Diane et moi avec avidité. La porte du cimetière craqua dans ses battants. Des merles logés sous le fouillis des lierres qui couronnaient le portail émirent des cris. Diane jappa et les fit s'envoler les uns derrière les autres en une tresse de plumes noires. Dès que nous eûmes repoussé les lourds vantaux de chêne, l'aube nous apparut avec une puissance renouvelée dans l'encadrement parfait du chambranle. Ce contraste du bois et du jour répercuta en nous un choc voluptueux. Le cimetière était calme. Les tombes émergeaient comme les carènes de navires amarrés dans un port. Les croix se dressaient pareilles à des mâts. Les Christ écartelés à leurs sommets semblaient offerts aux divinités du large. Cette flottille ne dégageait nulle impression de tristesse. La scène était originelle. La mort naissait à la surface de la mer. Ilots parsemés, chaos géométrique de marbres et d'allées. Labyrinthes méticuleux à travers lesquels l'aube doucement montait comme un flux. Judith déclara que nous eussions mieux fait de nager vers le tombeau d'Hélianthe. Christophe formula le désir d'avancer sur une barque en ramant parmi les sépulcres matinaux. La statuaire baroque, toutes les complications du vaste monument funéraire que j'avais érigé à la gloire d'Hélianthe étaient atténuées dans l'insinuante clarté. Moins emphatique, l'édifice devenait plus secret. Nous pénétrâmes dans cette enceinte en forme de péristyle qui constituait la partie la plus externe du tombeau. A l'intérieur il faisait nuit. Le jour coulait confusément d'une brèche embrassant à l'orient l'estuaire de la Seine, et pour ainsi dire calqué sur lui. La baie occupant l'extrémité opposée de la galerie restait plongée dans un occident ténébreux. Le jour s'ébruitait à débit lent par le premier trou. Grâce à cette margelle qui la circonscrivait, l'odeur marine et florale du matin nous fut perceptible avec plus d'acuité. Judith s'approcha de cette source, avança ses lèvres. Elle se dépouilla de son vêtement et s'offrit, se remua, se joua dans ce rayonnement primitif. Son torse, ses cuisses furent emmaillotés de lanières blanches, mobiles et de taches nocturnes. Elle ressemblait à une salamandre, à quelque serpent nouveau. Nous concentrâmes nos visages tout contre la saillie du jour. L'estuaire peu à peu dessinait son écartèlement bordé de collines. L'on voyait la Seine se répandre dans l'aube et la mer. Les plages, les marais, les prairies, les forêts évoluèrent en bandes de plus en plus clairement émergées. Les terres se rejoignirent. Alors une odeur de soleil s'infiltra dans ce paysage mouvant, tout pâle. Un parfum, un rayon... Cette présence n'était captée par aucun sens particulier sinon par l'odorat qui les sous-tendait tous. De petites buées craquaient, des vapeurs perlaient, des zones se cristallisaient, des ondes bouillonnaient. Une lumière jaune et verte glissait. Des étangs, des lagunes, des reliefs de corail se formaient et noyaient leurs systèmes éphémères. De grands peupliers dans tous leurs feuillages commencèrent à flotter déracinés. Des ailes roses et rouges sortirent soudain de l'enfonçure de l'estuaire. Une évolution rapide les déploya avec vigueur. Le tombeau fut brusquement ensanglanté. La nuit avait réintégré le sein des arbres, des pierres et de la terre. Mais la présence qui se manifestait sur le monde interdisait toute nostalgie. Elle forcissait, elle éclatait dans l'estuaire. De longs rais s'enfonçaient sous le tissu de la Seine, d'autres creusaient l'immensité marine. Les forêts, les collines rouaient. Ce fut une éclatante toison de roseaux, d'étangs, de marais... De grandes touffes de soleil jaillissaient à tous les horizons. Alors tout entier il sortit. Il emplit brusquement le trou de la muraille. Boulet sanglant, cœur palpitant, œil brûlant. Il semblait fixer l'intimité du tombeau. Sa présence devenait insoutenable. Diane gémissait doucement. Il nous scrutait... Inexpressif et pourtant criant. C'était comme un regard qui éclatait au plus profond de nous. Jusqu'ici nous n'avions que respiré le parfum du monde, soudain nous fûmes voyants. Puis le soleil se détacha, s'éleva, happé dans sa course. La fenêtre s'ouvrit de nouveau à un paysage vivant. L'estuaire tout à fait formé, achevé maintenant, composait une sinueuse imbrication de plages, d'arbres, d'échines terrestres, de mers et de rivières. La Seine semblait porter dans ses branches le ciel où de grands vols de pétrels affluaient. Nous quittâmes la galerie extérieure pour nous plonger plus avant dans l'intimité du tombeau d'Hélianthe. Nous nous sommes glissés par l'ouverture d'une porte basse qui sentait le feuillage et le goudron. Des ténèbres opaques régnaient dans ce nouvel espace où j'allumai l'électricité. Alors Christophe et Judith découvrirent la salle qui s'enroulait en un anneau exactement concentrique à celui de la première pièce. Le circuit s'encastrait toutefois de cryptes qui en brisaient la régularité. Chacune d'elles était occupée par mes figures animales favorites. En particulier le grand Lièvre roux, la Truite géante, la Litorne, le Pluvier doré, le grand Coléoptère... Christophe et Judith me demandèrent la signification de ces présences. Je leur répondis qu'elles étaient la chasse et la transparence.

— Alors, Hélianthe, c'est Artémis ! s'exclama Judith.

— C'est d'abord elle... et qui sait ? le Sphinx... On ne peut pas tout connaître...

Plus loin Judith admira les bois du grand cerf que j'avais abattu moi-même dans la forêt où je l'avais surpris à la lumière des phares. J'avais voyagé toute la nuit, imposant à mon moteur un ralenti inaudible. J'avais suivi les chemins forestiers, je m'étais coulé dans des voies de traverse plus secrètes encore. Les mousses étouffaient le bruit de mes pneus. Je m'arrêtai à l'entrée d'une clairière que j'avais repérée quelques jours auparavant et que je savais prisée des animaux. Un cerf s'avança tout à coup. Je répondis à son apparition en faisant brusquement feu de mes phares braqués sur lui. L'animal se figea comme un grand arbre de vie immobile. Il portait la lune entre ses bois. Je dégageai mon fusil. Je tirai. Cette expédition nocturne, crapuleuse et sacrée se rappelait à moi dans toute sa force, comme si le fait de montrer l'animal aux adolescents revenait à le surprendre et à le tuer une seconde fois. Les jeunes gens glissèrent avec avidité leurs mains nues et le modelé agile de leurs bras dans la forêt du cerf entrelacée de surgeons et de rejets. Plus tard je les introduisis dans la chapelle maîtresse de mon temple. Le vison d'Hélianthe s'épanouissait sur son trépied de chêne, entouré de colliers, de bijoux, logé au centre du système mouvementé des autres parures. Judith suspendue paraissait écouter le bruissement de cette flamme luxueuse et noire. Sans que je le lui dise, elle sut que je lui permettais de toucher... Ses longs doigts frôlèrent les pointes de pelage qui s'incurva, s'irisa. Elle enfouit sa main jusqu'au poignet dans la mollesse des touffes, leur opulence brillante, élastique. Elle approcha les lèvres et respira cette odeur encore sauvage. Elle murmura que cela sentait la nuit et la foudre. Le vison brûlait dans sa splendeur de cristal noir. Barbare et précieuse toison d'Hélianthe. Jadis, sa nudité de soleil s'enfonçait, se cachait au sein de cette grotte obscure. La tête seule dépassait frangée de roux — qu'elle dérobait parfois en la plongeant sous le col replié. Elle s'abîmait alors tout à fait dans le puits de fourrure. Du dedans elle irradiait ce gisement moelleux, minéral du grand vison étoilé. Dans mes rêves il me semble qu'Hélianthe, le jour de sa disparition, au terme de sa chute sous la mer, découvrit une grotte. Par cet accès lui fut révélée une voie au cœur de la terre où elle circule à présent. Ainsi le soleil dans sa course céleste était guidé, soutenu par le cheminement parallèle et souterrain de son image reflétée. Hélianthe vivait sous les forêts, les sombres géologies du monde. De son côté Diane s'était mise à galoper, à graviter dans les galeries obscures du tombeau.

Dans une autre chapelle, après un bout de couloir sinueux, mes compagnons purent contempler une statue d'argile verte récemment pétrie de mes mains. Elle représentait un dieu fruste, chevelu, musclé, étrangement mamelu dont les bouleversa la plénitude physique. « C'est qui ? souffla Judith. — C'est l'origine, c'est même avant... » L'on voyagea encore devant d'autres cortèges de statues : mes fameux Œdipe, mes Lolita, mes Sphinx, mes Artémis assoiffées de sang, mes Héliacin, mes Hermès gracieux, ailés, casqués d'or, mes Bacchus végétaux et mes Bouddha d'argile jaune. Puis nous reprîmes le courant normal de la salle circulaire. Il y eut un nouveau méandre derrière lequel se découvrirent — empreintes dans la chair du marbre — mes coléoptères rouges, mes éperviers verts et mes congres noirs. Judith confia qu'elle se sentait plus profonde, presque éternelle au milieu des bêtes. J'avouai que c'est en sculptant ces bêtes propices que j'avais surmonté l'angoisse d'Hélianthe et de la mort. Ça stimule, ça apaise la terre pétrie à pleines mains et trempée dans la mer.

J'annonçai que le moment était venu de descendre jusqu'à la source. Nous avons dévalé un court escalier de dalles. Après un couloir exigu, je poussai une porte, nous nous coulâmes dans un vestibule qui donnait sur la cave. La pièce était petite, l'on n'y tenait que fléchi. Un seuil étroit entourait une sorte de mare au milieu de laquelle une source jaillissait, vive. Un parfum de terre presque agressif vous pénétrait la chair. L'humidité donnait des frissons. Toutefois l'eau bizarrement attirait par son effervescence centrale et ce nappé de mare noire dont le jet était entouré. Diane remua furieusement la queue en filant dans un coin du réduit. Elle s'immobilisa alors en émettant de menus cris de volupté. « C'est le crapaud ! » chuchotai-je... Devant le regard étonné de mes hôtes je leur expliquai que ce lieu était le sanctuaire de mon crapaud nommé Homère. J'avais rencontré l'animal qui rôdait autour du tombeau un soir d'orage. Je l'avais fait entrer et il s'était glissé de lui-même jusqu'à la cave comme à travers les portes. Il avait élu domicile dans ces ténèbres aquatiques dont il semblait se délecter. Les adolescents craignirent que Diane ne lui rompît le cou. Je les rassurai en leur annonçant qu'une mystérieuse amitié était née entre les deux bêtes. En effet Diane semblait engagée dans une conversation de petits grognements sympathiques auxquels Homère répondait par un sifflement étouffé. Homère était un corpulent batracien tout bigorné, bossué de protubérances et de cloques. Sa respiration rapide agitait son cou blanc, lisse, presque soyeux. Homère n'avait de joli que cette gorge virginale qu'il exhibait avec fatuité et autour de laquelle le reste du corps se gonflait. La bête palpitait en proie à une sorte de délire divinatoire. Judith nullement dégoûtée s'émerveillant de cette perfection dans la laideur, de cette suprême imagination dans l'horreur qui fait la véritable beauté. « On dirait qu'il jouit sans s'arrêter ! révéla-t-elle, l'orgasme perpétuel ! Quel bide ! Et ces naseaux, ce dos voûté, ces aspérités, ce cul relevé... Il est magnifique ! » Elle s'inclina doucement vers la bête qu'elle caressa doucement du doigt : « Comme c'est doux ! et que ça vibre, que ça foisonne là-dessous... C'est concentré les crapauds ! Faut pas jouer avec ça... Et son petit œil vicieux ! Il n'aurait pas par hasard une langue bifide qu'il sortirait par à-coups, ce serait idéal ! »

C'est à peine si le crapaud avait bougé au contact de Judith. Il regardait droit devant lui dans l'eau et la nuit, absorbé par son intime, effrayante ignition.

— Si l'on se baignait ! lança Christophe, un peu hésitant. Est-ce profond ?

Je le rassurai, le trou n'excédait pas un mètre cinquante. Judith constata que l'eau était pure, la noirceur n'était due qu'à l'absence de jour. Je me déshabillai comme Judith l'avait fait dès son entrée. Nous glissâmes sans hésiter dans la cuve crépusculaire. Le fond gluant et doux caressa nos pieds. La sensation était riche, on avait enfin la conviction de tenir debout, d'être bien planté dans la terre. L'eau souple, à la fois noire et limpide, avait une sorte de fermeté.

Dès que l'on cessait tout mouvement la mare s'immobilisait et l'on était encastré dedans. Mais la source centrale ne cessait de projeter ses ondes et toutes ses impulsions aquatiques. Judith se coucha en surface, jambes desserrées, bras étendus. Sa chair mince, très blanche par contraste, s'étalait comme une plante. Elle ressemblait à un yogi livré à quelque nirvãna de l'abîme. Ses sombres cheveux, l'humus entre ses cuisses semblaient jaillis de l'intime noirceur de son corps. Ainsi se manifestait le lien qui unissait sous la peau le sang féminin, l'eau et la terre. Les boucles ténébreuses jaillissaient du ventre immaculé comme des sources noires. J'avançai ma bouche. Christophe, lui, tout doré de crinière ne réussissait pas à se fondre aussi étroitement à cet élément nocturne. Diane était restée au bord. Elle bêlait piteusement en nous regardant sans oser plonger. De profil, le crapaud nous montrait ses reins de sphinx énormes et convulsifs. Sa gorge de jeune fille pantelante battait infatigablement. Dans l'eau le corps de Judith retrouvait une structuration plus dense. La chair se serrait, cuisses plus fermes et plus lisses, seins plus compacts et plus sensibles. Elle devenait une île au galbe précis, intense et tangible et secourable sur la mer. A cet instant l'on s'attendait à voir quelque chose jaillir d'elle, quelque végétal élancé, vigoureux dont elle se fût bientôt emmaillotée.

Peu avant midi, nous sommes remontés à la lumière. Comme nous avions déjà traversé les deux galeries circulaires du tombeau, il ne nous restait plus qu'à atteindre le troisième cercle. Cette fois, c'était le centre. Il était occupé par une petite cour plantée d'un obélisque de basalte. Le soleil nous apparut, non plus cette masse trop rouge, organique et si oppressante de l'aurore, portant ses suggestions de durée et de mort, mais l'astre idéal, envolé. Il était presque midi. La sphère s'inclinait doucement vers la cime de l'obélisque. Je conviai mes amis à suivre la régression de l'ombre portée au sol par le pilier minéral. Dans quelques minutes nous allions nous trouver au milieu du solstice d'été. Les ombres restantes de la cour elles aussi reculaient, perdaient du terrain. Mais surtout le raccourcissement du segment ténébreux plaqué par l'obélisque était spectaculaire. L'ombre paraissait aimantée, obéissant à quelque mystérieuse injonction de la pierre. Cette diminution rapide de tous ces fragments de nuit qui parsèment habituellement le jour agrandissait inversement la sphère de celui-ci. Une formidable coupole de lumière se dilatait, occupant la cour, gagnant les coins, absorbant les dernières taches de ténèbres. Il y eut dans notre jaillissement au centre du feu une sensation de délivrance totale. Nous aussi nous avions dissous chacun de nos ombrages intérieurs. Au fur et à mesure que la cour accédait à un parfait ensoleillement nos corps et nos esprits éprouvaient un allégement parallèle. Judith et Christophe vivaient avec une force, une acuité prodigieuses. Leur chair se dissolvait en molécules de lumière. Leurs échines, leurs reins, leurs cuisses devenaient volatiles. L'enfonçure ombreuse du ventre elle aussi cessa bientôt de se dérober au soleil. Les poils se diluèrent. Les ventres étaient transparents, étrangement asexués. Nous n'étions plus que phosphorescences. Alors la dernière pointe d'ombre tombée de l'obélisque s'amincit en pinceau, puis se résorba. Toute la nuit du monde était rentrée au cœur des pierres. Il était exactement midi. Le solstice d'été englobait l'espace et le temps de ses courbes géométriques et lumineuses. Les accidents, les reflets, les parasites, les marges, les manques étaient bannis. L'univers sans coulisse, sans arrière-plan se montrait tout entier lisible et présent. Une énergie sauvage nous secouait comme s'il nous avait été donné de participer à l'essence même du feu. Nous nous sentions rayonner. Cela bondissait en nous. Notre sang s'était changé en or limpide et fluide. Vertige glorieux. Le soleil brillait immobile au sommet de l'obélisque comme le fruit de l'arbre de vie. Spontanément, nous nous sommes couchés sur le sol et déployés en rosace de part et d'autre de cet élan de la pierre et du feu. La cour tournait lentement, nous nous sentions graviter dans l'axe d'un soleil vertical. Nos mains étaient jointes, nos pieds se touchaient. Nous étions les trois branches déployées d'une étoile unique. Seules les figures de Michel-Ange, les calculs de Léonard de Vinci peuvent donner l'équivalent de force et d'équilibre que nous manifestions. Nos trois corps liés par les mains, soudés par les pieds, projetaient leurs images inversées. L'obélisque jailli de la source nous ramifiait de toutes ses énergies et nous portait à son point culminant, au centre du soleil. Les cercles des différentes galeries concentriques roulaient autour de nous. Les bêtes, les dieux, les statues tournoyaient dans leurs cryptes. Au sein du soleil rougeoyait le coléoptère géant. Le grand congre noir s'élançait dans le pilastre basaltique. Diane nous enlaçait de ses crinières et de ses jambes rouges. L'épervier vert étendait ses ailes. Le crapaud à la base de l'édifice crachait sa fureur volcanique. L'on entendait sous la terre sa pulsation têtue. Et l'auréole des tombeaux, le prisme des morts, les clairières qui font pivoter les forêts, les plaines et leurs essieux de montagnes, le cercle de la mer et tout son rayonnement de fleuves, de marées, tout cela s'écarquillait, dansait à partir de nous. Nous étions l'origine et la fin. Alors, abandonnant lentement notre déploiement de rosace trilobée nous nous sommes concentrés autour du pilier basaltique. Nos corps ramenés constituèrent un anneau de muscles enserrant l'obélisque. Nos bouches se joignirent et nos sexes se confondirent.

Au crépuscule, les ombres sortirent des bois. Elles descendirent dans les vallées, glissèrent le long des fleuves, envahirent les villages. Nous avons remonté les différentes enceintes du tombeau. Judith s'arrêta une dernière fois devant le vison d'Hélianthe qui dans l'égale lumière électrique franchissait immuable tous les avatars de la terre. C'était le soleil noir des grandes galeries orbitales du tombeau. Pour un peu, l'on eût rompu les murailles afin de lui ouvrir les voies de l'univers. Lentement il se fût hissé par degrés dans le ciel, au-dessus des mers. Il aurait commencé ses gigantesques gravitations d'astre noir. Nous sentîmes combien manquait à la terre un frère jumeau du soleil, son double, une indescriptible flamme noire brûlant sans consumer, faite pour calmer les souffrances inhumaines, dénouer les angoisses des monstres. Soleil de minuit fait pour les aveugles arrondissant mieux le monde que tous les soleils.

Dans la première galerie, confrontés cette fois à l'ouverture occidentale, nous avons vu un globe rouge, essoufflé, et comme figé dans son sang, s'envelopper de ténèbres et mourir dans la mer. Le soleil d'Hélianthe en s'élançant à son tour dans la nuit, alors, nous eût sauvés. C'était le crépuscule de toute vie, la mort des dieux. Les étoiles n'avaient pas encore émergé des ténèbres. Le monde ramené à lui seul se couchait sur ses tombeaux.

Nous attendîmes ainsi longtemps. Alors je donnai le signal d'une ultime plongée au sein du mausolée d'Hélianthe. Après un bref tournoiement de galeries nous avons débouché dans la cour centrale. La nuit arrondissait son minéral géant criblé de feux. L'obélisque noir s'identifiait à la masse des ténèbres d'où sortit l'étoile du Berger.

Des gens apprirent que nous avions passé une journée entière dans le tombeau d'Hélianthe. Une rumeur circula sur nos bains d'eau noire et de soleil. Du surplomb que formait le cimetière dans sa partie supérieure, on aurait aperçu Judith jaillie de la cave, toute ruisselante et nue s'offrir au soleil. Tandis que Christophe dans un élan qui ne laissait rien ignorer de son désir faisait le Bacchus. Les gémissements de la chienne folle et des adolescents pervers qu'orchestrait « le type de la rousse » avaient propagé le scandale chez les bigotes. Elles avaient fait venir des témoins pour être plus sûres et dûment constater nos outrances sacrilèges. Notre fête aigrit les pieuses gens jusqu'au venin, la pire hargne. Une vieille insinua que nous avions besoin du cimetière et des morts pour faire ça. L'adjudant de police, le lendemain, vint m'annoncer en grande pompe, entouré de ses acolytes — brochette de brigadiers honorables et dégénérés —, « que le cimetière n'était pas un bordel, que j'avais qu'à faire ça ailleurs... Avec des mineurs et des morts, par-dessus le marché ! s'écria-t-il indigné, ça vous coûtera cher ! ».

Je lui répliquai :

— Merde ! sale bœuf !

Christophe et Judith aggravèrent les choses par un torrent de sarcasmes :

— Ça va l'Obèse ! Père Moustache ! Verrat ! Infarctus ! Va te faire sucer ! Gros Sapiens ! Grand Morne ! Viandard ! Ouh le Renfrogne ! Papa Descartes ! Bureau va ! Borborygme !...

— Insultes à officier de police dans l'exercice de ses fonctions ! Ah ! Ah ! triomphait-il, vous allez voir !

Sans plus tarder, l'on m'emmène au poste dans une petite bagnole bleue, antenne et cocarde. Je suis interrogé. On enregistre. On m'asticote. On me harcèle. Cela dure des heures. Ils prennent leur temps. N'ont rien à faire. Ils sont veules et quand ils sont plus respectables ils sont ternes ce qui est pire. Ils parlent mal. Moi qui suis surtout sensible aux métaphores ! Ils font des fautes de diction mais des fautes sans imagination. Chacun crache sa petite harangue fielleuse. Touchant le chapitre des adolescents ils me glissent en dessous des pupilles concupiscentes. Mais le chef mâlement claironne :

— Ce n'est pas beau d'exploiter l'inconscience de jeunes gens trop gâtés et malheureusement séparés de leurs parents !

Il ajoute qu'après la disparition tragique de ma femme tout ça n'est pas très joli. Je réprime un flot d'injures. Me voyant tout blême ils espèrent que je vais craquer et corser mon cas. Ils font des allusions à cette noyade pas très claire...

— Comment qu'elle s'appelait ?... Hélianthe, oui Hélianthe ! Elle est fichée aussi celle-là ! Exhibitions nocturnes. Enfin ! n'en parlons plus, la malheureuse... Mais c'est tout de même bizarre qu'on ne l'ait jamais retrouvée. Parce que les noyés, ça remonte... Vous comprenez : les gaz... Alors ils finissent toujours par accoster sur une plage. C'est scientifique ça ! Ah ! cela aurait dû vous servir de leçon ! On vous aura pourtant prévenu. Les plaintes pleuvent contre vous et ce coup-ci l'affaire ne se passera pas si facilement ! Ça s'additionne vous comprenez tous vos désordres, ça remonte à loin ! trop loin !

Ainsi le réseau des haines se consolidait. Et, cette fois-ci, de mon côté, au lieu de mépriser mes persécuteurs, je me pris à les haïr. J'aurais arraché les Christ de leurs tombeaux pour les jeter à la voirie. Plus qu'Hélianthe dans le cimetière entourée de dieux grecs, égyptiens...

Ainsi je n'aspirais qu'à la vengeance. Je désirais de merveilleux désordres. Une nouvelle anodine dans *le Quotidien du littoral* commença une période privilégiée de mon existence qui devait combler mes vœux les plus brûlants. En effet, je ne manquais jamais, à l'issue de mon petit déjeuner, de feuilleter les pages de cet infect canard. Je me délectais du grouillement de potins sordides ou sanglants qu'il dégorgeait chaque jour dans les maisons. La mesquinerie et la méchanceté de toute une contrée s'y dépeignait avec une vulgarité sans appel. On annonçait toujours la mort tragique de quelque notable local. L'article nécrologique était un régal d'emphase et d'hypocrisie. Les accidents qui coûtaient la vie à de jeunes enfants fauchés dans leur septième ou huitième printemps faisaient l'objet d'une insistance morbide et quasi sadique. Le journal, chaque matin, apportait au lecteur sa pâture de chair fraîche et de cadavres vénérables. Ainsi ma haine se fortifiait de cette lecture insalubre. Avouerai-je que mes mauvais penchants y trouvaient aussi probablement leur compte ? Le fait divers horrible a un charme auquel nul ne résiste. Les conversations les plus dignes finissent par se rabattre sur quelque saloperie bien drue, bien coquine. Ce retour à l'excrément assouvit en nous la nostalgie de la nuit sanglante des origines. Ce matin-là, avec un empressement tout graveleux, j'ouvris donc les deux volets du canard. Dirai-je que chez moi l'ouverture d'un journal s'accompagne d'un frisson vaguement érotique ? Un journal à sensation est toujours plus ou moins troussé. Que cherche-t-on dans ce flot de signes noirs et quasi pileux sinon des confidences obscènes sur les maladies de nos semblables. L'analité de la presse me paraît évidente. Lire un journal revient toujours plus ou moins à régresser vers ce que le vieux Freud appelait le stade sadique-anal. Comme on ouvre, chiffonne, torture le journal ! Et comme ce qu'il raconte est bourré de crimes, de violences et de sang ! Voilà pour l'aspect sadique. On y dévore en outre les fruits d'un vaste dégorgement collectif et excrémenteux. Et parfois, le journal on s'en torche : voilà pour l'aspect anal. Il faudrait pousser plus loin ce parallèle frappant qui existe entre les fonctions de la presse et celles de l'intestin. Ne dit-on pas d'un article qu'il est pondu, voire chiadé, chié... Le journal paraît chaque matin comme les œuvres de notre fondement. Les jours de grève, il diminue de volume. Il se constipe. En période d'abondance il se grossit d'un flot de véritable colique. On vend le journal dans de petits kiosques vétustes et folkloriques qui ne sont pas sans rappeler ces charmants édicules qu'on trouve encore à la campagne au fond des jardins. La tenancière du kiosque, femme vieillissante à bouclettes, poudrée est la sœur jumelle de la dame pipi des W.C. toilettes. Tout juste si elle n'a pas sur son comptoir l'assiette symbolique de son homologue des tinettes. Le prix du journal est à peu de chose près le même que celui d'un petit besoin. Observez ce geste furtif de l'acheteur de journal si voisin du geste de l'usager des pissotières. La presse transmue la matière extérieure de l'événement en un langage noir et résumé qui n'est que l'alphabet du caca. Nous digérons et transposons pareillement nos aliments dans le creuset de nos viscères. On ouvre son journal exactement comme un fessier. Beaucoup de gens lisent le journal principalement aux toilettes, cette dernière symétrie est assez concluante pour que je juge ma thèse vérifiée !

Mais ce matin-là, quand je croyais plonger ma tête dans l'habituelle forêt physiologique et ténébreuse du papier je fus soudain ébloui. La photo occupait la moitié de la page. Elle était d'une force et d'une pureté absolues. Sur un fond de nuit noire de hautes flammes dansaient convulsives et triomphantes. Un incendie furieux venait de ravager un drugstore de la capitale régionale. J'avais retrouvé ma plus ancienne émotion, mon seul délire : la vision du feu. J'étais ému, angoissé, palpitant. La légende laissait entendre que la cause du sinistre était probablement criminelle. Déjà je voyais la silhouette de l'incendiaire hanter les abords du brasier. Le lendemain, nouveau coup porté droit à mon cœur. Une nouvelle page se couvrait d'un incendie énorme et tourbillonnant. Nul renseignement n'était donné sur le sombre maniaque auteur de ce second coup. Alors commença une fête continue. Les flammes s'ajoutaient aux flammes. Le journal en fut presque entièrement dévoré. La police fut sur le pied de guerre. Des récompenses étaient promises à toute personne susceptible de fournir un renseignement sur le dangereux pyromane. Des coups de téléphone, des lettres anonymes s'entrecroisaient aux quatre coins du département avec une agilité de feux follets. Partout des « Individus » étaient vus. Ils rôdaient. Ils avaient les yeux fous. Un grand vent d'épopée soufflait sur la campagne. L'incendiaire était un artiste. Il choisissait des cibles magnifiques... C'était un vieux manoir au fond d'un vallon, une villa du Second Empire sur front de mer, une automobile coûteuse, un cinéma chic, ultra-moderne. Policiers et journalistes s'aperçurent rapidement que l'endroit visé présentait toujours un environnement dégagé d'où l'on pût contempler le spectacle à loisir. Les psychiatres commençaient à s'intéresser. Un écrivain local obtint d'un éditeur parisien cette bénédiction d'un contrat pour un roman sur l'événement réalisable en trois semaines. La télévision envoya des reporters de Paris. Quand les habitants de la région virent le soir, aux informations, leurs décors familiers incendiés et portés à une dimension nationale ils prirent conscience brusquement de la réalité d'une chose qui jusque-là leur était abstraite. Alors vraiment le mal exista. On rencontrait le samedi et le dimanche des automobiles familiales sur les routes désolées de la campagne. L'incendiaire n'était pas un tueur. Il n'était probablement armé que d'un briquet. On pouvait donc s'aventurer sans risque dans les terres avec le secret espoir de rencontrer le grand solitaire. Quelle émotion pour tous ces bourgeois en vadrouille que de voir surgir au coin d'un carrefour sylvestre le maniaque aux yeux de braise, au visage charbonneux, tout tatoué de brûlures ! Les voitures de police patrouillaient dans les forêts reculées. Des espions déguisés en poètes flânaient dans les dunes du littoral. Moi-même je me joignis à cette fièvre ambulatoire qui ravageait la contrée. Je jubilais. Je me sentais un appétit à dévorer le monde entier. Un matin, pourtant, sous l'habituelle photo du dernier incendie, je lus un article dont une brève image fit battre mon cœur. Ç'avait été d'abord un article banal organisant sa colonne de caractères gris et serrés. Une brusque fulmination avait jailli. J'avais vu le mot avant même que ma pensée ait eu le temps de l'identifier : « Rousse ! Rousse ! » Ce fut un jet de flamme dans la poussière des lettres. Je relus : « Un enfant a vu une heure avant le moment du désastre une femme rousse rôder autour de la maison »... Pendant huit jours, je ne revis plus Christophe et Judith. Ma hantise renaissait... Impérieuse : la soif d'Hélianthe. De nouveau je fus le célibataire en proie à son unique obsession. Les gosses n'avaient été que de médiocres succédanés.

Les faits se précipitent. Le lendemain un paysan affirme avoir failli être écrasé sur la petite route qui menait à son champ par une voiture filant à toute allure. L'automobile était d'un modèle de course et de couleur noire. A l'intérieur le témoin avait vu une touffe de cheveux roux. La vérité tomba comme une hache. Le pyromane était une femme. On s'aperçut que la langue manquait de mot pour désigner cette rareté : « Une pyromane ! » Que la source de tant de malheurs fût une femme et de surcroît une femme rousse qui devait être très belle ajouta à l'effroi des imaginations une sorte d'excitation érotique. Secrètement, on désirait la destruction venue d'une femme que la légende disait si belle, si grande, si rousse. Un tout petit enfant révéla avoir vu à midi au bord de la mer vagabonder une grande dame nue aux cheveux rouges. Il ajouta ce trait frappant : « On aurait dit Cendrillon mais avec des cheveux de lion ! » Ces révélations suivies jetèrent la confusion dans mes pensées. L'événement cessait d'alimenter mon cynisme. Je me sentis tout à coup visé. Une fois encore c'était comme si quelque chose revenait... quelqu'un... Une angoisse terrible me creusait, me fouillait avec par instants des sursauts de félicité. Je luttais contre mes pressentiments. Un tel retour était absurde. Plus de deux années s'étaient écoulées depuis ce soir d'été... Mais nous étions justement de nouveau au mois d'août. Rarement la lumière avait été si triomphante. L'été culminait. De grands vols d'insectes venaient de la mer. Leurs essaims rougeoyaient dans un crépitement d'élytres.

La même idée dut effleurer les policiers. Ils se rendirent chez moi. Leur gaucherie m'étonnait. Ils me firent grâce des sarcasmes et des provocations habituels. Eux aussi semblaient impressionnés par une présence. Peu à peu, ils me posèrent des questions sur Elle. Je dus leur raconter de nouveau en détail ce jour fameux, cette canicule extraordinaire qui dévasta la terre cet été-là jusqu'au Maghreb. Elle disparut le soir dans l'orage et la mer. Jamais je ne la revis. Ils écoutaient, les yeux légèrement agrandis. Ils écoutaient comme Christophe et Judith, comme tous les enfants dans les villages. Une grande soif de légendes partout s'assouvissait. Ils attendirent. Ils tournèrent en rond. Peu à peu leur visage changea. Je sus qu'ils avaient chassé cette idée dont ils venaient d'apprécier la démesure. Ils partirent brusquement sans même me saluer. Leur scepticisme final en quelque sorte me contamina. Ce passage de l'émerveillement à l'incrédulité vulgaire venait d'éteindre parallèlement en moi l'émotion des derniers jours. Mais subsistaient dans ma mémoire des braises dont le rougeoiement soudain me faisait à nouveau battre le cœur. Une mythologie se créa bientôt sur l'amazone désastreuse de la mer. La publicité faite à cette affaire en dénatura la pureté et le charme. La femme incendiaire fut ramenée peu à peu au rang de monstre. L'opinion menaçait de s'en désintéresser. Heureusement la femme savait alimenter chaque jour sa légende d'une nouvelle volée de flammes. Les incendies connurent une multiplication sans précédent. Il y eut une série de granges brûlées à quelques heures d'intervalle mais à des distances si considérables qu'on avait peine à penser que la même main en était responsable. L'hypothèse d'un réseau de complicités se fit jour. Nos rêves se remplirent alors de bandes de femmes sillonnant les villes, les campagnes, les rivages et dont les brasiers se répondaient comme de longs échos. Après quelques jours d'observation, l'hypothèse fut abandonnée. La criminelle était solitaire. Elle connaissait parfaitement la région, utilisait des véhicules rapides et des raccourcis fulgurants. Un paysan vit bondir en plein champ une voiture ultra-rapide qui disparut soudain. Une petite fille exaltée raconta avoir vu au large rouler sur le flot argenté de la mer une automobile bleue. Moi, je la contemplais partout dans les forêts et jusque dans le ciel... Je rêvais à cette mobile prêtresse de la vengeance entre la terre et la mer. Je caressais longuement son image qui m'était connue. Allumait-elle dix incendies j'en provoquais cent dans mes rêves. Rien n'était trop beau pour nous. Les nuits sont parfois fraîches en août. J'aurais voulu poser sur les épaules frileuses de l'inconnue la fourrure noire et brûlante du vison.

Un après-midi, deux Rolls bleues attendent immobiles devant l'hôtel Le Royal le long de la plage de Deauville. Le soleil transforme les carrosseries en géants scarabées. La foule est amassée au bord de l'eau. Quelques CRS accablés par la torpeur rêvent, échelonnés le long de la chaussée. Soudain l'air siffle. Une grande flamme jaillit véloce. Les scarabées se dorent et se crispent. Le temps d'un éclair on ne voit que cette ardeur qui se courrouce et qui chuinte. Puis l'explosion tout à coup en plein soleil comme un astre rouge suivi d'un grand crachat de seiche noire. Une odeur d'essence emplit les poumons et accélère l'émoi du cœur. Toute la plage n'est plus qu'angoisse et désir. La mer dans le silence déploie son miroitement bleu. Alors on voit, au sommet des mâts répartis le long du chemin de planches, les grands drapeaux internationaux resplendissant de couleurs. Et c'est comme si partout claquaient les cheveux de la femme incendiaire. Les yachts de plaisance semblent suspendus comme des ballons sur l'azur de mer. La rue est jonchée de chromes charbonneux et de grandes taches odorantes d'huile.

La Diane s'attaquait aux Rolls après les granges. A peine deux jours s'étaient-ils écoulés que le port des yachts connut une luxueuse conflagration. Le bassin formait une sorte de haras lumineux où les grands cygnes blancs des yachts étaient rangés flanc à flanc. Les vacanciers nombreux affluaient pour admirer cette oscillation de proues blanches et de coques brillantes. L'ensemble dégageait une impression d'harmonie et de chaos lumineux. Une voile étincela soudain. Un haut rayonnement jaillit du mât comme un étendard fulgurant. Une gerbe fusa, épanouit sa jaune corolle convulsée. Un halètement brusque rebroussa la cohue des touristes. Puis un cri unanime. Appels, moteurs qui démarrent, sirène. Déjà la coque craquait, brûlait. La peinture cramée distillait une odeur de moisi. D'autres voiles s'allumèrent. L'impulsion du feu était si énergique qu'en secret on espérait qu'il pousserait les navires hors du port. On aurait vu alors sur la mer les grandes nefs ardentes comme les drakkars les plus rouges d'Harald et de Ragnar à l'orée des temps.

Cette nouvelle action porte l'émotion à son comble. Des escadrons de police arrivent de Paris. Les Rolls et les yachts laissent à penser que les attentats pourraient bien avoir une origine politique. Les imaginations sont forcées d'abandonner le rêve de la grande fille maniaque et solitaire pour lui substituer la vision non moins rouge d'un clan de grandes terroristes. Hypothèse d'ailleurs bientôt rejetée. Mais l'été devenait extraordinaire. Les adolescents sur les plages n'avaient jamais été si souples, si dorés. Ils riaient si fort que des familles sinistrées qui passaient par là maudissaient ces rires montés de la mer. Les incendies fouettaient le sang des filles qui galopaient torse nu vers les embruns. Les bikinis devenaient impondérables. Ils séchaient comme des flocons sur l'humus noir des pubis tant il faisait sec et brûlant sur la plage. Nus, de très jeunes couples s'étreignaient sur le sable. On voyait dans la fresque roulante des corps se détacher le reste coloré d'un slip qu'on était incapable de restituer à l'un ou l'autre des partenaires. Le feu profitait à l'expansion des plus jeunes désirs. L'historien de cette époque révélera comment une fillette de treize ans flirta à midi avec ses lévriers, comment deux garçons de douze ans abandonnèrent tout à coup leur grand château de sable pour s'épouser en plein soleil. Comment une fille de quinze ans reçut le double hommage de deux adolescents noirs l'enveloppant d'une guirlande de muscles. De telles licences jouissaient de la complicité d'une lumière qui rencoignait les adultes dans l'ombre des parasols. Et la Diane propageait, échevelait loin dans les terres ou au cœur des villes ses grandes crinières rousses. Une forêt tout entière pouvait se trouver brusquement prise dans ses bras convulsifs. Tout s'anéantissait dans l'étreinte du grand corps doré. Je la voyais courir encore dans le roulis crispé des blés ou galoper sur les toitures ardentes des cités. Et souvent vers le ciel on percevait comme le grincement rapide et caillouteux d'un char lancé à vive allure... Alors Diane, mon setter feu, levait la tête. La chienne croyait suivre une sorte d'étoile dans l'azur. Elle aboyait. Et il fallait que je lui fisse violence pour qu'elle se tût. Longtemps elle gémissait encore en cherchant au fond du bleu l'insaisissable rayon. Et sur la plage les gens effrayés regardaient la chienne tendre son visage implorant dans l'éblouissement du vide.

Un après-midi, une prémonition subite me délogea de chez moi aux environs de cinq heures. La lumière à cet instant devenait plus émulsive et presque gluante. Je partis en automobile dans la campagne, vers Cormeilles. Je suivais le cours des rivières. J'eus envie tout à coup des sonorités particulièrement vivaces et pures de la Risle. C'était un cours d'eau sans profondeur étincelant sur un fond de silex. De grands herbages couraient dans ses lacis. Des rangées de peupliers rutilants faisaient trembler leurs petites feuilles de métal le long du ruissellement étroit et transparent de la Risle. Des chardonnerets miroitaient. Mon œil se joua dans le chatoiement de leurs plumes jaunes et rouges. Leurs sifflements offraient de mobiles facettes. Une immense étendue de blé m'éblouit de son remous sec et pailleux. Son ondulation se perdait dans un reflet de scarabée infini. Le vent coulait dans cette crinière végétale avec un léger ruissellement de flamme. La Risle faisait un claquement de drapeau mouillé. J'avais envie de tout ce blé vivant et de tout ce brillant de l'eau. Les peupliers étaient devenus essentiels. Alors, le besoin violent de la Diane me saisit, s'enfonça comme un poignard au creux de mon ventre. De grandes bouffées d'angoisse bondissaient dans ma poitrine. J'avais le cœur douloureux et comme révélé dans ses nœuds de muscles. Absurdement, je suppliai une sorte de présence mystique que je devinais dans l'eau, la lumière... Je lui demandai de faire apparaître une seule et dernière fois la Diane. Je voulais la voir poindre à l'horizon des blés. D'abord, une légère perturbation au loin comme l'incidence d'un épi plus précieux et plus dur dans le roulement végétal. Puis la mer s'ouvrirait en deux rideaux d'écailles jaunes. Hélianthe émergerait de cette matière ruisselante et solide. Surgirait soudain de la lourde chape d'or son visage de Ramsès beau et sinistre. Les barres obliques de ses yeux verts et vipérins. Les joues caves, ocrées, d'argile cuite. Le petit menton vorace. Et le torse vivant, donjuanesque qui se pavane dans l'ardeur. Le ventre guerrier repousse les épis, se creuse comme une grotte sèche vers le pubis. Les épaules rament dans les blés. Et les cuisses bombées comme celles des Indiens sur leurs chevaux. Et tout son orgueil de Mercure, de Mars, sa joie de Bacchante et de Braconne. Toute cette gloriole de soleil et tout ce cuivre des épis, et ce frisson rugueux des muscles... Hélianthe, elle... Revenue la Diane... Soudain la proue noire du torse dans l'océan du jaune. Les deux lévriers des hanches qui s'élancent. Cette gorge qui manœuvre comme un double poignard dans le moelleux du blé. Et ces façons d'Iroquoise qui rôde, et cette ruse de la main qui empoisonne les cours d'eau. Hélianthe approchant de la Risle... Il y aurait un chant de chardonnerets, de peupliers, d'écailles d'eau, de lumière. Le vol de ses chevilles dans le collier des blés. Et son pubis lourd dans la gaine du grain. Et tout son corps réel maintenant, arrogant, nocturne et tout cela continu, coulissant, toute cette grâce se mouvant, douce, méchante, dans l'or et la nuit.

Hélianthe... Elle était là. Je la voyais. Je la suivis. Le soir. Un long figement de sang immobilisa la marée des blés. La rivière devint plus vraie, plus molle avec ses petites ouïes grises de poisson. Je marchais sans fatigue. L'eau me coulait sous les muscles. Je la suivais. Nous arrivâmes au crépuscule devant l'enclos immense d'un haras. C'était le plus grand élevage de yearlings de la région. Comme Risle allait bien avec yearlings, avec Hélianthe, les peupliers, les épis... Au milieu d'une prairie très verte entourée de petites clôtures blanches se dressaient les écuries de colombages laiteux. Partout les jeunes chevaux nés du printemps couraient. Une odeur de cuir, de sueur, une douceur de mufle, un mouillement de naseaux hantaient la prairie. On était ému à la vue de ces grandes proies nues des chevaux. Les crinières flottaient sur l'encolure molle des pouliches. Les hautes cuisses fragiles portaient la rondeur excessive des fesses. Elles roulaient offertes, jeunes et huilées. Les queues se tordaient par secousses, se dressaient nerveusement dégageant le coquillage lourd et plus brun du sexe. Les robes frissonnaient comme un duvet. Leur matière hésitait entre le sable et la mousse. Ce n'était plus la peau, ce n'était pas encore le poil. C'était plus fumeux, plus voilé, plus vivant. Cela résumait les voluptés respectives de la nudité de l'homme et de la pilosité des bêtes. Dans la prairie du soir, les teintes des chevaux couvaient un flamboiement doux. Un hennissement violent rappelait tout à coup l'orage de l'instinct sous le soyeux de la robe. On avait faim de ces naseaux de jeunes chevaux qui gémissent tout mouillés de salive et fleuris de taches saumonnées. Elle avança. Ils la virent sans s'effrayer. Son torse miroitant se fondait à leurs échines coulées. Sa figure léonine glissait parmi les visages des chevaux. Elle se cacha au pied du seul arbre de la prairie. Elle attendit. Les lads vinrent. Ils étaient mal vêtus et prosaïques au milieu des jeunes chevaux nus. Ils prodiguèrent leurs soins aux animaux. Elle vit les bêtes boire l'eau claire de la Risle apportée dans des seaux. Une humidité puissante monta de la rivière. Un brouillard qui avait un goût de vert et de bourgeons malgré l'été. Les chevaux toussèrent. Les lads les firent entrer au sein des écuries gorgées de paille jaune. Puis ils partirent. Ils devaient revenir une heure plus tard coucher dans de petites chambres au-dessus des écuries. Elle connaissait ces habitudes. Elle aurait tout son temps. Un calme recouvrait la prairie qui sentait l'eau et la terre. A peine si un frisson de muscle venu de l'écurie troublait la nuit. Les bâtiments dessinaient nettement encore leur îlot de colombages et de toitures. C'étaient des écuries riches, précieuses, ducales, bien ordonnées. La Diane sortit très lentement de sa cachette. On vit son dos noir tendu auprès du tronc. Elle s'approcha. Elle disparut derrière un mur. Il y eut un craquement, des hennissements rapides, un martèlement de sabots, un tumulte d'encolures et de queues. Très vite le fracas augmenta comme un orage rythmique, hennissant, avec des souffles de panique. Rien ne transparaissait visuellement du chaos interne... Les cris des bêtes s'entrechoquaient dans un grouillement caverneux de spasmes, de sifflements, de chuintements. On entendit des clapotements lourds, muqueux. Des râles mouillés. Puis des hurlements si stridents qu'on les eût crus émis par quelque machine. Alors les écuries ne furent plus qu'un tohu-bohu de bêtes hystériques. Au paroxysme de l'effroi les jeunes chevaux rugissaient. Cela bouillonnait d'appels physiologiques et comme musclés. La première flamme jaillit d'un vasistas. Très vite elle fut suivie d'une autre plus fournie. Alors de toutes les ouvertures le feu bondit. Il y eut une rafale de fumée noire. Puis de grandes soies s'épanouirent, de grosses crinières fuligineuses. A l'intérieur c'était bien au-delà du cauchemar des hommes et de l'épouvante animale. Comme du fond des temps et de la terre, on entendait le mugissement sourd des bêtes. Cela battait, un grondement crépusculaire, un martèlement de poumon collectif comme un gong. Montait un crachement continu de chair, de tonnerre. Le feu auréolait le haras entier. Le vert de la prairie brillait dans la précision de chaque herbe. Ce fut comme si à nouveau on entendait la rivière dont les vagues sifflaient, se froissaient. Un énorme grondement souleva l'ensemble qui creva. Alors une forme jaillit. Arraché vif du chaos c'était une sorte de cheval ailé. Il bondit dans la prairie, l'on voyait le goudron suintant de ses flancs. Sa crinière et sa queue crépitaient. Un bruit de boue sortait des naseaux. Il se cabra tout harnaché de feu. Son cou se tendit. Un râle étouffé sortit de sa gorge. Ses pattes battirent l'air dans un nuage sulfureux. Sur cette masse, un million de petites étincelles clignotaient comme des coléoptères. On eût dit une salamandre ailée. Le monstre phosphorescent, tétanisé, vomit un dernier mugissement. Il s'écroula dans un halètement de fumée. Alors les hommes surgirent de partout. Des cris, des voitures... Je me renfonçai dans l'ombre. Je n'avais pas revu la Diane. Les pompiers arrivèrent, puis toute la région, la police. Cette foule grondante peuplait étrangement la grande prairie sous la lune. Quand la cohue fut assez dense pour que je m'y glisse sans me trahir je sortis de mon trou. J'insinuai ma silhouette dans une rangée touffue de badauds. Les gens maintenant se taisaient. Ils faisaient un grand cercle autour du bûcher des chevaux morts. Je sentis quelque chose, un froissement contre mon épaule. Une terreur me saisit. Je déplaçai les yeux. Je vis les cheveux roux. Le profil immobile. Le torse, le ventre nu. Elle était haute et fascinée par le sacrifice des chevaux. La police ne bougeait pas. Les lads restaient paralysés. La foule faisait cercle autour des chevaux morts et de la Diane nue. Elle s'avança. Les policiers s'approchèrent, l'encadrèrent sans la toucher. Elle était grande et silencieuse. Ses fesses hautes et charnues avaient la consistance délicate de la croupe des jeunes chevaux. Elle disparut dans le car de police. Je montai dans une des voitures des badauds fascinés qui suivirent le car. Nous arrivâmes en ville. Un long cortège d'automobiles et de vélos à moteurs accompagnaient la Diane dans une confusion silencieuse. Je désirais la voir encore. Je savais que ce n'était pas ma compagne. Et pourtant cette femme c'était elle encore. Hélianthe était bien revenue, sous un autre visage, mais arborant toujours les emblèmes du musc et du feu. La ville était tout éclairée. Les carrosseries formaient un amalgame brillant. Les policiers si nombreux offraient quelque chose de grave et de festif. Les phares rayonnaient dans leurs groupes bleus, argentés. Elle sortit du car. Elle avait de grands cheveux roux qui descendaient jusqu'à serrer ses hanches dans leurs boucles. Ce n'était pas Hélianthe. Elle avait un visage blanc et charnu. Et des yeux plus vagues que ceux de la Diane. Elle était peut-être plus grande. La foule la regardait sans haine. Elle dressait son torse svelte et blanc. Elle avait quelque chose de virginal et de glacé. Bientôt le peuple devait l'appeler la Madone des Chevaux... Elle me vit. Son regard bleu s'immobilisa contre le mien. Quand elle passa contre moi de sa main elle me glissa avec une vélocité prodigieuse un objet lourd et lisse. Je vis disparaître son dos immaculé. Je m'écartai. Je regardai. C'était un briquet doré, sculpté en forme de griffon ailé. C'était le briquet de la Diane. Son trident. L'outil de son rêve, de sa force, de son désordre. L'arme des incendies, des supplices.

Le lendemain, le rapport des psychiatres fut formel : violente paranoïa, l'accusée était irresponsable. Elle avait allumé comme dans un rêve ses grands feux dans les campagnes et sacrifié les plus rares chevaux de la terre. Elle avait agi dans sa blancheur et l'innocence de la folie. La nuit, mystérieusement, plusieurs habitants du pays se surprirent à adresser leurs prières à la Madone des Chevaux.

La solitude qui suivit ces jours de délire fut moins tragique que je ne l'aurais cru. Après tout, Hélianthe était revenue sous une autre forme. Elle était présente. Je possédais le griffon doré. Je le plaçai au sein du Mausolée tout près du vison. L'or et la fourrure nouèrent une complicité précieuse. J'appris que la Madone des Chevaux avait été transférée à Paris pour y être soignée. Christophe et Judith, qui avaient des accointances dans la capitale, me révélèrent peu après que la jeune femme avait un frère médecin. Il était venu la chercher à Paris et l'avait emmenée en Amérique. Je les voyais, elle et lui, sur un paquebot traversant l'océan comme une brûlure immense et bleue. Faux médecin lui probablement. Elle, jouant la guérison mais incurable en vérité. Leur couple allait-il accomplir de nouveaux, de merveilleux ravages dans ces grandes cités dont les dédales assurent l'impunité ? A New York mon Ophélie ! Les plus hautes tours dans le silence des nuits frémiraient au passage de son pied nu. A Harlem surtout je la voulais. Réunissant autour de sa peau blanche et de son cimier des hordes d'adolescents noirs et violents. J'imaginais les grandes avenues bloquées par des barrages de police. Agglutinements de casques brillants contre lesquels monte à l'assaut la Diane roulant dans l'élan de ses cheveux roux la transe irrésistible des rebelles. J'étais décidé à regarder les informations chaque soir à la télévision. Toute ma vie j'attendrais cette image magnifique de la Diane soulevant, dirigeant les Noirs, un beau soir d'été, contre les grandes cités de verre du Nouveau Monde.

Pour le moment je savais qu'une période d'accalmie commençait. J'en profitai pour approfondir mon passé. Je voulus obtenir une pleine conscience de mes données intérieures afin d'accueillir un jour, avec allégresse et détermination, le retour de Diane. Car elle reviendrait. Pouvais-je en douter ? Sous d'autres formes... Inépuisable maintenant. Echevelée sur le monde entier. A la surface de ses eaux l'océan caressait son sillage. Au couchant, le soleil d'Hélianthe envahissait les transparentes forêts des gratte-ciel... Comme fouetté, j'avançais alors résolument vers moi. Je pouvais scruter le fond des choses. Ma vérité c'est dans l'estuaire qu'elle se trouvait. Là où Hélianthe avait disparu et d'où elle resurgirait. Toujours, quand le sentiment de la haine et de la solitude était trop fort, mon unique remède avait été : gagner le rivage et m'avancer dans l'estuaire. J'entrais dans le théâtre de toute vérité, comme à la matrice de la terre. J'étais aspiré par le fleuve, je remontais les plages, le flot, les remous des falaises. J'allais vers la source dans les forêts. Je me déployais, me disposais selon l'ordre de la création. J'étais heureux, libéré, c'est-à-dire détaché des circonstances et en possession de ma naissance...

L'estuaire, je ne l'ai évoqué jusqu'ici que sous l'aspect d'un décor pittoresque. Il est temps que j'approfondisse minutieusement ce lieu central et tropique. Que le Lièvre et la Truite soient bêtes de l'estuaire, qu'Hélianthe disparaisse et renaisse en estuaire ne sont pas faits du hasard. Ma vérité s'enracine dans cette ouverture de la terre, à la jonction du fleuve et de la mer. C'est ici que m'attendent autour du Lièvre et de la Truite, proliférants et sauvages, les grands oiseaux d'Hélianthe et de la neige.

Le lieu des événements et des enchantements, ce sera toujours l'estuaire du fleuve de notre enfance.

Au village, au-delà du cap de la Hève, le regard fixe la mer. On ne sait jamais qui peut surgir de derrière l'horizon. Vikings de jadis, débarquement américain d'hier. On est vigilant. Enfant, je disais que la Seine prenait sa source dans l'estuaire. Mes parents ne se faisaient pas faute de me corriger. Je persistais étrangement dans mon erreur. Car, telle est la force de ce lieu qui oscille entre l'origine et l'infini. Entre ces deux sources, le sacré circule avec intensité.

Le lieu offre d'abord une activité perpétuelle de vaisseaux de toutes sortes qui vont, viennent, se croisent, se dépassent. Tour à tour guerriers, exotiques, commerciaux, luxueux, plébéiens, les navires s'enchevêtrent dans un réseau foisonnant.

Cet espace dans son aspect géographique présente un autre champ de mobilité et de passage. Dans l'estuaire, qui peut jamais localiser la démarcation précise entre la mer, le ciel et la terre ? Un jeu de métamorphoses et d'avatars incessants opère une surprenante alchimie des paysages. Tantôt la mer ondule comme les grands herbages de la terre. Tout à coup, c'est le ciel qui s'étire en amples regains végétaux. Une intense germination enchevêtre l'eau, l'air, l'arbre, la terre. Certains jours, l'éclairage est si déroutant que les navires paraissent voler dans le ciel et les avions flotter sur la mer. Une colonne mouvante de nuées, d'ondes, de grains, de rayons, de glèbe, de voiles, d'arcs-en-ciel, d'écumes et de mouettes assure les noces du ciel masculin et de la terre féminine. On assiste à une sorte d'androgynisation lente. Au levant, le soleil jaillit au point d'union du fleuve terrestre et de la mer. Celle-ci reçoit au couchant l'astre dans son flux lumineux tout imprégné et alourdi des poussières de la terre. Le corps ouvert de l'estuaire — dans sa posture d'accueil si caractéristique — embrasse solidement cet échange universel. Les hanches profondes des campagnes s'enfoncent dans les végétations confuses des brumes matinales et tout ce floconnement de mouettes, de barques et de poissons.

A marée basse émerge au cœur de l'estuaire un îlot rocheux et noirci de mollusques — qu'on appelle le Ratier. Etrange ombilic sorti tout à coup du fond de la mer. Ce lieu fut jadis le théâtre d'un sacrifice collectif. Soixante-dix pêcheurs de moules en raison d'une incompréhensible faute de calcul se laissèrent surprendre par la marée montante et furent engloutis. C'est en ces circonstances que périt la grande Jeanne, extraordinaire matrone entourée d'enfants, qui dit-on battait tous les records de moules cueillies et ramassées dans son immense tablier. Pour que ce lieu né du flot incarnât chaque jour la genèse, il fallait qu'il eût au préalable accompli sa moisson de mères et de morts.

Le sable du rivage, de son côté, montre des vasières et les reliefs du « marpoui » qui est du végétal en décomposition. Pitons de grumeaux jaillis du sable dans un effet de boutonnante fécondité.

Ainsi, les pays de l'Ouest conjuguent l'eau, la terre, la lumière — assortis de leurs symbolismes masculins et féminins — dans un foisonnement de cordons et de girons. Le Nord et le Sud sont mythiquement les pays des déserts de glace ou de sable. Les conquérants, les Don Juan y projettent leur soif et leurs coursiers brûleurs d'espace. L'Ouest, les pays de la mer sont les contrées de l'osmose et de l'androgynie. Peut-être les Vikings investissant jadis l'Ouest de leurs drakkars ornés de dragons aquatiques et de griffons solaires ont-ils éprouvé, confirmé et pour ainsi dire consacré cette alliance du ciel, du feu, du flot et de la terre. Le pays défie la logique, fait capituler la raison par ses douceurs, ses décalcomanies, ses fusions. Il décale la perception, tempère les contrastes, combine et travestit tous ses objets. C'est le vrai pays. Il s'arrondit loin des angoisses et des manques mystiques. Loin des océans, des déserts, des plaines, des forêts, des montagnes, il ouvre le foyer des vallons rustiques et des rivages. Terre des caps émoussés, des petites baies, des Hague et des Hève, des Havre et des Honfleur où le sublime dédramatisé revient des confins pour se dissoudre dans les campagnes et tous les creusets. Ni l'océan, ni le désert, ni les forêts, ni les monts homogènes, immenses et emphatiques ne sont justiciables de ce titre réconciliant, indivis et originel de paysage...

... Eternellement les mouettes montent de la mer pour se disséminer blanches dans les terres. Les corbeaux glissent des vallons pour noircir les plages. Une innervation de minuscules ruisseaux assure l'échange de l'eau salée et de l'eau douce. Les truites de mer en avril remontent les rivières. Et les anguilles ne savent plus d'où elles sont. Les marées alternent. La mer accourt, toute cavalerie dehors. Puis le flux se retire et les plages s'étendent immenses et profondes, avec leurs collines, leurs sillons, leurs combes, leurs mares jonchées de bouquets d'algues. Sous le ciel ambigu, à la fois sombre et lumineux, on dirait des champs labourés. Les renards, la nuit, se glissent sur les plages pour y dévorer les poissons pris aux lignes de fond que la marée a découvertes. Gare aux limandes, aux congres noirs dont l'échine craque sous les crocs des renards feu. Ainsi l'estuaire déploie son corps d'androgyne géant et primitif. Anatomie mouvante des avènements, des événements, des évanescences et des cristallisations.

Le rivage est jalonné de blockhaus datant de la dernière guerre qui, eux aussi, sont le siège d'échanges et de contrastes. Les gosses y allument le premier feu prométhéen avec du silex et des briquets. Les adolescents y nouent leur première étreinte et les filles y perdent leur virginité. Des excréments abandonnés par des promeneurs surpris ou des gamins vicieux souillent les encoignures. Le blockhaus est le sanctuaire des déflorations et des défécations. L'hiver, l'on profite de la meurtrière large et frontale pour se poster à l'affût des canards. Le blockhaus est le théâtre de tous les amalgames possibles entre la vie et la mort. Au sol s'étend la couche profonde d'un limon pétri de sable, de terre, imprégné de sources, de sang, d'urine et d'embruns. Le tout noyauté de douilles et truffé d'éclats d'obus...

Souvent, Diane, Hélianthe et moi nous pénétrions dans les blockhaus vers le soir. C'était au terme d'une journée de chasse qui endolorissait nos muscles mais faisait naître en nous de délicieuses crampes grâce auxquelles se manifestait avec plus d'acuité l'existence fragile et mystérieuse de nos corps. Il gelait. Le ciel était rouge. Une neige plus sèche que des grains de riz traçait de véloces sillons. Nous allions ramasser autour du colosse de béton quelques brindilles, débris de bois érodés qu'avait rejetés le flot. Restes de naufrages, vestiges venus de très loin. « Peut-être d'Angleterre et pourquoi pas d'Amérique ! » disais-je à Hélianthe. Elle ne comprenait pas ce désir d'élargir à tout prix les horizons du monde. Mais ces soirs-là elle trouvait ma faiblesse attendrissante. Elle m'embrassait d'une manière assez croquante, à petits coups de dents m'écorchant doucement la bouche. Diane gémissait, ce prélude excitait la chienne sensible. On allumait un feu sous la voûte noire du blockhaus. Par l'ouverture étroite et rigide l'on voyait très loin sur la mer. Et c'était comme si quelque chose allait venir, un gibier nouveau, inédit, plus nu qu'un grand troupeau de licornes ailées. La chaleur très vite remplissait la grotte. Des odeurs mélangées, musquées montaient avec les tourbillons légers de fumée. Les rencontres des adolescents, leurs accolements furtifs revivaient autour de nous dans l'ombre, les reflets du feu et ce soyeux de la mer comme une échine infinie. Des oiseaux glissaient dans le ciel. Je distinguais les pluviers dorés au vol fin, véloce. Petits paragraphes d'écriture. Pattes de mouches. Hiéroglyphes. Propulsés de la mer dans un élan ascensionnel, oblique et continu. Ils respectent entre eux toujours les mêmes écartements. Ils montent très haut, très loin sans accident. Mon bonheur tient à cette cohérence de fins bolides exaltés en une structure solidaire. Beauté de runes, de psyché... Abattus ils montrent des rondeurs fuselées de perdrix des mers. Puis les litornes, vaisseaux ailés, naves jaunes et bleues. Oiseaux drakkars. Souples et farouches. Blondes litornes des fjords. Vos attributs sont le bouclier et la traîne, le mercure et le soufre. Nul oiseau mieux que vous n'incarne l'essence d'Hélianthe : suave, guerrière. Enfin, les courlis, les vanneaux... « Ça mouve !... » soufflais-je à Hélianthe en employant cet émouvant mot du terroir. C'est le « Débanquage » ! Et de grands voliers de canards nous enveloppaient de leurs ailes. C'étaient des « Gros ». Au village ce terme prestigieux magnifiait les cols-verts, en faisait des oiseaux divins. Nous entrions au paradis des bêtes, des pères et des dieux. Dans le ciel se déployait le grand œuvre d'une ode rouge... Ils criaient effrayés par la tombée du jour et du froid. « Ils fuient, disait Hélianthe, ils vont par-dessus les campagnes et les villes, vers des estuaires inconnus. Ils sont guidés par d'étranges idées. Peut-être qu'ils vont en Egypte, du côté du Nil... »

Des renards quittant l'orée des bois descendaient vers la plage pour dévorer les poissons morts poussés par la marée... Et sans doute d'autres bêtes venaient : chevreuils, cerfs... Alors je songeais au *Jardin des délices* de Jérôme Bosch. Nulle part ailleurs, l'on n'observe une telle complicité entre l'homme et les bêtes. Bosch nous montre hommes et femmes chevauchant foule d'animaux différents, colorés. Les couples s'étreignent. D'une monture à l'autre les corps se joignent portés par le flux animal. Les chevaux, les cerfs, les sangliers avancent, tournent, tracent une luxuriante insularité de crinières et de gestes lascifs. Le tableau de Bosch est construit en son centre sur les thèmes du mouvement et du cercle, c'est-à-dire de la ronde. L'homme a réintégré la danse cosmique. L'évocation dégage une plénitude de force lente et de soleil.

... Alors Hélianthe ôtait le pantalon et la veste. Je l'imitais. La chienne nous regardait. Elle se pressait contre nos ventres révélés dans leurs secrètes couleurs et leurs odeurs. Nos bras nus s'allongeaient pour caresser sa toison dorée. Nous nous couchions. Le feu craquait. Des parfums plus complexes, plus lointains émanaient des coins et des murs griffés de symboles, de cœurs transpercés, de phallus géants et de sexes tout sertis de longs poils comme d'étranges soleils noirs. On entendait la rafale mouillée du grand flot remuant dans les algues et les rochers.

Hélianthe caressait l'homme et la chienne qui le lui rendaient. Nous étions tous les trois, libres, suffisants, heureux. Drôle de famille dans l'étrange crèche au bord des eaux. Et les oiseaux toujours très haut comme des mages... Nous finissions après l'amour par sombrer dans un sommeil qui mêlait nos membres au sable remué et aux poils doux de la Diane. Et les renards dévoraient les grandes raies venimeuses montées du fond de la mer. On aurait pu voir les rousses pelisses tressaillir dans l'écume très blanche.

Aux premiers jours de la disparition d'Hélianthe, je connus dans ce décor une émotion grotesque et révélatrice. Dès qu'on entre dans le mauvais goût la vérité devient sensible. J'errais donc le long du rivage à la recherche d'Hélianthe quand Diane s'arrêtant devant un énorme blockhaus commença d'aboyer furieusement. Je m'approche de l'ouverture frontale de l'édifice. Que vois-je dans cette sinistre gueule noire qui bâille ? une énorme tête de vache ! L'animal, quittant sa prairie, s'était glissé sur les pentes de la falaise effondrée et avait fini par s'immiscer dans ce refuge. Enorme et douce, la bête s'épanouissait dans son cadre de béton. Sur le coup, je ne songeai à rien moins qu'à rire. Cette vision m'effraya. Une nausée brutale m'envahit. Mon cœur battait la chamade. Diane redoublait d'aboiements hystériques. La vache palpitait sous son tégument rigide. Je m'enfuis. Plus tard j'ai démêlé les raisons de ma terreur. La vache dans ce pays est un symbole de vie, l'incarnation de la fécondité. Une vivante expression du Ventre. Ventre combiné de croupe, de mamelles ; réservoir de lait, de merde et de sang. Le blockhaus, lui, est un symbole de guerre et de mort. Entre les deux existe toutefois une parenté. Le blockhaus est un ventre moite, obscur, mortel, une tombe tapissée de merde, elle aussi, et souillée du sperme et du sang des adolescents amoureux. Ce sperme n'est pas sans affinité avec le lait. Ainsi un cousinage apparaît entre ce ventre de la mort et celui de la vie. La vache médusée qu'encadre le blockhaus c'est la vie qu'enferme la mort. Le ventre de la vache dans le ventre du blockhaus produit une monstrueuse duplication de l'obsession de vie et de mort. C'est la matrice et la tombe saisies dans un jeu de miroirs grossissants. Cette sorte de brusque redondance de ventres et de matières, cette sédimentation du sang, du sperme, du lait, de l'excrément portèrent alors ma conscience de la vie et de la mort à un tel degré de saturation que je fus pris de panique et m'enfuis. Autour de moi, d'anciennes villas sapées par l'assaut de la mer et l'infiltration des pluies s'écartelaient, disséminaient leurs bribes dans les rochers, les algues et l'argile. Au cœur de ce chaos et comme au centre de cercles dévastateurs et concentriques la vache tendait sa face idiote et beuglait. Figurez-vous l'image emblématique mais inversée et parodiée du lion de la Goldwyn Mayer ! La Bête de l'Apocalypse n'était qu'un bovin stupide.

Ainsi tout contribue à faire de cet estuaire le champ des apparitions, des métaphores et des métamorphoses.

Les féeries sont mortes. Ils ont tué Diane. Hélianthe reviendra-t-elle jamais ? Et ils m'ont pris la vue. Je raconterai le traquenard qu'ils nous ont tendu à la chienne et à moi. Toutefois il me semble que cette obscurité je l'ai cherchée. Trop réel, le jour me blessait. Je voulais la nuit maternelle... J'aurais rejoint le refuge souterrain des origines. J'enviais le destin des taupes. Vivre dans la sombre fourrure et le sang noir de la terre... Boue sur mes prunelles de feu. Partout le Vison. Nuit équitable. Sans rhétorique, sans drame. Hélas nuit fermée, nuit plate... La nuit rêvée était chaude et profonde. La nuit céleste roulait son flux, ses cailloux stellaires. Ma nuit n'est qu'un masque. L'écran d'un mur sans émotion. J'imaginais un puits douillet où les germes grandissent, poussant leurs rhizomes laiteux, échevelant des touffes de racines, construisant de grands arbres étoilés... Ma nuit sera sèche comme lin, bure, croûte. Aveugle plus que nocturne. Cette douceur ovale de nocturne. J'aimais les folies de couleurs. Ma passion était de voir. J'étais voyeur. Fureteur de prunelles, débusqueur de contours, chasseur d'images, danseur de paupières, funambule de lumières... Mes regards étaient des pas sur les visages et les corps. Foulée avide. Je talonnais, je traquais. Mon œil volait, tapis magique. Mes prunelles aussi limpides que des paumes recueillaient les fruits de couleur. Comment se fera le difficile passage du voyeur au visionnaire ? Hélianthe tu reviendras, tu m'aideras. Peut-être irai-je plus loin jusqu'à la surdité, le mutisme, le grand vide olfactif. Alors tout sera parfaitement égal et je serai heureux.

Jadis, mes yeux... Etincelant des pupilles, j'avançais comme le paon ocellé de regards. Mes longs cils comme des doigts caressaient de longues cuisses. Ma nuit est morte comme un schiste.

J'étais le Casanova du coup d'œil. Postés, bien affûtés mes yeux. Roulant comme escadrons d'élite.

La nuit opaque toujours. Hélianthe, regarde-moi. Tu

nages quelque part en estuaire. Tu hantes les proches rivières. Dans son flux la nuit te ramène. Entoure-moi. J'ai peur.

Je regrette la foule heureuse des regards. Jadis j'avais au cœur du visage deux points humides. Un feu. Les rides comme chameliers du sud se hâtent vers ces puits. L'oasis n'est pas plus mouillée. Ni les corolles du matin. Deux oiseaux veillent posés sur le marbre des joues.

Yeux comme ces pluviers, ces courlis, ces cols-verts l'hiver dans l'orage de neige. Le ciel grouillait de prunelles. Ou comme les coccinelles en été, ce soir d'Hélianthe...

Mon œil droit est celui du Lièvre. Le gauche celui de la Truite. Je tire sur la détente. Hélianthe fera mouche. Hélianthe promenait quelquefois ses regards comme les Canaques de Guinée leurs paradisiers blancs dans les jungles. Elle avait le regard sacralisé de longs cils...

Mes yeux...

Deux tourterelles sur les tempes. Deux lévriers de race au seuil du visage. Les deux singes vicieux de Bruegel. Précis comme des rats, filous comme des renards, rapides comme des loutres. Vigilants au sommet comme deux gardes de phare. Tièdes, ovales, dans le duvet des cils. Ensommeillés, dorés comme blé de soleil. Frères jumeaux incestueux et complices. L'œil droit d'archange, le gauche de satan noir. L'un Christophe, l'autre Judith. Etreintes précieuses et farouches. Chaque jour nous fêtions nos noces d'or. Escrocs, lapidaires, pillards. Lovelace... Yeux de prostitution, de négoce, d'usure et d'entremise, affairés comme des Gobeck. A l'aube sérieux et beaux comme des enfants qui vont mourir. J'avançais entouré de leur cortège de gloire... Certaines nuits je revêtais mes yeux de gala, de Byzance. Mes prunelles valsaient au son d'orchestres hongrois. Parfois calmes et posés comme pêcheurs d'eau douce. L'été mes prunelles vivaient dans l'or, le luxe, la soie comme odalisques de sérail. Cloués en plein visage comme des corbeaux noirs. Oiseleurs et sorciers, acrobates, joueurs de carte. Cleptomanes et racketteurs. Nous nous aimions. L'été, les filles souples et noires rampaient vers nous comme des louves pour boire à votre source des sables. Gais comme boutons d'or, iris de rivière. Yeux de hold-up et de rapt. Grippe-sou. Tirelire ! Je touchais belle monnaie de prunelles et billets doux. Meurtrières d'où les prunelles surgissent et tuent. Larmes de crocodile. Mes yeux... Je partirai la nuit à leur recherche. Nous nous rencontrerons dans les collines. Et je revêtirai après l'orage comme un heaume leurs courbes d'arc-en-ciel.

Le regard : ce pain... Retrouver la vue seulement un instant. Voir Hélianthe alors... Quand elle avance vers la mer auréolée de coccinelles et de chiens rouges. Son vison le plus noir recelait une flamme. Hélianthe c'était le regard. Revoir cette ondulation de muscles. La regarder battre le sable ou la mousse avec ses bonds d'athlète au soleil. Elle bandait le torse comme un arc pour décocher des flèches dans le ventre des mâles poussifs. La nuit dans les forêts, elle partait. Alors elle me haïssait et toute la race des mecs possessifs. Je ne pouvais la retenir. Elle allait adorer les jeunes bouleaux blancs et vierges. Elle rendait un culte aux ifs maléfiques. Elle tuait des écureuils rouges dont elle se faisait une ceinture velue. Elle s'enfonçait dans une contrée qui m'était interdite et dont je n'arrive pas encore à imaginer la couleur. J'en percevais l'oblique mystère. Quels astres contemplait-elle dans les clairières. Neige de Bételgeuse. Et tout ce pollen doré d'Orion. Vénus ultra-violette. La Harpe et le Chariot. Galets qu'elle regardait briller dans l'entrelacs noir et noueux des chênes. Elle portait un poignard contre sa cuisse. Une légère carabine prolongeait son bras nu. Elle chassait les lièvres, les biches, les sangliers, surtout les solitaires. Elle braconnait. Elle connaissait tous les sentiers. On dit que certaines nuits on entendait dans la forêt les jappements de Diane. La blancheur de la pleine lune la métamorphosait en chienne. Elle rabattait ses proies, bondissait dans les fougères, les taillis, les ronciers. Elle criait. Elle sifflait. Les biches effarouchées fuyaient devant la Diane chanteuse. Elle s'amourachait de leurs croupes fragiles ricochant comme balles laineuses entre les troncs. La nuit frémissait dans le ruissellement des toisons. De grandes chouettes blanchissaient dans les branches. Diane ne me connaissait plus. Elle ignorait le village et notre amour. Elle était autonome, puissante. J'étais atrocement jaloux. Elle flamboyait dans le pelage et le musc. Egorgeait-elle les biches ? Elle tuait les pigeons au nid. Elle buvait le sang. Les sangliers étaient ses ennemis personnels. Elle savait d'un pas véloce et muet s'approcher des bauges. Elle contemplait sous la lune les masses musclées. Leurs grandes soies brillaient dans les fougères. La Diane rousse guignait les marcassins tigrés. Elle jouissait de ce fouillis animal, de tous ces couinements, grognements des bêtes qui rêvaient. Dans la lune et la boue. La Diane sortait sa dague de sa ceinture de cuir. Elle bondissait sur la harde. D'un seul élan les sangliers fusaient en trombe de la bauge. Si vite que peut-être ils dormaient encore. Un marcassin rose s'effondrait sous le poignard voluptueux de la Diane. Parfois le mâle et sa laie faisaient front. Hélianthe son coup achevé savait se dérober entre les arbres.

Dans la forêt, on retrouvait des bêtes assassinées. Le braconnier fanatique était recherché par tous les gardes-chasse. On le pistait, on l'attendait aux carrefours des bois. Mais la Diane déjouait les ruses et les pièges. Parfois un policier la voyait fuir à la lisière des forêts. Des légendes couraient. Des femmes qui traversaient les bois vers le soir, regagnant par ce raccourci une ferme isolée, croyaient la voir sous des masques divers. Un lièvre roux soudain se dressait au centre d'une clairière. De son torse saillait une gorge gonflée. Le visage était humain. Les enfants voyaient surtout une grande loutre brillante glisser le long des sources. Les monstres foisonnaient dans la forêt. Bouc aux mamelles retroussées. Grande mouette à tête de rat...

C'était Elle... La Braconne... On la redoutait, on la désirait. Les garçons vierges, les nuits d'été, quand leurs tempes battaient et que leur sexe montait contre leurs aines blanches, s'échappaient. Ils revenaient pantelants et lacérés avec un regard fier. Leurs sœurs complices leur ouvraient la porte. A l'aube, elles humaient avec folie ce parfum d'écume et de musc sur la bouche de leurs jeunes frères. Ils avaient des brins de poil et de mousse sur les lèvres et de la boue contre le torse. Ils revenaient de la Diane... Et de grandes griffes rouges entrelaçaient comme un laurier l'échine délicate jusqu'à la racine noire des fesses. Le lendemain devant leur fils brusquement changé, sûr de ses forces, défiant le futur, les parents devinaient qu'ils l'avaient rencontrée, Elle, la Braconne, la grande Elle des ifs et des sources.

Plus tard, avait-elle jamais disparu au fond de la mer... On croisait encore sur les chemins qui descendaient du bois des garçons émerveillés. A l'aurore une présence vivante gonflait mes veines. Une joie subite... Puis la Madone des

Chevaux était venue. On craignait quelque autre apparition splendide et scandaleuse. Tout était possible de nouveau. Un climat de peur s'était instauré. Les mères interdirent à leurs filles de rejoindre la plage au crépuscule comme elles avaient pris l'habitude de le faire dans leurs tenues d'été en chuchotant. Les membres du conseil municipal refrénèrent à la pleine lune une angoisse fébrile. Un nouveau cordon de douaniers venait d'être établi sur le rivage. Quelque chose approchait sur la mer. Des pas que l'on n'avait pas fini d'entendre vers le soir.

J'étais plongé dans cette période ambiguë où les intrusions magiques du passé et du rêve se mêlaient au présent quand une aventure ridicule et cruelle me ramena à la plus indiscutable réalité. Diane me trahit. Elle fit une fugue de deux jours. Cette absence me plongea dans un état de panique. J'ai mesuré à quel point cette grande chienne rousse était nécessaire à ma vie depuis la disparition d'Hélianthe. Nous nous divertissions Christophe, Judith et moi dans le salon abandonné de la villa Etoile. Une poussière de soleil montait en spirales, tournoyait en chaudes nébuleuses au-dessus des parquets éclatés. Bousculade sensuelle. Immobile dans un coin Diane dédaignait les jeux des hommes. Nous avons attribué son inertie à l'excès de chaleur. Brusquement, lors d'une trêve ouverte au milieu de notre chahut, je m'aperçus de sa disparition. Je pensai qu'elle était descendue prendre l'air aux abords de la villa. Par une fenêtre j'inspectai le voisinage sans la repérer.

Inquiet de cette dérobade étrangère à ses mœurs, j'entrepris aussitôt des recherches. Christophe et Judith m'aidèrent à fouiller l'énorme roncier qui enveloppait la villa. Diane avait-elle surpris un lapin à la poursuite duquel elle s'était élancée ? Cet aveuglement sortait de ses habitudes. Le dédale épineux, quadrillé en tous sens, ne révéla rien. Alors nous avons élargi le champ de nos investigations jusqu'au village, jusqu'à la mer. Nous avons sillonné le rivage, scruté le flot, comme si Diane avait pu, à la nage, prendre le cap de quelque destination océane, perçue d'elle seule. Notre errance se prolongea dans la nuit. Il faisait très chaud. La mer éclatait sur le sable avec des éblouissements convulsifs. Les circonstances se superposaient trop exactement à la disparition d'Hélianthe pour ne pas me mettre au supplice.

Je fus contraint d'aller le lendemain au poste de police déclarer la perte de ma chienne. Les fonctionnaires exploitèrent la situation en jubilant. Ils me tenaient. Ils jouissaient de leur revanche dans un grand détail de cruautés et de défis. « Comment qu'il s'appelle le cabot ?! On a dû vous le barboter... L'été c'est plein de rôdeurs... Ou un maniaque, ça arrive ! Elle a peut-être crevé de chaud dans un coin. Etait-elle en feu ? Ah ! eh bien, elle s'est taillée avec un chien. Elle sera pleine quand elle reviendra. Eh ! Vous aurez un tas de chiots, c'est gentil ! Et puis, si ça vous embarrasse, noyez-les ! Mais pas dans la mer, c'est interdit ! ça pollue, les charognes ! Y a un arrêté là-dessus, car les paysans ils jetaient leurs veaux crevés à la mer, et la volaille, tout à la baille ! et ça revenait pourrir sur les plages. Ça la foutait mal pour les estivants ! De toute façon, ce n'est qu'un chien. Il y a tant de malheurs plus importants. Vous êtes bien placé pour le savoir... »

A bout de nerfs, je quittai ce respectable ramassis de sadiques. J'étais furieux d'avoir commis dans mon trouble la naïveté de me rendre à la police. Mais j'avais redouté qu'on ne leur eût déjà signalé Diane et qu'ils ne l'eussent jetée à la fourrière.

Tout à fait par hasard un enfant m'interpella dans la rue. Il m'annonça avoir vu Diane trotter en compagnie d'un toutou dans le village, le matin même. Ils se dirigeaient vers la plage. Le petit ajouta : « Ils ont dû aller faire un tour du côté des blockhaus, c'est un coin qui attire toujours les chiens. » Aussitôt je me lançai dans cette direction. Depuis la nuit, la mer s'était calmée. Elle s'aplatissait jusqu'à l'horizon, uniformément revêtue d'un bleu factice. Cette couleur fréquente lors des derniers beaux jours d'automne était tout à fait anormale au cœur de l'été. J'approchai de la zone des blockhaus qui coupaient la vue d'un gigantesque entrelacs de ruines. Les meurtrières frontales balafraient d'une gueule noire la face des blocs bétonnés. On eût dit aussi des heaumes énormes et béants. Et, tout à coup, derrière un grand ergot cimenté, je les vis. A une cinquantaine de mètres, ils étaient couchés sur le sable, côte à côte, le nez vers la mer. Leurs têtes dorées se dressaient pareilles aux proues des bateaux vikings. Diane se leva lentement, elle s'avança en direction du flot, joua avec les premières vaguelettes, exécuta des pirouettes et des grâces, puis s'immobilisa en regardant le chien. Elle proféra vers lui de courts aboiements sentimentaux. Touché par cette invitation, le chien bondit auprès d'elle. J'assistai à leurs ébats au seuil de la mer. Ils mordaient l'essaim des vagues blanches. Ils étincelaient de gouttelettes. Leur poil trempé, aplati, les réduisait de volume comme s'ils eussent été tout nus ou fraîchement émoulus des mains d'un sculpteur primitif. Le chien n'appartenait à aucune race définie. Long, maigre, joli museau, oreilles d'acanthes, barbichu comme un faune, l'œil vif et païen, la patte primesautière, la queue touffue, allongée en spirale assez fantasque, il était doué d'une individualité intense et poétique. C'était un chien marginal, un chien bohème, un peu hippie. Bâtard coriace et malicieux, cela se lisait dans ses façons cavalières. Ce nomade barbare et volage avait tout pour séduire la Diane sédentaire. Parfois il quittait sa compagne pour s'en aller trottiner tout seul le long de la mer. Couchée, Diane le regardait s'éloigner. Sa course déclenchait l'envol lourd et graduel d'un tas de mouettes qui déployaient un bas-relief vivant à quelques mètres du sol. Puis il revenait sur la plage, frivole et gambadant, décrivant des courbes, sillonnant le tapis d'algues et de coquillages morts. Il troussait ces guenilles avec délices. Il dégota quelque charogne délicate qu'il ramena à Diane en guise de cadeau de noces. Alors ils jouèrent à se disputer l'ordure. Soudain, une lassitude les saisit, et côte à côte, d'un galop égal et menu, ils prirent le chemin du retour. Je me dérobai du mieux que je pus dans l'anfractuosité de mon blockhaus. Ils s'arrêtèrent à une trentaine de mètres sans m'apercevoir. Un grand blockhaus éventré requérait toute leur attention. En hâte, ils se jetèrent à l'intérieur. Sans doute, faisaient-ils à présent l'inventaire des pourritures exquises qui le peuplaient. Ce cadre luxuriant d'étrons, de tampons hygiéniques, de bikinis en charpie devait fasciner tout spécialement nos amoureux, car ils ne reparurent pas de sitôt. Une heure après, manifestement régénérés, ils jaillirent du repaire, et reprirent flanc à flanc, marivaudant, le chemin du village. Pour la première fois, j'observais la chienne en dehors de mes schémas humains. J'assistais à son vrai comportement animal avec un frère de race. Elle manifestait des possibilités que j'avais refoulées en lui imposant des jeux strictement humains. Elle s'intéressait à cette foule d'objets répugnants qui jalonnaient la plage, aux abords du village. Elle retournait des mouettes crevées, mordait des tubes déchirés d'ambre solaire, croquait des pots de yaourt et lapait tendrement des petits paquets de moules putréfiées. Le vagabond rompu à ces matières lui indiquait les déchets les plus croustillants dont déformée par mon éducation elle avait perdu le sens. Soudain, ils se couchèrent sur le sable et s'y roulèrent librement. Le chien tout écartelé offrait son entrejambe hirsute qu'elle lécha avec dévotion. Elle adopta ensuite la même posture libertine tandis qu'il parcourait d'une truffe étonnée ce paysage de toisons bourgeoises et de parfums nuancés. Elle se renversa d'une traction pour mieux lui présenter la face cruciale de son anatomie. Avec un enjouement dionysiaque, tandis que la mer cuvait son ivresse sous un soleil africain, le chien enfourcha Diane la mignonne, s'incrustant farouchement dans ce derrière bouclé trop bien peigné par mes soins. Si je raconte aujourd'hui cet épisode avec détachement, je dois avouer — ce qui paraîtra sans doute ridicule — que, sur le coup, je souffris atrocement. Ces épousailles au soleil des deux chiens fous, dans un décor de mer matinale et de falaises rouges me replongèrent au fond d'une solitude insupportable. Comme si j'étais exclu de la vie même. Ensuite, ils se livrèrent à de grandes extravagances, joignant leurs poils, se mordillant, se frottant, se pissant dessus. De loin, leurs toisons mêlées composaient un drapeau de gloire et de jouissance. Moi, mesquin, épiant derrière un éboulis de falaise, je cumulais tout à la fois les rôles du mari cocu, du maniaque, du zoophile et du naturaliste besogneux.

Ils se sont faufilés dans le système agile des ruelles du village. Ils gambillent gaiement, sautillent, lutinent. Ils se « poulopent » dirait Céline qui n'a pas son pareil pour les bêtes et les enfants. Les odeurs citadines retorses et complexes, enrichies de ce je ne sais quoi de social, occasionnent des stations dévotes et prolongées. La balade continue dans l'entrelacs des ruelles ficelles et des halos parfumés. On renifle les souliers des passants. Diane oublie d'un coup les jolis principes que je lui ai inculqués en fourrant son nez entre les cuisses d'une fillette avachie sur le trottoir. Plus tard elle pissera, crottera au milieu de la chaussée. Soudain, l'échine du bâtard se durcit, tendue de secousses. Il bondit en l'air, les quatre pattes à la fois. Diane l'imite avec des mimiques de félicité criante. Puis ils poursuivent les chats, agressent les chiens bien élevés des dames, déballent le contenu d'une poubelle, pataugent dans les détritus dont ils se délectent. Je me décidai à intervenir quand surgirent les policiers. Je dus payer une amende pour avoir assisté complaisamment, sans m'interposer, à la débauche des chiens fous. La police survenait maintenant à toute occasion. Cela devenait étouffant, et aiguisait en moi je ne sais quelle soif de provocation théâtrale et définitive.

Les jours suivants, la situation de Diane accrut mes tourments. Certes, je lui étais obligé de ne point marquer de nostalgie à l'égard du chien vagabond. Elle m'était revenue avec une amitié intacte. Sa trahison n'avait été qu'un interlude vertigineux. Mais suspectant des suites, je l'emmenai se faire examiner chez le vétérinaire. La salle d'attente grouillait d'animaux disparates, impulsifs et querelleurs. Les roquets furibonds sautaient à la gorge des gros chiens débonnaires. Les chats tout rebroussés sifflaient de terreur devant cette haie de têtes canines. Toutefois, un chien élégant léchait doucement le mollet bronzé d'une Lolita de treize ans. Le vétérinaire me convia à passer dans son cabinet. C'était un personnage assez répugnant. Une mystérieuse symbiose touchant son métier expliquait sans doute son abondante et sauvage pilosité. Il était petit, mafflu et rougeaud. Il promenait son regard inquisiteur sur les parties intimes de la chienne tout en lui prodiguant caresses et compliments équivoques : « Mais oui ma belle !... oui ma gracieuse... montre-moi ton joli... oh que tu es belle... » Je détestai cette espèce d'agilité voluptueuse et technicienne avec laquelle il manipulait la chienne

— Elle a eu son compte la mignonne...

— Quoi ça ? ! lançai-je interloqué.

— Elle est pleine la garce !... Celui qui a fait le coup est un chien de race au moins ? !

— Je crains qu'il ne s'agisse d'un...

— Corniaud ! corniaud... Eh ! toutes les mêmes... Bon ! que fait-on, vous voulez la marmaille ou pas ?

— Je n'en veux pas...

— Bon, on peut encore lui faire passer ça. Mais, vous savez, cela ne lui aurait pas fait de mal. Quant aux chiots vous les noyez !... Oui, à son âge, pour son organisme et tous les métabolismes cela aurait été positif.

— Je ne préfère pas, coupai-je catégoriquement.

Alors il insista non sans tenir des propos déplacés et laisser affleurer des sous-entendus. Enfin il se résigna à lui faire une piqûre qui ferait tout dégringoler puisque j'y tenais tant... Comme Diane paraissait très docile, sans prendre la précaution de bien serrer la muselière, il enfonça l'aiguille. Mal lui en prit. Diane d'une décharge se dégagea et lui mordit le bras. Le sang gicla au travers de la blouse blanche. Le vétérinaire furieux abattit son poing libre sur la gueule du chien. Je m'interposai, ce qui accrut sa colère. Il hurla que j'étais aussi vicieux que la bête et que tous deux on faisait la paire ! Jolie paire oui ! Et cela le fit partir d'un ricanement sordide qui le fit grimacer comme ces tortionnaires du *Chemin de croix* de Bruegel. Le sang qui lui pissait du bras redoubla son hilarité vengeresse. Soudain il porta sa main trempée à sa face et se barbouilla de rouge. Hystérique, il glapit : « Hein cabot ! Foutue garce ! Hein ! Beau sang ! Beau sang salope !... » Le forcené gesticulait aspergé de sang. Tout à coup, je faillis lâcher la chienne. Avec quelle volupté l'eussé-je vue renverser et crever cette baudruche convulsée de gaieté ! Mais par un geste de prudence je sus maîtriser cette impulsion et je filai... Peu après Diane se libéra de son sang. Je fus rasséréné.

Quelques jours plus tard le village fut l'objet de visites aussi inattendues que répugnantes. Des colonies de rats se mirent à grouiller dans les fermes, les jardins des villas et jusque sur la plage. C'étaient des hordes d'animaux brûlants, affolés. Un étrange mal semblait les tourmenter. Ils crevaient au grand jour après un crachement de sang et de longues convulsions.

Mon territoire fut la cible privilégiée des envahisseurs. Certains villageois y virent le signe d'une maligne affinité entre eux et moi. Au vrai, c'était le vaste roncier sillonné de tunnels et de galeries qui attirait les rongeurs. Ils tentaient d'y dissimuler leur agonie. De l'autre côté, le cimetière, lui aussi, par ses solitudes, exerçait sur la vermine une séduction croissante. Etait-ce la prémonition d'une mort imminente qui rapprochait les bêtes des tombeaux ? Le contraire était tout aussi plausible. Il n'était pas ridicule de supposer que le cimetière devait son pouvoir attractif à son aspect granitique et marmoréen. Comme si la fièvre et la déchéance qui travaillaient les animaux devaient cesser au contact des pierres funéraires dont la fermeté, la froide incorruptibilité semblaient exclure l'idée de mort et de pourrissement. Evidemment les autochtones n'entraient pas dans ces subtilités. Au contraire, ils furent portés à m'attribuer — en m'investissant de quelque pouvoir maléfique — la responsabilité de cette invasion et de ces agonies massives à la face même de leurs tombeaux. Il s'agissait là d'un défi démoniaque qu'ils reliaient sans difficulté à la bacchanale dont le mausolée d'Hélianthe avait été récemment le théâtre. Ainsi notre malveillance, sous des aspects contrastés, subvertissait le cimetière en le vouant tour à tour à l'orgie et à la consomption. Dans les deux cas, l'érotisme et la mort signifiaient bien en profondeur une chose identique : la dissolution.

Les plus superstitieux ne doutaient pas que l'immortelle Hélianthe, la femme chacal dont le fantôme hantait les forêts et la mer, orchestrait cette entreprise de démoralisation. La Diane crachait un flot de vermine sur le village abominé. Les gosses et moi n'étions que ses complices. Après les incendies allumés par la Madone des Chevaux — elle-même secret agent ou réincarnation d'Hélianthe — un nouveau fléau s'abattait plus vivant, plus animal, plus horrible encore.

Certes, les adolescents et moi avons vécu l'invasion non sans une certaine jubilation complice et macabre. Nous étions tous les trois nus, exhibés indolemment au soleil quand surgirent les signes avant-coureurs de la malédiction.

— Quelle est cette boule qui se traîne au bord de la mare ? demanda soudain Judith.

— C'est un lapereau ! répondis-je sans hésiter, le roncier voisin est bourré de garennes.

— Il est tout de même impotent ton lapin...

— Il doit souffrir d'un regain de myxomatose. Cette maladie est endémique dans la région.

La bête avec difficulté se poussa au bord de l'eau. Pour boire, elle allongea un cou qui nous parut anormalement souple. Brusquement, s'écoulant de l'arrière-train relevé nous vîmes le prolongement hideux de la queue. Rien de commun avec la touffe preste et blanche d'un petit lapin. Toute l'horreur du rat est concentrée dans ce fil carné, grenu, sans poils, de la queue. Il partage avec le diable le sombre privilège d'un appendice obscène, nu, glissant, perpétuellement délié et dépassant. Emblème sinueux du vice, du mal et de la mort. La seule vision apocalyptique qui me paraisse convaincante est justement celle d'un cimetière dont les tombeaux sont envahis, caressés et comme emmaillotés d'un million de queues de mammifères. Un énorme rat rongeant la nudité décharnée du Christ sur une dalle funéraire, telle est l'allégorie parfaite du triomphe de Satan. J'aime à me représenter le Malin, sur son trône, flanqué de deux rats géants et tutélaires comme Odin l'était de loups gris. L'on saisit par quels mécanismes l'inconscient vernaculaire établissait un rapport causal entre nous et cette brutale, bestiale démographie de ventres poilus : nous étions des ventres, des vicieux, des rats, des démons ! Car le ventre dans cette affaire, eu égard à l'expressivité du rat, joue un rôle majeur : puits grouillants, abyssal, intestin. Sombre égout des reptations et des miasmes. N'oublions pas cette appartenance au règne des mammifères qui fait du rat une sorte d'image déchue et inversée de la fécondité humaine. Ajoutez à cela le symbolisme ténébreux du poil et vous obtiendrez un portrait assez complet que souligne, bien sûr, d'un paraphe final, la nue spirale de la queue.

Judith, dès qu'elle identifia le monstre archétypal, empoigna une fourche qui traînait par là, et, sans horreur, mue par une lointaine impulsion meurtrière, elle fonça dessus et lui trancha le cou. A peine si la bête malade esquissa un mouvement de fuite. Holopherne, le barbare assiégeant, gisait flageolant et mou, dégorgeant son sang d'un pétillant rouge minium. Bientôt une foule de congénères sortit des haies, des murailles, de partout. Ils se pressaient vers la mare pour y apaiser la soif provoquée par leur étrange épidémie. Le pré fut lentement réticulé de ficelles ondulantes et de gros nœuds velus.

Le malaise était aggravé par le fait que le psychisme des bêtes moribondes se trouvait complètement détraqué. Elles proliféraient en tous sens. Elles se trompaient de direction, rataient la mare, heurtaient un tronc d'arbre, ou bien s'avançaient carrément vers nous dans le désarroi de leurs réflexes abolis. Se dégageait de cette inhibition massive un effet de cauchemar. L'image de la Fin consistait peut-être en ce pullulement de rats drogués et désorientés répandus sur le cadavre du monde. Non plus l'assaut des bêtes lubriques et vengeresses — ce qui serait vital encore et assez optimiste — mais le ruissellement médusé d'un flot de vermine débilitée. L'enfer commence lorsqu'après avoir tué Dieu, Satan s'affaisse soudain frappé de gâtisme. Alors la ruine de l'univers est réellement consommée. Le pire malheur qui puisse échoir à l'humanité est la destruction de l'intelligence du Malin !

Cette anticipation funeste ne tourmentait pas à outrance mes adolescents qui allègrement enterraient la planète en massacrant les rats. Christophe s'était emparé de ma carabine ; il pilonnait les cordons chancelants, les bataillons moustachus... Les poules de ma basse-cour se livraient sur les cadavres à une sinistre godaille. Elles déchiquetaient les trognons poilus, purgeaient les petits os de leur fourrure et de leur gras et pompaient tout le sang. La scène attira aussi les tourterelles qui se joignirent à la curée. Christophe tuait les oiseaux du Bon Dieu et les rats sataniques sans distinction. Révolté qu'il était aussi bien contre le ciel que contre la terre. Fascinant tableau de chasse que cet enlacement de tourterelles plumeuses et de rats velus. Oiseaux célestes et bleus, mammifères gris et souterrains.

Les incriminations des villageois à notre endroit étaient encore justifiées par le fait que les animaux lacérés de nos balles allaient déployer leur ultime convulsion sur les tombeaux. Nous ajoutions à l'agonie créée par la maladie le sombre enchantement de nos armes et du meurtre...

Diane au cours de cette mémorable journée témoigna d'une angoisse qui la paralysa. Elle scandait la mitraille des adolescents de longs ululements funèbres. Avec effroi, le rat poussant son dernier râle, avant de fermer les yeux, voyait sortir du géant setter feu l'hymne apocalyptique. Hélianthe rôdait le long des rivages, s'enfonçait dans les criques... Elle sortait lentement de l'eau son étrange figure totémique, pour écouter l'aboi de la Diane rousse. Certains l'ont vue remonter le cours des rivières, mon Ophélie de feu. Elle pénètre dans les terres pour savourer de plus près le chant émouvant de la Diane. Une rencontre eut-elle lieu dans une prairie entre Hélianthe et le Setter, comme le dit la légende, mais la légende attend son heure.

La cause objective du fléau fut bientôt révélée : une vaste entreprise de dératisation avait été déclenchée contre une montagne d'immondices qui comblait à un kilomètre du village le creux d'un vallon boisé. Pour des raisons inconnues les pesticides utilisés n'avaient pas produit aussitôt leur effet. Les animaux harcelés de fièvre s'étaient répandus partout. Cette explication raisonnable fut loin de convaincre tous les villageois. Certains continuaient à incriminer la Diane cachée et ses trois acolytes : Judith, Chistophe et moi...

Hélianthe fut une compagne bien mystérieuse, imprévisible. Un jour elle m'annonce qu'elle part passer une semaine auprès de sa mère dont elle avait reçu une lettre. Sa mère ! Ce personnage n'avait aucun sens à mes yeux. « Comment est-elle ta mère ? » Elle sourit : « C'est ma mère. — Mais tu n'as pas de mère ! Tu mens ! Tu n'es jamais née. Tu n'as pas commencé. Tu n'as pas été ce petit tas tiède vagissant, craché dans un flot de sang... — Je vais voir ma mère, répliqua-t-elle. — Que fait-elle ta mère ? — Elle est chauffeur de taxi à Paris... »

Je l'imaginais en taxi avec sa mère, la nuit. Elles rôdaient le long de la Seine dans une automobile cossue, feutrée, muette... Une riche berline italienne. Peut-être bien qu'elles draguaient, mère et fille, qu'elles assassinaient... Que faisait-elle avec sa mère ? Sa mère rousse ? Maman Sphinx ? Une génération de filles Sphinx s'engendrant elles-mêmes sans contribution masculine. Pas de papa. Elle n'avait jamais prononcé le nom du père. Jupiter probablement ou Thésée ou quelque dragon rustique.

Je fouillai dans ses papiers pour retrouver au moins la lettre de la mère. Je tombai sur une grande enveloppe verte et dentelée qu'elle avait assez violemment ouverte. A l'intérieur une vulgaire feuille de papier machine dont la bordure était déchirée. Dessus c'était écrit : Mon taxi t'attend square Bolivar. Je vérifiai dans un guide Michelin. Résultat positif : le square existait. Hélianthe me parut soudain avoir partie liée avec quelque conquistador en taxi, Bolivar aventurier des jungles de Paris. Il la mènerait au sein d'une société secrète constituée d'Incas et d'Aztèques rigoureusement authentiques... J'imaginais un rendez-vous au fond du taxi exotique, un complot d'Aztèques, d'Incas, d'Hélianthe et de sa Génitrix, rien que des têtes chuchotant, maigres, cuites, totémiques... Et des perroquets, cacatoès plein les banquettes. C'était sa famille à elle, Hélianthe, ce quarteron d'Amérique aztèque, de tropiques incas et la rousse, géante Génitrix, autoritaire, splendide régnait, rengorgée comme un serpent à plumes assurément. Mère d'Hélianthe, mère du soleil, mère des pampas, de l'Amazone et des coupeurs de têtes. Elle avait les poches pleines de têtes, la maman aztèque. Elle était justement venue à Paris les offrir à sa fille conformément au rite. Tiens ma fille ! Choisis ta tête... Ce sont toutes têtes huppées, valeureuses. Celles de tes premiers amoureux quand tu fus fillette... Une grosse, une petite, une piriforme, à molles bajoues, une creuse à rictus aztèque, une tout en nez comme l'oiseau marteau, une chauve et lisse comme une pastèque. Prends ma fille ! des têtes d'hommes c'est toujours bon à prendre. Tu les transformeras en écuelles, bougeoirs, saucières, coiffes guerrières, en tirelires... Remplis-les d'or oui ! C'est ça, fais-en des coffres, des reliquaires, des tiares trésors ! Ne sors plus que coiffée du crâne d'un de tes premiers amants incrusté de bijoux.

C'était la nuit, à Paris, le long de la Seine, juste sous les grandes tours de Mars et de Jupiter. Stalagmites de lumière. Géométriques brasiers verticaux, planétaires rutilant de leurs milliers de cristaux. Les coupeurs de têtes aztèques filaient en berline verte. Alors, la mère, voyant Hélianthe indifférente aux têtes les bascula par la vitre au fond de la Seine. Qu'il leur pousse des nageoires à ces crânes américains ! de belles écailles et des branchies de sauriens ! Ce seront des poissons-crânes, poissons de Seine à l'épreuve des pires pollutions. Ils ressemblent aux gargouilles, stryges, tarasques de Notre-Dame qui brille sereine et bicéphale là-bas. La Seine pullulera de monstres, ma petite ! de nouveaux cœlacanthes aztèques. Je suis la Maman la Mort, ma petite, la Maman Crâne, vois-tu ! La Mère Chacal en taxi... Alors les têtes, au lieu de couler, restèrent en surface sous la lune. Crânes vogueurs de Seine, fileurs de remous que les Sirènes regardaient passer. Des Sirènes un peu Sphinx qui s'étaient elles aussi donné rendez-vous là pour comploter contre les Tours. Car c'était une nuit de pleine lune, de périls et de guerres secrètes comme seule l'antique capitale peut en ourdir dans ses plis. Artémis nue chassait les hommes dans les rues... Maintenant dans la Seine cela faisait une grande confrérie de Sirènes qui émergèrent tout à coup pour courir les avenues, dorées, musquées et meurtrières comme un million d'Hélianthe chasseresses...

Juillet. La lumière était riche alors. Elle sentait l'herbe coupée et le varech de la mer. Judith et Christophe caracolaient dans ma maison. Hélas, des slips de couleur les raturaient net. La coupure qu'inflige le maillot de bain au corps m'est un supplice. Surtout lorsque chez les femmes l'effet se dédouble dans la rigidité mathématique du deux-pièces. Il faut inventer une parure non plus transversale mais ondulant de haut en bas suivant l'élasticité de l'échine. J'imagine une ramure diligente divisée en deux étroites branches à son sommet, sur les seins, puis filant droit au pubis où sa racine s'élargit, et remonte en rhizome sur le sillon des fesses. Puisqu'il faut qu'à tout prix la pudeur masque creux et saillies alors qu'on adopte mon réseau rapide et végétal !

Les adolescents m'emmenèrent de force à la plage. Car je ne tenais guère à m'insérer dans la chaîne des bourgeois poussifs savourant les délices de leur promiscuité. Sur quelques arpents de sable constellés de mazout, grouillant de puces et de galets blancs comme des crânes — s'imbriquaient les corps dénudés, tantôt d'une anormale blancheur confinant à la phosphorescence, tantôt roussis, violets, prâlinés. Ce double excès dans la couleur m'intéresse. Après avoir voué une sorte d'idolâtrie au bronzage qui par son exotisme me rappelait Delacroix, Gauguin ou Baudelaire et me semblait incarner le *nec plus ultra* de la volupté, je crois que ma prédilection vise à présent la blancheur. Ces corps hâlés, brunis tuent l'éclat de la vraie nudité. Au rebours de ce que l'on pense ordinairement le soleil masque et civilise. Les indigènes noirs de peau ne m'ont jamais paru vraiment déshabillés. Ils se dérobent sous une pigmentation qui estompe les indices de la sexualité. C'est la blancheur qui manifeste la sauvagerie radicale, la barbarie sans compromission, celle qui épouvante et fascine. A la plage, l'envie me prend souvent de décoller ce tégument soigneusement basané qui couvre les corps, dans l'espoir de dégager — comme à l'issue d'une mue — l'identité occulte, intacte, immaculée. Les camps de nudistes exhibent le spectacle désolant de corps endeuillés du haut jusqu'en bas d'un marron parfaitement dissimulateur. Je réclame la création d'îles paradisiaques, sans soleil, où ne seraient autorisées à se produire que des anatomies neigeuses, comme sorties des mains du démiurge. La sombre animalité du poil n'atteint son plein effet que dans son contraste avec un épiderme de nacre. Soudain craque le marbre de la peau dans une turbulence de glèbe noire et de racines. J'ai la nostalgie de ce recroquevillement d'araigne, de cette truculente ébullition de ronces noires, de tant de mâchures, vrilles, hiéroglyphes verbeux inscrits à la base du corps comme la signature de la terre, de l'amour et du diable. Jadis, il m'arrivait souvent de griffonner la fameuse page blanche pour le plaisir pervers et sacrilège de noircir, pour l'illusion de porter en un raccourci fulgurant la totale virginité du papier à un état de calcination galopante. L'écriture n'est pas sans parenté avec quelque système pileux, pubertaire, proliférant sur la peau nue d'un feuillet. L'écriture est une souillure de l'intellect projeté dans le blanc du monde. J'aime assez ce crachat de seiche.

Dans ma nuit, ce à quoi je rêve le plus est la blancheur. Celle de Moby Dick. Je caresse le coin velu des femmes blanches, immobiles et sacrées de Delvaux. Blanc le délire à la mescaline de Michaux. Blanche l'hyperbole mallarméenne. Blanche Diane, l'Artémis assoiffée de sang. Vénus est immaculée. Tout Praxitèle est blanc : arbre et remous de muscles. Harmonie, vigueur du blanc. Blanc l'ours !... la bête polaire, radicale. Paradoxe et puissance de ce poil où la noirceur cède à l'extrême sauvagerie de la blancheur par l'effet d'une inversion divine. Bête intacte. Vierge fourrure. Pâleur zodiacale. King Kong immaculé. A la mort du soleil, le monde liquidera son ultime convulsion dans cette gueule blanche du monstre polaire. Noirceur blanche. En toi réside l'horreur de mes nuits blanches. Alors, Hélianthe même tu seras de trop.

Nous voici Judith, Christophe et moi sur la plage et c'est horrible. L'amoncellement de tous ces corps ramenés à la nudité, écartelés, évoquent toujours pour moi la vision d'un massacre. Comme si un avion avait fondu en piqué et fauché cette foule d'hommes nus arrivés devant la mer au terme d'une fuite ou d'une quête dont j'ignore les mobiles. Ils sont là roulés dans le soleil et la nuit. Ils ont perdu. La mer qui monte les ressassera bientôt dans sa bouche comme des galets. Tout grouillement humain est mortel. Je ne crois pas à la fête. La multitude y renferme un principe d'autodestruction. Enfant, je fus impressionné par ce film : *Orfeu Negro*. Au paroxysme solaire du carnaval de Rio la mort, sous la forme d'un squelette, y poursuivait une Eurydice noire.

Les fêtes foraines en particulier sont fatales. Leurs loteries, leurs manèges, leurs dragons véloces, hurlants, tous ces appareils qui tournent pour la joie ne sont que la version gaie et comme ironique des roues du temps, des supplices et de la mort. La fête foraine rassemble dans son aire des jeux aussi inquiétants que les autos tamponneuses, le grand huit, le CATERPILLAR !, les exhibitions de nains, géants, siamois, phénomènes de tous poils, sans compter le jeu de massacre et tous les tirs, pétards, mitrailles pour rire. La mort s'y plaque le masque du burlesque. Cette rigolade monstre déforme les traits jusqu'à la grimace. Il est poignant de voir tant d'enfants hésitant entre le rire et le cri, ravis par ces manèges violents.

Tout petit, j'avais tiré le bon numéro à la loterie. Quelqu'un murmura que j'avais une veine de cocu. Ne connaissant pas le double sens du mot veine je me crus tout à coup affligé d'une grosse artère corrompue tandis que le qualificatif rugueux de cocu éveillait en moi l'image de quelque aspérité verruqueuse... Mais ce n'est que le prélude. La tenancière du jeu soudain fourre dans les petits bras du gagnant que je suis une poupée géante, rigide, fardée, engoncée d'une robe bouffante et violette, brodée de fils argentés. Ecrasé par cette masse figée, je poussai un hurlement.

Adolescent, mon dépucelage faillit tourner au fiasco quand, ayant donné rendez-vous à une grande fille rencontrée dans un bal du samedi, je la vis arriver le lendemain, fardée, harnachée justement d'une robe violette, énorme, étagée. Sur-le-champ, je lui signifiai ma capitulation. Cette citadelle à rubans avait réveillé la brusque terreur de la prime enfance.

La fête foraine est par excellence le théâtre du temps, du plaisir et de la mort. Tout y est giratoire, syncopé, outré, meurtrier. Je redoute la moindre multiplication humaine. Le plus bénin des bains turcs se pare à mes yeux d'un sens apocalyptique. Sur ce sujet rien n'est moins rassurant que le célèbre tableau d'Ingres dans son entrelacs de baudruches imberbes. Ces gros baigneurs à turbans incarneraient-ils la sensualité orientale ?... Ingres me fascine pour ce pullulement de champignons dilatés. Jérôme Bosch n'est pas si loin, ni le Bruegel du *Triomphe de la Mort*.

Pour revenir à la plage, elle représente la scène privilégiée de l'origine et de la fin. J'y situe volontiers les premiers pas de l'homme et son agonie. Abel Gance ne s'y trompe pas lorsqu'il fait coucher sur le sable d'une plage ensoleillée du Midi le millier de figurants de *J'accuse*. Les acteurs improvisés étaient des soldats sortis des tranchées de Verdun qu'ils allaient rejoindre après cette permission de s'allonger sur la grève pour y figurer la mort. La face positive de ce double symbolisme marin je la retrouve dans ces légendes où un enfant né du flot accoste un beau matin sur une plage, dans le creux d'une barque. Mais l'aspect négatif revient aussitôt qu'un noyé ramené par les courants est découvert lui aussi sur le sable. Sur ce rivage plane une curieuse fatalité qui pousse les baigneurs ou les pêcheurs engloutis même à des kilomètres, à revenir chez nous comme aimantés. Indistinctement la mer est pourvoyeuse d'assomption et de cadavres.

Christophe et Judith vont-ils me délivrer de cette méditation sinistre ? L'étendue où poussent et se ramifient ces milliers d'anatomies offertes comme la fructification du grand arbre de la mer a le don de les surexciter. Le slip de Christophe se distend soudain d'un truculent harpon. Je ne me réjouis pas, le libertinage et la mort font bon ménage. Ils sautillent, les bougres. Futiles et provocants. Nacre de leurs canines. Tout le monde est couché. Evidemment, eux restent ostensiblement debout. Judith par une habile contorsion vertébrale projette les seins et rejette les reins. Elle se fige, appuyant une main sur une hanche déjetée de biais et de l'autre ramenée en arrière elle gratte un bouton écarlate ponctuant l'ensellure de l'échine. Elle a le génie de ces dislocations lolitiennes, discrètement calculées. Quelques mâles poussifs, rampants, plaqués contre le sable tout à coup étincellent d'un évident revif et se postent ayant trouvé le dérivatif idéal à leur ennui. Déjà les épouses à gidouille dans leur écrin de marmaille énervée maudissent ma Judith. Toutefois, quelques-unes plus sophistiquées, turban turquoise, facétieuses lunettes écarquillées comme les cernes d'un panda, minceur factice, nichons nerveux, effleurent d'un coup de cils apparemment distrait mais point trop jaloux cette anguille après tout plus désirable que leurs maris pachydermiques. Christophe saisit une poignée de sable qu'il élève bien haut avec une mine de grand prêtre aztèque. Il fait lentement ruisseler la semence sur le système fragile et ondulé de ses muscles. Veut-il traduire la vanité des choses terrestres ? Je crois plutôt que c'est pour lui l'occasion d'emmailloter d'un silice brûlant et fluide sa nudité qui se hérisse avec volupté. J'ai observé chez Christophe une inclination au narcissisme et à l'onanisme. Il ne jouit si bien que par lui-même. Miraculeuse autonomie. S'il se donne c'est par pure urbanité. Je l'imagine seul sur une île, totalement à l'aise, éloigné de toute mélancolie, voué tout entier sous les palmiers au culte de sa précieuse anatomie. Cette nature androgynique confère à Christophe la suffisance de Dieu même. Enfin, Dieu tel que je le conçois : bissexué, égoïste, se mirant dans les éternelles délices de son unité. L'univers n'étant à ses yeux qu'une propension malade à une prolifération dont seul le diable — un voisin émouvant d'ailleurs — est l'auteur et la proie. Car le Malin détient à la différence du Très Haut le sens du temporel, de la genèse et de la mort. Il aime produire et se multiplier. Généreuse nature.

Judith, elle, possède un tempérament plus dramatique. Elle ne se donne en spectacle qu'aux autres. La voici qui manifeste un ennui subit. Alors, elle me bondit dessus, engageant un judo dont le caractère équivoque me comblerait en tout lieu moins peuplé. Mais Judith n'exaspère son plaisir qu'en public. Encore ne faut-il voir peut-être ici que la survivance d'un trait adolescent. Mes élucubrations menacent de rendre ces gosses tout à fait monstrueux. Au fond, je pourrais aussi bien leur imputer la responsabilité inverse. Cette combinaison d'un jeune veuf et de deux orphelins finira mal.

Diane que nous tenions attachée par respect du règlement, soudain nous échappe. Cette fuite ne déclenche en nous aucun élan répressif. Jouissance plutôt de contempler la Diane affranchie, décochée, toute vive entre les groupes, circulant, hachurant des flaques et des pistes, sillonnant de plus amples territoires, émaillant son galop de petits couinements caillouteux de jubilation. Une poupée maniaque et crucifiée dans l'axe du soleil, sur sa serviette bien propre, reçoit de plein fouet l'averse chevelue. Elle hurle. Cette frénésie porte à son paroxysme l'allégresse du chien qui piétine le corps, mordille le maillot et finit par pisser de délectation sur cette anguille tortillée entre ses cuisses dans un relent d'huile bronzante et de suint. L'affaire se gâte. Un gentleman musclé prend fait et cause pour la fille contre la chienne. Il bondit et lui assène un maître coup de poing. Diane glapit et nous rejoint, oreilles couchées, en traînant le cul. Tarzan papote à présent avec la minette qui en oublie le beau soleil. L'odeur rémanente de l'urine qui s'évapore n'est pas sans insinuer entre les interlocuteurs un sous-entendu scabreux d'un indéniable tropisme.

Judith accueille le setter martyr avec de fougueux trémolos. Elle noue autour du cou poilu le collier de ses bras languides. Elle se couche, s'étire, déploie ses aisselles où se tordent au revers des épaules, dans leurs ogives pâles, deux duvets brefs et noirs. Le chien y jette le souple lasso de sa langue rose. Ces ébats évoluant trop vite ne sont plus du goût des mères environnantes. Des commentaires scandalisés zigzaguent au-dessus des bobines dont la couleur écarlate s'aggrave du double effet de la chaleur et de la pudeur. Un CRS en tee-shirt, vêtu de probité candide et de lin blanc comme le Booz de Victor Hugo, préposé à la surveillance des bains, mais dont la fonction plus générale embrasse les questions de mœurs et de salubrité, vient en trois enjambées nous débiter le règlement. Non seulement nous avons commis l'infraction de laisser divaguer notre chien mais qui plus est nos galipettes sont contraires à la correction. Par bonheur, Judith traite la tirade par le mépris. Du moins riposte-t-elle en tournant brutalement le dos au garde dont l'œil crachera une étincelle lubrique sur les deux bosses alertes de ses fesses.

La chaleur s'accrut. Une pesanteur d'orage émergea graduellement de l'azur. Des éclairs se disséquaient avec une fébrilité électrique. L'odeur de la mer s'alourdit, iodée, aggravée de troubles relents de varechs et de mollusques. La plage renforça le spectacle de son enchevêtrement charnel. Elle diffusa un parfum de croupi. Une brise corruptrice cavala des lointains, déversant des nuées de mouettes glapissantes. Elles formaient à faible hauteur un buisson convulsif. Ce plafond bas, surchauffé, gonflé d'oiseaux et déchiqueté d'éclairs exaspéra l'excitation de Christophe et de Judith. La mer toute proche, haute, stridente, entrelaçait ses échines et ses cous. Elle faisait un ravage d'algues, de galets, de coquilles. Volumineuse et tentaculaire elle surgissait tout à coup des lointains du sable et du monde. La langueur de cet après-midi petit-bourgeois ne nous préparait guère à cet assaut. La foule se recroquevillait sur la bande étroite du sable, elle resserrait les mailles d'un tissu humain bien décharné face à l'énergie percutante de la mer haute. La puissance de l'hydre immémoriale se ramifiait en un concert de mugissements qui hypnotisait cet échantillon grégaire d'anthropoïdes nus. Christophe et Judith ne partageaient nullement mon angoisse comme protégés sous le cône de verre et de bonheur qui coiffe les couples dans *le Jardin des délices* de Bosch. L'épilepsie de la mer frappait, exaltait les adolescents. Soudain, Judith d'un décochement vif défit le soutien-gorge et s'éjecta du slip. Elle courut au-devant de l'eau. Christophe la suivit, agile et nu. Je les vis adroitement broder leurs motifs volages sur l'immense métier à tisser de la mer et du temps.

Puis, écarquillant les yeux, je posai un regard soudain dessillé autour de moi. Des gosses piaillaient dans les embruns. Une sorte d'enjouement continu balançait la foule réveillée qui admirait la mer. Avais-je été encore la proie d'une vision trop fatale ? Christophe et Judith revenaient ponctués de gouttelettes, dégingandant leurs silhouettes flagrantes à la face des familles honnêtes. Je ne vis plus que leurs ventres bouclés, or et noir, dansant et comme sertis de leurs cuisses parmi les vagues. Qu'ai-je fait ensuite ? Tout s'est brouillé dans cet orage sur la mer. L'écume atteignit un éclat subit. Térébration du sel. Fouet de vigueur. De brusques ensoleillements erraient au large. Hélianthe proliférait dans le rayon doré que le bouclier d'un nuage réfractait sur l'écaille du flot. De hautes cimes claires ondulaient échevelant des algues douces et noires.

Je n'ai rien compris à la traduction réaliste, logique et diffamatoire qui fut donnée de cet indescriptible instant par un tribunal d'adultes irréfutables, ligués contre mon plaisir.

Cette nuit, seul je suis allé au cimetière. Diane muette se faufile à mon côté. Le tombeau d'Hélianthe est invisible sous un ciel sans étoiles, sans lune. J'entends le harcèlement des marées sur les rochers. Rendu superstitieux par ce fracas de mort et de sorcellerie, je m'incline et palpe le gravier de l'allée. Une herbe fraîche et dure pousse entre les pierres. J'en mâchonne la tige coupante et conjuratrice. Sous ma langue naît un goût de sève et de sang. Les imprécations des marées diminuent instantanément. Les Christ, les Marie, les anges vivent immobiles dans cette nuit opaque et douce comme la terre. Je heurte une tombe. J'allonge la main. Le marbre a un parfum de rosée du soir. Puis c'est la croix. Son corps divin, maigre, écorché. Entrelacs de tendons noués comme des ronces. D'autres Christ autour, debout, déployés, innombrables, comme de grands Icare pétrifiés. Envol mort des bras des Christ obscurs. Leur peau est sensible dans cette parfaite invisibilité. Ils crient. Un hibou se pose sur une couronne d'épines. Je caresse les vierges languissantes et d'autres statues plus floues. Je ne vois rien, mes doigts savent tout. Quelque chose brûle quelque part au fond du noir. Hélianthe... Hélianthe vient, je le sais. J'entends le bond de ses pieds nus, sur les ténèbres et la mer. Diane gémit en regardant partout cette nuit dont frémissent déjà d'infimes synapses nerveuses. Je sors le vison des circonvolutions du tombeau. La sombre toison se distingue de l'obscurité par un certain volume plus substantiel, plus velouté que cette absence de la lumière qu'on appelle la nuit. Emane du pelage la secrète brillance du vrai noir. Je noue à mon cou les manches vivantes dont la fourrure retombe en tunique à mon flanc. Un frémissement monté de la mer traverse l'espace d'un rayon vital qui surgirait d'un soleil noir. Et toujours ces pas, ces pas de louve... dont le glissement frôle ma tempe et m'impulse. Je gagne le haut du cimetière relevé en plate-forme d'où l'on mesure un dédale interrompu de vagues noires. L'endroit est ambigu, attirant. Le cimetière stoppe temporairement son irréversible croissance. Alors commence un bout de prairie sauvage et fleurie comme un îlot que recouvriront les futurs tombeaux. Des lapins silencieux broutent cette herbe tout odorante de vent d'ouest et d'embruns des mers. Ce coin est celui de la trêve. La mort y marque le pas. Mais l'on y affronte sans angoisse la certitude de sa prochaine expansion. C'est le génie propre des cimetières champêtres que de ne dresser nulle frontière rigide entre le pays des morts et la terre végétale. Des bêtes proches dorment couchées dans les pâtures. Un souffle chaud m'envahit, l'odeur de leurs mamelles et de leurs poils. Une étrange communication unit le vison barbare et les toisons domestiques. Un vol de chouettes blanches s'abat sur la forêt des Christ et regarde. Je pense aux tourterelles qui dorment dans les frênes, aux bêtes souterraines. Ce déploiement d'oiseaux si denses, si plumeux aux insolites oreilles en cornes m'enveloppe d'une constellation clignotante et sereine. Les vierges plumages sont fraîchement issus de l'aubier blanc au fond de la nuit des arbres. Etre bûcheron pour toucher cette intimité juvénile et charnue sous la rugosité de l'écorce. Alors, au fond d'une niche toute sillonnée de veines végétales, je choisis la grande chouette aveugle dans la blancheur du bois et du jour.

Nous nous couchons dans l'herbe Diane et moi. Le cimetière libère un souffle hérissé d'orties vives où se distille cette odeur vireuse de coccinelles écrasées, inhérente pour moi à l'essence de la mort. Comme si un grand coléoptère rouge avait été concassé, répandant une foule de parfums brefs et venimeux.

L'épiphanie orgiaque des coccinelles, ce jour où Hélianthe courut vers la mer dans un concert d'élytres et de cymbales de lumière et comme portée sur l'aile d'un soleil multiple, revit sous le vison de la nuit. Cette fourrure je l'étreins. Je la respire. Je m'y frotte tout entier. Il en émane bientôt la senteur, le muscle, la souplesse d'Hélianthe. Elle se lève, dérobe lentement cette peau de bête. Les galaxies se propulsent, font crépiter leurs feux de bivouacs. La lune dépouille sa bogue de ténèbres et surgit lisse et blanche. Partout se tresse et bondit l'étincelant roncier des étoiles. Les Christ enchevêtrent leurs bras. Des lances tombées des astres leur traversent le flanc d'où jaillit un flot laiteux. Triomphent l'odeur du rouge, l'odeur d'orties, l'odeur de coléoptères grouillants, l'odeur de chouette, d'herbe verte, d'écume et de chien fou. Les flottilles des pêcheurs d'Honfleur descendent l'estuaire en un soudain bourdonnement d'insectes. Je vois les grandes voiles dénouées dans la clarté du poisson lisse et blanc de la lune. Hélianthe, Diane, Moi, tous trois devant la vibration marine. Hélianthe... absente, présente. L'est-elle plus aujourd'hui qu'hier ? Là, droite, sûre, hermétique, ardente et lointaine comme elle le fut jadis, ce jour... Mais chaque été elle réapparaît. Les légendes sont plus vraies, plus charnelles, plus obsédantes que les vérités de la science. Chaque été, à Deauville, ce qui est précis, en juillet 1975, en août 1976, ce qui est d'une précision ridicule, elle apparaît. Chaque jour elle vient et vit entourée de ses chiens rouges dans l'aire d'une plage privée, bigarrée de parasols que leurs pans tombant, circulaires font ressembler aux tentes de je ne sais quelle tribu guerrière. Et chaque fois, dans le soleil, Hélianthe bondit musclée, longue, élastique précédée de ses chiens. Elle avance son torse nu d'où saillent les seins. Ses chevilles sont minces. Ses jambes fines, puissantes, avec quelque chose de plus dense à l'endroit où le haut des cuisses rejoint le bassin. Là se noue un faisceau de forces, se concentre un principe obscurément vital. Le mystère d'Hélianthe s'enracine. Et son visage ferme et fou, haut et tendu vers la mer. Casque rouge de courtes boucles relevées sur le cou, d'un rouge de coccinelle. S'émacie le masque aux yeux minces, rapprochés, verts. Nez droit, mâchoire dure, pommettes saillantes. Epiderme fiévreux d'un jaune foncé, couleur de vie, de mort. Ce livre tombera bientôt entre tes mains, comme un signal. Je t'ai admirée tout à ma surprise sans même songer au désir.

J'ai tout dit. La légende s'incruste dans les faits. Je mesure le pouvoir d'un livre lancé à la Diane rousse, à celle qui partit si loin, si haut un soir de mer.

Ophélie, Hoplite... Androgyne de Mars et de Nerval. Tout sera calculé pour capter l'intérêt de la Diane où qu'elle soit.

Et pour donner un ultime prolongement à cette alchimie des couleurs dont Hélianthe est le prisme, j'évoque maintenant un jour de novembre.

Deauville, la Toussaint, la plage. Un vent désert éparpille sa cendre. La vague mauvaise hérisse son pelage d'hiver. Brusquement, je vis Hélianthe. Hélianthe de novembre. Mais blanche. Indescriptiblement blanche. J'ai reconnu le front bombé, les yeux de malachite. Ce balancement souple, animal, autonome, indifférent au sillage de surprise qu'il trace. C'était bien la Diane, la Diane rousse, la Diane blanche. Blanche notre Anubis, notre Sphinx, la Madone, la Braconne, notre Artémis de vie et de mort.

La nuit est pleine. Tout est présent. La mer s'exalte. Les arbres me montent à la tête, jusqu'aux étoiles. Hélianthe, Hélianthe tout commence. Je te promets des images vives. Fusion Forêt. Les cover-girls, ces poupées truquées, ces mannequins faméliques tu les ravales. Je convaincrai le photographe de génie, j'invoquerai le cinéaste le plus artiste, le plus religieux, le plus sauvage : alors nous projetterons l'hiver sur les écrans des villes ton torse d'Adonis aux seins noirs. La violente courroie de ton dos harcèlera. La foudre de tes reins. Tes bonds de Mercure, de chasseresse du soleil. Tu ne poseras pas. Tu nous ignoreras, tu avanceras vers la mer avec tes chiens. Nous ferons crépiter partout une rage de coléoptères et de pluviers verts.

Hélianthe fut-elle jamais plus vive, plus présente. Les souvenirs voltigent dans ma nuit comme les oiseaux de la neige. Hélianthe eut une idée. Elle m'avertit qu'il nous faudrait nous lever à l'aurore. Elle ne m'en expliqua pas davantage mais je sentis à quel point elle était complice de cette aurore dont elle savait prononcer le nom mystique et charnel.

A l'aube, son torse était gainé dans un tricot de mohair rouge. Torse tendu, ciselé de muscles, aux mamelons durs, allongés mais engourdis dans tout ce volume laineux. Elle avait les cuisses et les fesses moulées dans un collant rouge, lui aussi, et mince, sur la peau. De hautes chaussettes à bandes noires et blanches lui arrivaient sous les genoux. Elle portait libre le casque de ses cheveux. Elle m'ordonna de rester nu. Elle rasa elle-même mes joues jusqu'à la transparence. Elle lécha le sang des petites plaies ouvertes par les lames. Je redoutais qu'elle m'émonde aussi tout le poil de mon ventre et de mes cuisses. Elle se serait gorgée des mille fontaines de mon sang matinal. Je riais un peu. Elle aussi, d'un gloussement léger. Le ciel était d'une pureté rigoureuse. Le soleil s'y élevait sans nimbe. Une lumière intacte, sans rayonnement, comme inhérente à la texture de l'azur. Les feuillages se découpaient avec une délicatesse de coquillages. On entendait la vaste clameur de la mer haute. L'air n'était pas imprégné de cette odeur d'algue et de maturité de la marée basse mais il exhalait un parfum énergique. Les chants d'oiseaux dessinaient des volutes d'une pureté déchirante. Une musique essentielle dont le chatoiement primitif sourdait de la matière. J'étais nu mais je n'avais pas froid. Hélianthe à la fois souple et engoncée dans la laine me troublait. Son pull-over dans le jour écarquillait son bourgeon rouge et moelleux, un peu suspect. Nous gagnâmes les champs qui dominaient en terrasse la mer. Elle était lisse et bleue comme un glacis chimique. Ses flots en se brisant contre les rostres du rivage faisaient un vacarme de verre. On atteignit le bois sur la colline. Il était totalement revêtu de feuillage. Mais celui-ci n'offrait pas encore la torpeur de la maturité qu'on lui connaît à la fin de l'été. C'étaient des frondaisons minces, lumineuses et mobiles où des ombres passaient. Un écureuil jaillit d'une touffe et voltigea de branche en branche... J'étais nu et je ne craignais nulle rencontre qui m'eût ridiculisé. Hélianthe au premier danger me protégerait, m'inclurait dans sa rosace de laine. Je serais chaudement enroulé dans son nid de mohair, caché entre ses seins souples et tendus dont les bouts étaient comme muselés dans le gonflement du pull. Nous avons suivi un sentier comme je les aime. Très sec, moussu, incrusté de cailloux ronds et anguleux. Une chaleur montait du sol. Hélianthe comprit mon désir et me permit cette halte. Je me couchai sur l'échine douce et coriace du chemin forestier. Une mince humidité perla sans me surprendre. Elle était tiède et parfumée baignant l'entrelacs d'herbes et de cailloux. Pourquoi ces chemins rustiques à la fois fermes et flous n'ont-ils cessé d'être à mes yeux le modèle de l'éternité. Je m'y sens toujours abrité du temps et de la mort. Etait-ce parce qu'enfant j'ai joué longtemps, souvent sur des sentiers analogues, la joue contre la terre, les mains dans l'humus débusquant les fourmis et des bêtes infimes ? Le soleil me chauffait les reins, la nuque. La terre était proche et bonne. Elle était granuleuse, peu profonde, aérée. Ma joue s'amusait à caresser la mousse. Je me roulais, je riais, je rêvais ainsi couché dans les sentiers nombreux aux abords de la maison. Quelques traces de pas se révélaient çà et là à de menus effondrements, demi-concavités. C'étaient les chaussures de mon père qui allait deux fois par jour au sommet du pré nourrir les animaux domestiques. J'aimais le contour imprécis de ces pas marqués dans la terre. C'est probablement pourquoi, longtemps après, adulte, j'éprouvais encore une intense volupté à m'allonger sur les vertèbres du sol enrobées de terre. Du sentier où je me trouvais d'autres chemins rayonnaient dans la forêt, en un étoilement de branches diffuses, de routes à gravillons clairs, puis de grandes chaussées d'asphalte. Innervation d'abord délicate et champêtre puis large, solide, tentaculaire, urbaine dont j'étais l'origine, le premier pas.

Hélianthe enfouie dans son gros nœud de laine m'observait nu dans la sente. « On dirait un ver de terre ! remarqua-t-elle en riant. — Et toi un gros frelon ! » répliquai-je. Je ne raconterai pas l'étreinte du ver et du frelon. Mais le ver lisse, long et nu ressentit une rare jouissance à s'enfoncer dans le réseau touffu des mailles de la laine. Au terme de cette délicate intrusion il rencontra deux fesses aussi lisses et dénudées que sa peau.

Nous fûmes bientôt debout, engagés plus étroitement dans le bois. Une bête détala à notre droite, derrière le tronc d'un chêne dont les branches crochues se tordaient en un feuillage convulsif et délicat. Hélianthe plongea ses longs doigts sous son pull dans la région du cou pour en sortir un mince collier d'or qu'elle jeta. Nous continuâmes. Un pigeon décolla dans un fracas d'ailes qui déclencha tout un envol d'autres ramiers dont les remous, les éclats s'étendirent jusqu'aux périphéries extrêmes du bois. Alors Hélianthe défit ses courtes bottines de chevreau. « Je suis le Petit Chaperon rouge ! » me dit-elle d'un air mystérieux et bouffon.

Notre promenade reprit. Un chevreuil jaillit droit devant nous. Léger comme une lance. Il stoppa net tournant vers nous ses cuisses délicates et charnues dont les arcs jumeaux convergeaient au sommet des fesses pour projeter le panache d'une queue blanche et rebroussée. D'un ressort, il s'éclipsa dans les bosquets. Non sans émoi, nous l'imaginions sensible et nu dans l'inextricable fouillis des ronces. Hélianthe, après une courte réflexion, défit ses grosses chaussettes de laine blanche et noire. Les jambes, libérées de cette couche superflue, retrouvèrent toute leur fougue. Ainsi était-elle à présent, continûment coulée des chevilles aux cuisses dans le mince tissu du collant vif et rouge. Le pull de mohair au sommet de ce serpent se rengorgeait écarquillé comme une tête de naja. Nous traversâmes un taillis de bouleaux verticaux, parfaits, annelés de noir et de blanc comme les anciennes chaussettes d'Hélianthe. Des écureuils roux et laineux jaillissaient des branches. Un tapage soudain éclata du fond d'un massif de hautes fougères. Un sanglier corpulent, trapu, allongeant le groin, tambourinant de ses courtes pattes, abandonnait sa bauge dans les fougères. Nulle bête n'est plus tendue, plus retorse que celle-là. Sanglier bourré de sangles et de sang comme une vivante concentration de noirceur et de muscles. Que toute cette masse se dérobât sous des fougères caressantes, voilà qui nous troublait. D'un jeu de main précis Hélianthe saisit à la ceinture les deux bordures du collant qu'elle descendit d'un geste rapide jusqu'aux pieds. Sa peau s'allongeait ambrée quelque peu avivée par le frottement de la laine dont la matière persistait bizarrement entre les cuisses mais concentrée et convertie en un pompon de poils noirs. Subsistait encore, tenace, ceignant le torse d'Hélianthe le pull de mohair. Par contraste, jambes et cuisses nues gagnaient quelque chose de plus ondulé, de plus sournois. Après le sanglier, quel monstre le génie d'Hélianthe allait-il susciter assez puissant pour vaincre la résistance de ce buisson de mohair ? Nous arrivions au bout du bois. Avait-elle perdu ? Faisant suite aux arbres une grande prairie s'élargissait parfaitement verte, offerte à perte de vue. Soudain un hennissement retentit et un cheval puissant galopa devant nous. Il ne s'agissait pas d'un alezan mince, moiré, oriental et racé. C'était un grand cheval de la terre, pommelé, queue touffue, crinière épaisse, jambes trapues. Il soufflait en martelant l'herbe de la prairie. Il semblait échappé des profondeurs de la forêt, taillé dans le volume et l'énergie de la matière. Il bondissait des forges de la création. Tumulte de jarrets, de crins, de sabots et de naseaux frémissants. Parcouru de secousses il roulait ses fesses géantes et charnues dans une noce de muscles. Au sommet de sa charge il libéra un flot d'excréments lourds, musqués, chantournés, fumant d'un coup toute la prairie. Hélianthe sans hésiter, le geste empreint de théâtralité, ôta son pull-over. Jamais probablement je ne la vis si nue. Mince et luisante, douée d'une élasticité de glaise. Le cheval écarquillait l'énorme corolle de son œil. Sa robe pommelée était fleurie d'ocelles sombres s'harmonisant avec le pelage gris et rose des nuages qui ponctuèrent le ciel sans qu'on ait pu prévoir leur brusque germination. Hélianthe en quelques bonds rejoignit le cheval. D'un élan où ses reins se détendirent elle se hissa jusque sur l'encolure. Maintenant la bête était tranquille orchestrant le jeu lourd et fastueux de ses muscles. Elle galopait. Elle était obscure, volumineuse avec sa crinière de forêt, ses muscles bombés comme des racines et sa robe profonde comme un ciel de glèbe et de semailles. Elle portait Hélianthe avec aplomb. J'étais bouleversé par cette dissymétrie du cheval orageux, trapu et de la Diane luisante et légère. J'étais jaloux de leur couple, de leur fougue. Jamais Hélianthe n'était allée si loin dans la trahison. Ses cuisses que le volume du ventre animal écarquillait l'étreignaient avec des impulsions de triomphe. Je voyais courir de longues transes onduleuses et velues entre les jambes fines de mon amie. Quelles semailles la pression de ses genoux n'allait-elle pas extraire de ce filon de chair et de muscles ? C'était Hélianthe brûlante et solaire, Sphinx des airs, harponnant la bête profonde. Elle portait haut son cimier de cheveux roux. Pour quel assaut bandait-elle ainsi le torse, avec ses seins dont le galbe nerveux se retroussait. Le cheval galopait plus fort, gagnant le bout de la prairie. Il s'engouffra dans un chemin creusé d'ornières et fleuri de primevères qui déboucha sur une plaine bleue et verte. Hélianthe voyait le pays entier avec tous ses ruisseaux, ses grands arbres descendant vers la mer. Le cheval épousa cette fièvre des eaux, du végétal et de la terre dont les remous mêlés s'orientaient tous vers l'ouverture de l'estuaire. Collant ses cuisses brillantes aux flancs de sa monture, Hélianthe surgit sur la plage à la stupeur des estivants sursautant dans leur bain de soleil.

Ils se levèrent en un rideau fragile, chuchotant. Ils voyaient l'énorme cheval de la terre dans sa robe tachée de fleurs d'orage remonter la mer, le large estuaire, le fleuve. Jusqu'où la Diane oserait-elle aller, cuivrée de lumière, dardant son regard vert, déployant ses ailes d'épervier, happant dans sa puissante chevauchée les plaines, les collines, les grandes forêts à cerfs et peut-être bien les immenses cités minérales qu'on dit s'étendre en amont des fleuves ?

L'autre trahison fut plus hypothétique, moins flagrante mais non moins précieuse. Hélianthe se levait tôt avec le jour. Moi, abruti de cauchemars et d'insomnies, je récupérais parfois jusqu'à midi. Ce lever précoce donnait à la Diane un avantage terrible sur moi. Elle jouissait de cette âpreté de l'aube, de tant de couleurs et de parfums vierges qui pour ainsi dire lui étaient dédiés. La vie d'Hélianthe plongeait dans un jour primitif et pur d'avant le monde. Elle me disait qu'elle allait faire courir Diane dans les champs, le long des rivières. Je redoutais la rencontre d'Hélianthe et de ces paysans juvéniles qui labourent la terre dès l'aurore. Elle finit par faire la connaissance de l'un d'eux. Ainsi me révéla-t-elle avoir partagé le casse-croûte d'un jeune fermier du voisinage. Fromage et pain arrosés de vin sans oublier un succulent tronçon d'andouille. Je me serais passé de cette andouille et de ce tronçon. Je déteste ce goût de froide charcuterie mi-pâté mi-boyau de l'andouille. Le fait qu'Hélianthe pût s'en délecter lui conférait sur moi une répugnante supériorité. Il créait de surcroît entre elle et le fermier une complicité scabreuse. L'aidait-elle à retourner la terre ? Participait-elle à mon insu à d'étranges semailles printanières, lâchant des giclées de grain au rythme de l'homme qui avançait le long du sillon parallèle au sien ? Je les voyais les deux semeurs triomphants. Peut-être bien nus pour mieux s'accoupler à la terre et favoriser sa fécondité. Lui robuste, blanc et médiéval comme une Jeanne d'Arc des champs. Elle, racée, rusée, égyptienne et solaire. Les ruisseaux ceignent leurs reins de remous éclatants. La terre ouvre devant eux ses orifices noirs et béants.

Parfois, elle revenait de la plage précédée du chien. Elle avait rencontré les pêcheurs de crevettes qui, à la pointe du jour, avec leurs grands filets raclent la marée basse. Ils devaient la séduire tout visqueux et jaune d'or dans leurs cirés caoutchouteux. Ils sortaient de leurs paniers de grands congres gluants sous des algues gonflées, des huîtres onctueuses et vertes, des moules géantes, dans un grouillement licencieux de crabes, un tressaillement de crevettes et de poulpes. Elle me révéla avoir participé souvent à ces pêches du matin. Hélianthe dans le bruissement de la marée montante, enveloppée de Neptune aux mains rougies de gel et de froid, aux visages rugueux, barbus, aux poitrines gonflées dans le vent. Elle connaissait tous les secrets de la mer et de la terre. Elle mesurait les charmes respectifs du jeune pêcheur et du jeune paysan. Elle savourait des contrastes, des particularités. Elle s'en gorgeait à mon insu, libre dans l'aube. J'étais jaloux de ce temps qui seul me paraissait authentique et dont j'étais exclu.

Un épisode citadin complétait la liste de ces plaisirs rustiques et marins. L'écho m'en fut rapporté par un voisin qui m'assura avoir souvent vu Hélianthe partir de très bonne heure le long de la route. Une voiture ne tardait pas à passer, s'arrêtait et emportait ma compagne. Le voisin bien renseigné m'apprit que mon rival était un jeune bachelier de dix-huit ans, remplissant une tâche de caissier à la Banque Populaire. C'en fut trop à la fois. Mon cœur fut saisi d'un battement convulsif. « Jeune bachelier »... l'impudeur de ce titre m'émerveillait. Il y avait dans bachelier la douceur d'une matière comestible et poreuse encore qu'un peu chuintante... C'était la saveur même de la jeunesse. Quant à Banque Populaire : sa splendeur me fascinait. Elle intégrait vaguement le garçon dans la classe des prolétaires. Après le paysan, le marin, il fallait qu'Hélianthe goûtât le charme des garçons des villes. Le fait que ce révolutionnaire travaillait dans une banque, fût-elle populaire, compliquait encore mes sentiments à son égard. Il manipulait de l'or et des billets à longueur d'année. J'imaginais quelque manie inhérente au métier. Si mon rival paysan dans ses moments de perversité ornait exprès sa nudité de terre gluante et que mon rival marin ponctuait son épiderme d'algues et de sel, que faisait le jeune caissier ? Il parait son abdomen tendu de billets. Il faisait ruisseler sur ses hanches et sur son échine un flot de pièces cuivrées. Il scintillait constellé de lueurs argentées qui, du reste, n'étaient pas sans parenté avec les reflets des poissons pêchés par l'amant maritime. Ce réseau de correspondances mêlait en une vision voluptueuse pour Hélianthe seule des tressaillements d'écailles et de piécettes. La Banque devenait dans ses rêves un grand aquarium et la mer un coffre-fort de requins. Et elle se demandait chaque fois qu'elle retournait aux champs avec son fermier amoureux si du creux d'un sillon elle n'allait pas extirper un trésor, tout un frai de pépites écarquillées comme des ouïes de poissons. Mais c'était le jeune caissier dont la pensée par-dessus tout m'obsédait comme le foyer de toutes les métaphores du désir. Il était l'Infant de la Banque Populaire. A travers lui Hélianthe baignait dans cet effervescent fumier de l'argent.

Son corps était tout imprégné de sa brillance. Sa chair en exsudait des parcelles lumineuses. Ses jouissances s'associaient à des pratiques aussi insolentes que la spéculation, le crédit, le change, les emprunts, les obligations et les terribles Bons du Trésor. Au hasard de leurs étreintes surgissaient les visages fascinants de Napoléon, de Richelieu et de Voltaire. Tous vicieux et prestigieux, pinacles de la guerre, du complot diplomatique et du pamphlet athée. Elle forniquait avec l'Empire, l'Eglise et la Philosophie. Elle me trahissait avec les mythes les plus saillants de l'histoire de France. Et j'oubliais Berlioz sur les billets de dix francs : les plus courants, ceux avec lesquels le garçon banquier devait vivre pour ainsi dire en symbiose. Berlioz dont le nom grandiose, fastueux devait porter leur extase à des luxuriances symphoniques.

Les rencontres avaient lieu au quatrième étage d'une résidence moderne. De leur chambre les amants dominaient la ville, ses rues, ses pavés, ses passages cloutés, ses tuiles, ses feux rouges, ses automobiles... Toute cette forêt de signes durs, urbains, électriques et minéraux qui les enveloppaient de délectations spécifiques. J'aurais pardonné les voluptés agrestes et marines, mais leur débauche citadine que corrompait toute la poésie de la technique me restait sur le cœur. Allègre, elle maniait avec lui l'argent et l'automobile comme avec les autres la glèbe et le poisson. Mais je saisissais combien étaient plus pervers et plus périlleux pour moi les artifices du progrès. Le fétichisme du fric et des gadgets parait dans mon esprit leurs étreintes de nuances si sophistiquées que je croyais entendre mon Hélianthe hurler dans les gouffres de la volupté moderne. Une trame policière se développait dans mon cerveau. Un triple crime agricole, pélagique et citadin. Les trois séducteurs seraient exterminés par l'instrument et dans l'ambiance même de leur séduction. Je rêvais d'enterrer vivant le paysan au fond de son champ, de noyer le pêcheur dans la marée matinale et d'étouffer le caissier en le gavant de louis d'or jusqu'à la gorge. Ainsi l'eau, la terre et l'argent confondraient leurs joyaux pour tresser autour de ma tête l'auréole d'un meurtre composite et splendide. Hélianthe serait épargnée. Longtemps je moissonnerais dans les plus secrets sillons de sa chair les vestiges d'une rosée de mer, d'un frottis d'argent ou d'un grumeau de terre. Sans jalousie, vengé, je m'enrichirais de ces éléments nourriciers. J'établirais puissamment ma volupté sur la pyramide de ces trois cadavres matinaux. Hélianthe fascinée par mon audace, flattée par la vigueur de mes vices me vouerait un magnifique regain de passion.

En vérité, Hélianthe m'a-t-elle jamais trahi ? Quelle part d'elle-même entrait dans ces hypothétiques débauches ? Elle pouvait prêter son corps, s'était-elle jamais donnée ? Ces jeunes gens qu'elle s'offrait comme Artémis, la Diane assoiffée de lait, de chair et de sang la possédaient-ils à aucun moment ? Je me demande si tout cela ne consistait pas en racontars chimériques. Hélianthe n'aimait que le soleil. Toutefois ce n'est pas sans le sentiment vivifiant d'une revanche que je serre contre moi les corps conjugués de Christophe et de Judith. Mon remords est tempéré par le fait que ces deux adolescents sont comme les deux parcelles éclatées d'Hélianthe elle-même. Je la trahis, je me venge mais sans la quitter. Hélas, Judith et Christophe n'auront jamais ce sombre rayonnement d'Hélianthe. Ils irradient d'une lumière trop fraîche. Ils sont vierges dans le plaisir. Hélianthe était l'origine mais aussi l'infini et la totalité. Ils ne sont que des racines. Elle était l'arbre jusqu'aux étoiles.

Ce matin-là je me levai avec le désir d'être libre et seul. Je fus tout étonné de ne pas retrouver avec ma lucidité le besoin de Christophe et de Judith. Pour la première fois, spontanément et même naïvement au réveil je préférais ma solitude, les trésors de mon moi à leurs richesses trop neuves. Ainsi je les trahissais. Cette certitude me comblait d'allégresse. Soudain les deux mioches m'apparurent mesquins, prétentieux. Ma nostalgie d'Hélianthe en avait fait des princes. J'avais eu tort, je m'étais menti. J'avais envie de jouir de moi-même, d'extraire doucement mes racines comme aucune plante ne pourrait le faire et de m'en entourer pour vivre au sein de mon propre humus. Je décidai de partir le long du rivage. C'est le vrai chemin qui mène au centre de moi-même.

Muni d'une canne à pêche j'entendais remonter un mince ruisseau à truites dont la source prenait dans la forêt. Son cours ne dépassait pas trois kilomètres, aussi pouvait-on l'embrasser d'une seule traite, de l'embouchure à l'origine. Je ne résistai pas à cette aventure nuancée, précise et totale.

La mer est verte, un vert de frêne. Evénement rarissime dans l'estuaire où l'eau préfère le grain de l'ardoise, les rugosités du schiste ou le gris du graphite et des louves. Les blockhaus dressent leur tête trapue de Minotaure. Ce sont nos derniers Sphinx. Monstres de Dali ou de Magritte. Leur diadème bétonné encercle le front clair des plages. Il faut parler de ce sable de l'estuaire qui n'a ni la sécheresse ni l'ardeur donjuanesque de celui de la Floride. C'est un sable mouillé, remué dont la saveur est autant celle des sources et des falaises que de la mer. Sa matière hésite entre la vase, le silice et la terre. Tel est le vrai sable des métamorphoses. Les villas oscillent dans l'effondrement des champs que la mer assaille et que sapent les rivières souterraines. Mistinguett vécut dans celle-ci. Darien écrivit *le Voleur* à cet endroit où ne surgissent plus que des ruines agrippées par les algues. Baudelaire d'Honfleur est venu ici à pied. Il a mesuré la force de tout ce gris marin du nord. Comme l'émerveillerait aujourd'hui sa transfiguration verte. Flaubert a déjeuné dans cette maison dont ne subsiste qu'une cheminée enfoncée dans l'argile. Proust et Fauré ont passé de longues soirées dans cette villa appartenant à la duchesse de Polignac. Bien plus tôt, à l'origine, Ragnar le Viking légendaire a poussé son drakkar rouge à proue léonine sur ce rivage. Quelque part, alentour, fut le théâtre du raid sanglant qui commença notre histoire et dont l'aventure s'étendit jusqu'à l'Amérique et Byzance. Eric le Rouge, Harad aux Cheveux bleus ont rêvé à mon estuaire.

Dans ce bric-à-brac d'énormes villas fendues et de blocs, se montrent d'étranges spectacles. Un carré de prairie coupé des falaises a été projeté sur la plage au milieu de laquelle il reste suspendu. Il attend la prochaine razzia des marées. Pour l'instant il épanouit une cible gaie d'herbes et de pâquerettes. Il a entraîné avec lui une vache sous un fragment de ciel privé, grouillant d'hirondelles. Je serre de plus près l'éboulis de la côte. Je m'enfonce dans ce paysage gercé de failles, hérissé de gros quartiers plus tenaces. Des sources se crispent dans les écorchures du terrain. D'une grande villa — qui fut jadis le séjour estival d'une famille nombreuse aux cousinages subtils et libertins —, il ne reste plus que la moitié. L'édifice fut tranché en deux par un éboulement. On voit en coupe la superposition des pièces, chacune à son étage, montrant sa loge dans un écrin de plâtre et de papier flétri. Mais ce qui m'attire le plus est la piscine qui bâille intacte à trente mètres de ce décombre cellulaire, indiscret et minutieux. Une libre végétation enveloppe la cassure bleue, rectangulaire. Des feuillages pendent, des ronciers s'amoncellent. Des oiseaux ont laissé leurs nids dans plusieurs fractures des parois profondes. La terre surgie des trous fait dégouliner jusqu'au fond ses sources de grains noirs. Quelques herbes percent le stuc et jaillissent en bouquets. Mais dans son volume général le cratère de mosaïque bleue est rigoureusement conservé. La sauvagerie de l'argile et des broussailles qui l'enserrent renforcent son aspect de vestige rare et lumineux. Une vague odeur d'ambre et de parfum sophistiqué flotterait-elle encore autour de la vasque tarie ?

J'entrepris de descendre au fond. Rien n'est plus troublant que ce coffre béant vidé de son eau et de ses nageurs. Les mains voyagent le long des parois revêtues de traînées moussues, crasses coagulées. Une fébrilité digitale me saisit au contact de certaines lésions. Les touffes végétales qui font irruption dans la pâleur du revêtement ont quelque chose d'animal et de poilu. Des griffures rageuses de naïades traquées sont incises au vif de la pierre. J'ai poussé à bout l'investigation maniaque de ce puits griffonné de hiéroglyphes. Des plaques sont mouchetées de points noirs pareils à des ocelles de triton. L'aridité de la brèche est à la fois précieuse et poignante. Diane tombe en arrêt devant une mince lézarde contractée, dans un angle. Le prodige est qu'une sueur emperle le creux de la glyphe. Un parfum saumâtre et délicieux en émane. La découverte redouble l'ardeur scrutatrice de l'homme et du chien. J'enfonce un bras leste, ossu, dans la conduite ténébreuse par où l'eau arrivait. Alors, tout à coup, Diane découvre un bonnet de bain cloqué, étoilé de motifs floraux. Il se crispe tout sec et fendu d'une déchirure d'où gicle ce terrible effluve du caoutchouc. Diane croque cette nippe dont les viscosités ont flétri en peau de crapaud. Le setter agite ce vestige d'une civilisation de filles nageuses, disparues, englouties dans l'écartèlement du temps.

Nous avons regagné la plage. Diane tourbillonne avec les mouettes. Elégant vertige. De longues spires éclatantes font la ronde avec le chien. Pris au jeu, les oiseaux forment un cercle continu de la truffe à la queue. Et cette galaxie rousse et crayeuse voltige sur ce fond de vase noire du rivage et de feuillage de la mer.

La rivière de Criquebeuf fissure le champ. Tout craque face à la mer dans la débâcle du terrain. L'eau gicle, s'épanouit. Elle voile d'un mince nylon ondoyant une étendue de cailloux. Elle se divise en ruisselets secondaires, eux-mêmes ramifiés de flux capricieux. La rivière canalisée, corsetée pendant tout son cours, se libère, déploie avec volupté ses membres trop longtemps resserrés. Ainsi, le flux s'est déboîté sur toute sa hauteur pour montrer les filons secrets de ses eaux, les remous qui coulaient au fond, les courants médians, les vagues obscures. Il étale dans tout le large des sables l'ampleur de son gisement aquatique. Et c'est comme un immense tamis où brille chaque molécule humide, pépite gluante et fluide. Alors, en archéologue qui vient de mettre à plat les différents sédiments du sol, on peut analyser l'intériorité du ruisseau. Une histoire chargée de signes aussi variés qu'une oie morte, qu'un rat d'eau dépecé, qu'une sauterelle encore vivante, que le placenta d'un veau, qu'un grouillement d'alevains, qu'une grappe gélatineuse de têtards, qu'une anguille rapide échangeant sans mal un séjour fluvial pour une virée marine.

Je remonte la rivière et comme si je reconstruisais les fragments du puzzle, je replace chacune de ses structures — tout à l'heure étales, émiettées sur la plage — à chaque étage et à chaque rayon des eaux maintenant reformées. Remonter, descendre une rivière entre la source et la mer constitue l'entreprise la plus vivifiante, l'aventure qui va le plus loin. Christophe et Judith seraient de trop. Diane de son galop sinueux sait épouser chaque méandre étroitement. Je monte ma ligne, lance l'hameçon enfoncé sous l'abdomen d'une sauterelle volant dans le courant. En suivant l'appât je saisis mieux le ressort de l'eau, ses lignes de force et toute sa stratégie profonde. Comme si moi-même tel un triton je captais dans ma course le dynamisme nuancé des eaux. Elles me conduisent partout sous les roseaux, les vases, dans les galeries des rats, au fond des chutes, sur d'autres pistes, plages de sable, selon de tortueux rapides, puis nappes profondes, grottes, cavernes de vieux poissons. Aimanté je me ramifie en cent tiges liquides étreignant aussi bien le ventre luisant des truites que le pelage lourd des ragondins.

Au-dehors, comme à l'intérieur de son cours, la rivière m'induit dans une série de pays secrets. Les routes ne révèlent que la face extérieure et civilisée des choses. Elles ne cernent que le contour des projets humains. Les rivières, elles, vont au fond du sujet en se montrant toutes les ressources. Les vrais pays sont ceux que l'on extirpe au fil des eaux. La plénitude de la découverte est là.

Tout à coup, nous entrons dans un bois. Au milieu s'ouvre une aire dépouillée et ceinturée de grands arbres. La terre est nue, lourde, d'un bel effet global. La fraîcheur de ce labour, normale au printemps, est une surprise au cœur de l'été. J'attribue ce décalage à un raffinement de tactique agraire ou au songe d'un paysan poète. En tout cas la terre manœuvre ses opulents bourrelets de grumeaux, dénoue ses sillons continus. Foisonnement maîtrisé de crinières et de reins noirs qu'encadrent les arbres plus vifs et plus verts. Lestement je me dénude. Mes pieds s'enfoncent dans la couche frissonnante. Parfum de racines, de vers, de nuit, de poisson, de cave et de cru. Goût de chair, de boucles noires et de puits. Tout un réseau de forces s'intrique et m'étreint, noué à mes reins, ondulant de la plante des pieds au sommet du crâne. De grands remous sombres affluent dans mon sang et se propagent jusqu'aux plus extrêmes terminaisons nerveuses. Mes cheveux poussent dans la terre, mes orteils s'enracinent, mes ongles prolifèrent : touffes d'épines. Ma bouche harcèle le crin pantelant des glèbes, ma langue en soutire la sève. J'enfourche les pur-sang sourds et serrés de la genèse. Mon sexe retourne d'énormes toisons fraîches et puissantes. Mes bras s'allongent et fouillent, et d'autres bras plus charnus les enlacent, surgis des profondeurs, courant contre mes muscles. De grands lierres circulent entre mes cuisses véhiculant ma semence dans les filons ténébreux. Des corbeaux et des mouettes, tout gluants dans le noir et le blanc, s'abattent sur moi. Les feuillages sur mes flancs étendent leurs mains fraîches. Et les embruns des mers, salins, iodés mêlés aux bulles des rivières m'imprègnent. Mousses et fourmis allongent mon pubis. Du sexe aux fosses nasales, de la nuque aux oreilles, de l'anus à la bouche de grandes ramures m'articulent qui plongent dans l'arbre d'un bout à l'autre des forces planétaires.

J'ai repris le voyage de la mer à la source. La rivière d'un élan dévale collines et vallons. J'ai jeté en guise de nouvel appât un ver dur et lové. Un pressentiment d'abord... bientôt une fulgurante certitude m'habitent. Ce ver issu des profondeurs de la terre la plus noire fascinera la mystérieuse truite des eaux. L'imminence d'une apparition me brûle le sang. J'imagine une éblouissante bête d'or. Là, dans la rivière, montée du large et de la mer. Elle... Soudain le crin se fige contre la force du courant. Puis, il remonte à rebours de toutes les énergies qui pleuvent. Autonome il grimpe, affronte les lames. Je reconnais sa science, sa puissance. Elle doit bien tenir entre ses dents, sans l'avaler, l'appât qu'elle propulse. Et c'est comme si une force centrifuge marchait contre l'attraction même de la terre, contre cette chute universelle et convulsive des rivières, des falaises et des forêts vers la mer. Elle avance dorée, nuptiale et triomphante. Je la suis émerveillé, moi-même happé à contre-courant de toute cette terre échevelée qui tombe. Je n'ai pas à courir. A grandes enjambées j'épouse le sens de sa marche. A la tension du crin, aux secousses qu'elle imprime je la mesure, je la comprends, je la touche. Ses muscles se tendent sous les eaux. Invisible elle me parle, me raconte tout son périple marin, les solitudes parcourues, les étranges rendez-vous de l'abîme, puis cette découverte de l'embouchure, la remontée de la rivière... Nous avons eu la même intuition. Rarement je me suis senti si bien. Enfin j'étais conduit, guidé. Je n'avais plus qu'à suivre ses longues impulsions. Il me semblait apercevoir dans les remous la danse de son échine. Je lui murmurai des choses indiscrètes. Bruissement des eaux. Elle avançait toujours. J'étais heureux. Nous arrivâmes à l'étang.

Il s'élargit au sommet d'un plateau dégarni. Le flot opaque et noir creuse lentement cette citadelle surplombant la mer que l'on distingue à trois kilomètres au point de convergence de tous les vallons. Tout à coup je ne la sens plus, elle a lâché l'hameçon et le ver... Je ne suis pas déçu car sa présence moins ponctuelle partout répand l'obsession d'un soleil interne. Nageoires écarquillées. Ouïes rouges. C'est à la fois l'aurore et le couchant d'un grand poisson stellaire. Hélianthe est la croyance de ces eaux mères... Diane sillonne les rives de l'étang. Elle va, vient, éperdue. Elle s'arrête brusquement, fixe sur les eaux noires une prunelle brillante de folie. Elle hésite, cherche à plonger, recule et de nouveau court en gémissant d'un bout à l'autre du rivage. Tous deux nous partageons la même certitude, tous trois... Dans le trouble du soleil et de l'eau notre union. Je mesure à quel point Hélianthe, Diane et moi nous formions un bloc divin. Trois dans nos étreintes. Toisons, cheveux. Peau nue, fourrure. Rires, abois... Triple regard vivant.

Plus tard, Diane et moi nous replongerons dans des forêts serrées, intimes où la rivière bifurque en ruisseaux, faisceaux de nerfs. Mille sources crépitent dans la mousse et les rochers. Nous voici engagés dans une grotte hérissée de cristaux. Les feuillages en hautes stalagmites grimpent jusqu'aux étoiles et tout un peuple d'Atlantes verts saisit l'homme et la chienne pour redescendre comme de grands arbres vers l'estuaire. Ils nous portent dans leurs larges et tranquilles mains.

Cette fois j'ai emmené les deux adolescents. Jadis la clairière fut notre séjour favori à Hélianthe et moi. La mer est trop angoissante avec ses alternances de crise et de reflux, ses grisailles, ses noyés. Elle galope à vous rompre, cette dévoreuse de la terre et des hommes. Son immensité broie le cœur, ses abîmes. Ce cosmos mouvant n'a pas de mesure humaine. A l'intérieur des forêts les clairières sont des oasis intimes, mares vertes, immobiles, destinées aux jouissances circulaires, à l'immédiateté du plaisir. Le temps s'y dissout et toutes les puissances de la mort. A cinq cents mètres de la maison, notre clairière s'ouvrait à l'intérieur d'un bois de chênes et de bouleaux. D'un petit monticule, on distinguait toujours la mer et l'estuaire au loin. Mais rien n'obligeait à gravir le tertre. Si l'océan est le terrain privilégié des conquêtes, le large d'où surgissent les aventuriers, les clairières sont des lieux ambigus et secrets des androgynies et des Eden protégés. La mer anime la grande rêverie phallocratique de l'expansion. Dans l'Ouest le thème est patent si l'on pense aux Vikings diffusant leur race sanglante et féconde au rythme de la marée montante. La mer n'est maternelle qu'en perdant de vue tout rivage. Alors elle devient l'Immensité, vraiment la Mère et la Mort. Mais sitôt que surgit la ligne de la côte elle s'aimante, elle s'aiguise, elle s'échevelle en proie à une fureur de piétiner, de mordre. Son immensité se fracasse en pulsions concrètes et ravageuses. Les clairières, elles, s'arrondissent en marge de ces rivages livrés aux renouveaux les plus déchirants. L'image peut-être la plus prenante de cette plénitude immédiate habite le tableau de Delvaux intitulé *l'Eveil de la forêt*. Au centre d'une clairière, au creux d'une feuille ovale et géante s'offre un androgyne. Il naît comme des rainures irradiantes et charnues du limbe végétal. Des filles dont la nudité est sillonnée de pousses et de racines l'enveloppent. Aucune rupture entre l'homme et la terre. La forêt se ramifie sous la chair et les regards s'ouvrent comme des corolles.

Les clairières sont les lieux de l'éternité à l'inverse des mers du littoral, nerveuses, cérébrales, actives et désirantes. Il leur manque toujours l'essentiel. Leurs gémissements sont ceux de la géhenne et des travaux des hommes.

Spontanément Christophe se dévêt. Couché dans les fougères il incarne quelque Adam, Bacchus primitif. Cheveux en boucles dont l'effervescence plus secrète se répercute entre les cuisses. Il a la bouche ouverte. Judith et Diane rôdent dans ce cercle végétal comme des fauves en cages. Ce paradis les ronge. Il leur faut des os à mordre, des têtes à couper. Un monde sans Holopherne pour Judith est un tombeau où l'on crève de bonheur. Il faut apprendre à respirer bien plus lentement pour s'identifier au délicat épanouissement des feuilles et se plier à leurs arabesques qui vous soustraient aux affres de la durée. Il faut s'ouvrir à ces plaisantes mains qui doucement vous cousent, vous fleurissent. Diane en bonne chienne halète trop vite. Judith ne trouve rien de mieux que d'escalader les bouleaux. Pour ne point s'écorcher les cuisses elle a conservé son Lewis. Mais le torse menu, mignon, musclé fulmine tout nu dans les branches. Elle a repéré un nid là-haut. Elle s'en saisit et se l'enfonce sur le crâne comme un bonnet mongole.

Elle perd ses regards à suivre le vol inaccessible des corbeaux, des ramiers. Elle pousse avec les pies une mitraille de cris. Le jacassement des geais lui tord la bouche. Elle aime tout ce qui tranche. Les écureuils giclent des troncs en comètes sanglantes. Elle dandine son petit cou au sommet des citadelles. Son Lewis élastique remue les robes de feuillages. Elle scrute le frisson lointain du flot. Elle aime ces horizons qui craquent et se déploient sur des contrées étrangères. Elle a soif de menace, de péril. Christophe lui ne jouit si bien de son essence qu'en s'étalant comme un fruit au milieu des fougères. Toute sa substance est là. Il communique avec lui-même dans un miroir vert. Partout il se touche, se caresse. Sa verge d'une érection courbe s'arque jusqu'au nombril. Le voici tout ombiliqué sur lui-même. Les oiseaux sont venus se poser sur ses cheveux comme dans *le Jardin des délices*. De sa bouche sort ce jet de feuilles qui jaillit des lèvres de la nymphe du *Printemps* de Botticelli.

Tout s'est désagrégé dans la clairière. Je n'aurais pas dû amener Christophe et Judith. Même Diane ce jour-là me trahit. Elle s'enfuit à la poursuite d'un lapin. Ses abois ameutèrent tous les échos, creusèrent des galeries d'angoisse dont la sphère végétale où j'avais voulu renaître fut soudain disloquée. Judith à force de grimper aux arbres et de proclamer ce qu'elle apercevait de leur sommet, elle aussi, aggrava ce travail de dissolution. Seul Christophe ne bougeait pas, parfaitement enraciné au centre du cercle. Mais ses bouclettes le faisaient comme étinceler. Il m'apparut tout à coup mignard et façonnier, étalant sa figure fripée de moues. Il devenait l'éveilleur d'une excitation agacée, subrepticement meurtrière. Cette sorte de phantasme me ramenait à la surface du désir. Bien perdu le génie de la clairière circulant entre de lisses bouleaux et les chênes.

Maintenant que je suis enfermé dans la nuit, j'imagine sans souffrance la mare tranquille des fougères ridant l'intimité du bois. Personne ne connaît ce lieu floral et nu. Il reste intact, entretenu par ma mémoire. Je suis le jardinier fidèle des bons moments de ma vie. La pluie et le soleil de mes prairies intérieures. Hélianthe comme l'anneau de Saturne, mais en plus éclatant, entoure ce parfait petit cosmos.

Une nouvelle rumeur agita la région. Dans une ville voisine, la drogue en une nuit tua deux adolescents. Par un caprice du sort il se trouva que Christophe et Judith connaissaient bien les deux victimes. La police en profita pour multiplier les enquêtes à mon domicile. Je lus sur le journal que le centre du réseau était supposé se trouver au Havre. Les trafiquants traversaient l'estuaire dans un bateau que la nuit dissimulait. La drogue était livrée à des complices qui attendaient sur la plage. Un douanier avait surpris un échange de signaux entre la mer et le rivage. Il s'était élancé vers l'endroit. Mais les trafiquants avaient disparu. Des témoins m'avaient vu longuement me promener certains après-midi et le soir le long de l'estuaire. Pouvais-je leur expliquer la volupté que je trouvais à parcourir cette ouverture de la terre, à suivre les rivières ? Ce qui était plus grave encore : le douanier témoin avait perçu l'aboiement d'un chien. De là à identifier Diane avec l'animal... Dans le village, les gens, sautant sur l'occasion, ne se faisaient pas faute d'insinuer que certaines nuits, dans le Mausolée d'Hélianthe, nous fumions de la drogue, Judith, Christophe et moi. Ces incriminations étaient arbitraires. Certes, un jour, Christophe et Judith sortirent du tombeau en titubant. Une vieille qui s'affairait auprès d'un sépulcre voisin en conclut que l'on se droguait exprès pour insulter les morts. En réalité nous étions saouls. Malgré mes protestations à la capitainerie le petit car bleu à antenne et cocarde continua de me tourmenter. Les flics déboulaient à l'improviste. J'étais questionné. La première fois ils allèrent jusqu'à la perquisition. Ils montèrent dans les chambres. En vain, me récriai-je. Ils furetaient, lorgnaient les grands lits délectables encore ouverts où s'inscrivaient en rébus dorés les sueurs de la nuit. Cinglants, impeccables les flics, raides comme des allumettes. Plis. Ourlets bien nets. Ils fouillaient, débusquaient le soutien-gorge oublié de Judith, le slip fripé de Christophe pas plus gros qu'un champignon des champs. Je protestai que rien n'interdisait aux adolescents de prendre une douche chez moi et d'y changer de linge si bon leur semblait. Les flics couvaient des yeux ces sous-vêtements comme s'ils étaient les jalons parfumés d'une piste dont l'extrémité se perdait dans des jouissances au-delà des lois. Une autre fois, ils poussèrent leurs investigations jusqu'à la Bergerie, puis au fond du poulailler. Espéraient-ils découvrir soudain dans l'innocent cloaque de mes poules un des maillons de la French Connection ? Ils rêvaient ces gendarmes provinciaux d'un magistral coup de filet. Le Havre n'était-il pas juste en face de mon logis, de l'autre côté de l'estuaire ? Position stratégique avec l'Amérique au-delà. Après tout, cette vie de quadragénaire oisif et pervers pouvait cacher des secrets bien plus croustillants que son flirt avec des adolescents. Mon négligé comportait quelque chose d'américain ! Et puis, je buvais du Coca-Cola. J'avais de drôles d'yeux brillants : stigmates indubitables de la drogue et de la débauche.

Maniaques et tracassiers les flics multipliaient les provocations, espérant m'arracher quelque rébellion aggravante et spectaculaire. Souvent, par leurs visages obtus, plaqués juste contre le mien, ne cherchaient-ils pas à déclencher la gifle instinctive et blasphématoire qui m'aurait perdu ? Je brûlais d'assener un magistral coup de poing sur le nez de l'adjudant-chef, lequel appendice nourrissait une colonie de comédons. Son second avait le nez chafouin, rouge et suintant du bout. Les moustaches qui partaient sous les narines aux orifices noirs et muqueux avaient quelque chose d'intime, de touffu et de malodorant. Mes deux adolescents, manifestant en cela la verve truculente de leur génération, avaient surnommé « couilles à lombric » l'adjudant au pif garni de vermine. Le second, armé de sa pointe écarlate, ils l'avaient baptisé « bézette » ! Tout cela avait le mérite d'être du plus mauvais goût lycéen. La vulgarité de ces sobriquets dans la bouche charnue de Judith était proprement féerique. Mon angoisse atteignait son paroxysme quand ces messieurs débarquaient justement lorsque les deux adolescents étaient chez moi en visite. Je redoutais que leurs tempéraments juvéniles, rapidement enflammés, ne les entraînent à quelque riposte irréparable. Car la police développait une virtuosité à prononcer les mots et à exécuter les gestes propres à surexciter mes deux compagnons. L'adjudant, quand il questionnait Judith, la scrutait de haut en bas avec un détail si concupiscent que chaque coup d'œil arrachait à l'adolescente un frémissement de dégoût. Elle en avait le corps hérissé, la lèvre crispée comme pour cracher. Le policier convoitait en secret ce percutant jet de salive dont la jeune fille à bout de nerfs l'eût gratifié. Le représentant de l'ordre se fût pâmé dans cette ondée intime, équivoque et salée d'adolescente printanière. Mais Judith avait jusqu'ici été assez forte pour lui refuser cette délectation supérieure. Quant à Christophe, point n'était besoin de génie pour découvrir ses faiblesses. Les policiers se livraient à de lourdes insinuations assorties de clins d'œil sucrés sur les grâces du garçon. Mais lui aussi résistait assez bien. Au fond, c'était moi dont les défenses faiblissaient et qui risquais de flancher. Responsable non seulement de mes réflexes mais aussi de ceux des adolescents, il fallait à chaque intervention policière que j'embrasse une situation mobile et compliquée, semée de périls. Mes ennemis le sentaient. Ils revenaient à intervalles réguliers saper petit à petit mon sang-froid. Je savais bien qu'ils finiraient par triompher. Mais il me semblait qu'alors je libérerais une telle folie vengeresse que d'un seul coup je me dédommagerais de toutes les humiliations passées et futures.

La rumeur fit un nouveau bond en avant. Je ne sais comment cette seconde absurdité se fit jour dans l'esprit de la police et de la population. Mais un matin, son nom fut de nouveau prononcé... le nom solaire de la Diane. Le témoignage d'un vieux pêcheur étayait semblait-il cette hypothèse fabuleuse. « Il l'avait vue..., répétait-il à tous ceux qui l'interrogeaient. — Qui ? demandaient-ils, ardents de curiosité. — Elle... Je vous dis... — Mais qui Elle ? — Je sais bien de qui je parle... — Tu mens ! — Je vous dis que c'était elle. On ne peut pas l'oublier avec ses drôles de cheveux roux et son visage de vie et de mort... — En es-tu sûr ? — Oui... sur la mer que je l'ai vue... Puis elle a remonté la rivière et là, elle les a rencontrés lui et le chien... Oui ils se sont revus, même qu'ils sont allés jusqu'à l'étang tout là-haut dans la forêt. C'est que je les ai suivis, on ne pouvait pas la perdre de vue elle... Son corps nageait dans la rivière, brun et or. Et puis elle les a appelés lui et la chienne. Et ils se sont baignés. Il fallait voir comme ils étaient heureux et tout dorés dans l'eau. »

Les divagations du pêcheur se propagèrent dans le village et la région comme une traînée de poudre. De nouveau dansait la vision d'Hélianthe dans les regards et au fond des songes. Même Christophe et Judith me regardèrent bizarrement. Que ne les avais-je conviés à m'accompagner dans cette promenade de l'estuaire à l'étang ? Stupéfait je tentai de leur expliquer la nécessité de la solitude en pareilles circonstances. C'était une aventure profonde entre l'estuaire et moi... Cette explication insolite ne sembla guère dissiper leurs doutes. Une jalousie naissait en eux, comme si je ne leur avais pas montré tous les dessous de ma vraie vie. Et ce n'est pas sans un certain plaisir que je vis l'amertume se peindre sur leurs visages. Ainsi je les tenais. Je n'étais plus entièrement sous la coupe de leur caprice et de leur jeunesse.

La police fut troublée par le faisceau de témoignages qui convergeaient sur moi, sur l'estuaire, sur mes randonnées bizarres. Cette Hélianthe qu'on disait disparue un soir d'orage et qu'on sentait partout sans jamais distinctement la revoir était-elle tout simplement partie organiser au Havre et peut-être à New York les bases d'une filière de stupéfiants ? A cette époque, un nouveau fait aggrava les présomptions. Les policiers apprirent que la Madone des Chevaux avait été emmenée à New York par l'étrange médecin qui était son frère. Certes, on était bien obligé de convenir qu'aucun rapport n'existait entre la Madone et la Diane, hormis une sourde analogie. Mais l'image était si forte, le rapprochement si tentant qu'en dépit de la raison l'idée effleurait les esprits, les troublait... La brusque apparition de la Diane incendiaire dans la région n'avait pas été un interlude violent sans lendemain... Un écheveau d'images et de correspondances se tramait dans les imaginations. La mer, New York, la Madone des Chevaux, le feu, Hélianthe et la drogue constituaient un mythe dont on ne pouvait plus se défaire. Oui, le mari courait, la nuit, sur le rivage désert, échanger des signaux avec la fille. Des lumières tremblaient sur le sable et la mer. Les douaniers regrettaient de ne l'avoir pas vue, ces nuits-là, émerger nue et dorée du flot noir... Elle... la Diane disparue, plus ardente que jamais, portant autour de ses reins, pendus à un cordon de cuir, les petits sacs d'héroïne. Hélianthe fille de Thaïlande. Pavot rouge. Amazone de la drogue, acharnée à détruire ce vieil Occident dérisoirement viril. De grands relents opiacés montaient de la mer dans un brouillard bleu et rouge. Elle venait. Et l'océan immense et monotone soudain prenait un sens comme s'il l'avait conçue avec les rayons mêmes du soleil qui se couchait chaque soir, rouge et brûlant, au fond de ses eaux.

Diane la chienne assurément jouait aussi son rôle dans cette entreprise de lumière et d'anéantissement. La bête devait transporter la nuit, dissimulés dans les gros clous de son collier, de petits sachets de poudre meurtrière. Elle traversait les bois, elle parcourait les champs, longeait d'autres rivages, passait les fleuves. Peut-être allait-elle ainsi jusqu'à Rouen ou Paris, en une seule nuit, porter la moisson de mort... Tout ceci relevait du pur délire. Mais ce rêve faisait tant de bien, excitait tant les esprits qu'il se répercutait en ondes rouges dans l'estuaire. Hélianthe, à minuit, renaissant de la mer... Les garçons du village imaginaient cette rencontre avec l'Eve destructrice. C'est ainsi qu'ils l'appelaient dans leurs rêves. C'était presque pompeux, mais tragique et si doux. Tant de regards attendaient — et cela depuis toujours — fixés sur l'horizon de mer l'avènement de la Diane comme une comète rouge. Moi-même, quelles que fussent mes incertitudes intellectuelles, je sentais irrépressiblement son approche. Mon désir était si fort. Ma vieille folie recommençait : le vison dans le Mausolée me semblait habité. Les étoiles me parlaient d'Elle. J'essayai de lutter contre ma chimère. Mais les bateaux de pêche qui sillonnaient le flot vers le soir laissaient échapper des rumeurs comme des appels. Les voyant s'enfoncer au large je me disais qu'ils allaient rejoindre la Diane de la Mer...

Le tribunal analysa les présomptions qui pesaient contre moi. Le juge, dit-on, fut frappé par l'extraordinaire fragilité de l'édifice qui avait été bâti par l'opinion dans cette affaire. Une sorte de délire collectif avait accrédité un insolite réseau de songes et de légendes. Le juge dans son bureau se surprit-il, lui aussi, à rêver le retour de celle qui, surgissant la nuit de la mer, venait prodiguer aux hommes la drogue, l'extase et la mort.

Cette affaire de drogue obligea Christophe et Judith à différer un grand projet de bal masqué. Une période s'écoula où les esprits se rassérénèrent quelque peu. Je n'osais plus aller me promener le long de la mer. Le ressentiment me rongeait. Puis je rêvais soudain qu'Hélianthe revenait et qu'elle me libérait de toute cette suspicion diffuse que je sentais autour de moi.

Enfin, Judith et Christophe jugèrent que le moment était venu d'inviter au bal leurs camarades du lycée deauvillais et quelques amis de Paris. Ce serait la fête, la fête totémique bien sûr, pas la fête galante et grelottante à la Watteau : petits marquis, loups, frivolités mignardes. Nous avions la ferme résolution de revenir à l'origine barbare et presque cannibalique du bal masqué. Tout en fourrure, toison, tumulte de pelage. Ce serait un bal musqué !

La fête se placerait tout entière sous le signe de Jérôme Bosch, de Grünewald, de Gustave Doré et de Grandville. Nous nous étions longuement nourris de ce monstrueux trésor animal qui s'épanouit dans l'art des origines à nos jours. Un torrent de muscles et de pelages circulait maintenant dans les profondeurs de nos rêves et de notre sang.

Nous prîmes les dispositions de la cérémonie au cours

d'un grand conseil que nous tînmes dans le Mausolée d'Hélianthe. Aucun détail ne fut négligé. Pour chaque heure, chaque minute, furent arrêtés telle scène, tel acte, tel geste. D'abord il nous fallut choisir l'identité de chacun de nos masques qui tous étaient d'essence animale. Furent éliminées des espèces trop attendues comme la chouette, la mante religieuse, l'araignée, le requin... En revanche le grand lièvre tellurique, la truite du chaos furent adoptés sans hésiter. Puis le grand coléoptère héliocentrique : la coccinelle géante. Le pluvier doré et la litorne au magnétisme violet. Ensuite la rate, le crapaud, le bouvreuil, le grand cerf furent des rôles rapidement distribués. Quant au vison il fut l'objet d'une dispute ardente. Judith entendait le revêtir pour jouer le vison étoilé. Je m'opposai à ce projet. Il fallait épargner le vison, le laisser au fond du Mausolée d'où son obscur rayonnement ne laisserait pas de favoriser notre fête. Cette concentration du vison en un seul point ne satisfaisait pas Christophe, pas plus que ne lui agréait la proposition de Judith. Il refusait à la fois de tenir le vison en marge et de le réserver à un personnage unique. Je fis remarquer que la bacchanale nous conduirait probablement au mausolée d'Hélianthe. Alors le vison présent, intact, intime, gorgé de nuit développerait sur chacun de nous ses ondes propices.

— Ce n'est pas assez sauvage ! s'exclama Judith.

— C'est trop secret, trop intime ! ajouta Christophe, il faut exhiber le vison, le sortir, le propager !

Je voyais bien ce à quoi il voulait en venir. Mais je craignais en distrayant le vison du Mausolée d'éparpiller et de dissoudre l'essence même d'Hélianthe.

C'est Judith qui découvrit l'emploi que nous ferions du vison. Il serait minutieusement découpé en lames souples, chacune d'elles douée d'une fonction vestimentaire particulière. Chaque héros de notre fête quel que soit l'animal dont il serait investi porterait un morceau du vison. Il constituerait donc le lien profond, secret ramenant à l'unité la disparité extérieure de toutes les parures.

— Et le lendemain de la fête ? lançai-je au comble de l'inquiétude, je n'aurai plus qu'à ramasser les restes du vison... Devrai-je restituer cct amoncellement de charpie à la crypte du Mausolée ? Quel pouvoir lui restera-t-il ?

Judith fit observer que la fête le rechargerait d'une énergie bien supérieure à celle de son état présent. Tout déchiré qu'il fût il serait imprégné de la vie de chaque adolescent... Ces tronçons deviendraient autant de prismes magiques. Le vison passerait de son unité figée, nocturne à la multiplicité offerte et poignante d'une constellation.

— Ce sera un million de visons dans la nuit du Mausolée ! s'écria Judith, la progéniture d'Hélianthe, son ultime fécondité.

J'acceptai. J'avais au fond secrètement faim d'ouvrir ce vison hermétique. Peut-être était-ce en effet le seul moyen de libérer quelque pouvoir intime jusqu'ici inhibé par la cohésion du vêtement, sa coupe pliée aux canons de la mode. Il fallait le tailler non plus en fonction d'un emploi social mais d'un investissement magique. Cette nécessité posa une nouvelle série de difficultés. Comment s'y prendre ? Quel ordre donner à notre charcutage mystique ? Nous nous rendîmes au mausolée pour étudier sur place cette question capitale. Nous le vîmes. Jamais il n'avait été si tendu, si dense, si voluptueux. A la fois languide, humide et précis. Fort et lascif. Brûlant-glacé. Si barbare, si juste. Forêt mollement hérissée. Mais nul pelage ne fut plus minéral, plus astral que le vison d'Hélianthe dans son miroitement nocturne. Les colonnettes de pelage doucement ondoyaient, s'allongeaient en un faisceau de reptations coulées. Elles se nouaient, se fondaient en un flux organique et lumineux. Les légères déviations de parcours étaient aussitôt corrigées, ramenées au rythme global, à cette plénitude de cheminements parallèles dans l'imperceptible chevauchement de leurs franges pileuses. C'était l'opulente caresse d'une main, d'une coulée d'or noir. Méandre de quelque Serpent à Plumes. Auprès du vison brillait toujours le griffon doré que m'avait donné la Madone des Chevaux la nuit de son arrestation et que j'avais déposé au cœur du Mausolée. Coriace, sculpté, lumineux le monstre ailé semblait garder le trésor du vison. Je le pris. Je le glissai dans ma poche. Pendant toute la fête le griffon solaire ne me quitterait pas.

Tendue d'excitation, avec des yeux élargis sous ses longues mèches noires, Judith se recueillit puis déclara qu'elle allait trancher doucement dans le sens de l'écoulement général. Elle épouserait le jusant des veines, des filons. Couper transversalement à contre-courant eût été une aventure fascinante mais effroyable. A coup sûr le vison aurait saigné. Il serait tombé en loques privées de force ou bien eût-il été brusquement poussé au paroxysme de sa puissance ? Mais pour combien de temps ? On pouvait redouter qu'il ne se fût exténué dans cet excès même. Aussi Judith préférait-elle défaire la bête en suivant le jeu de ses rivières de sang noir. Judith choisit dans l'écrin de bijoux entourant le vison un poignard argenté, ciselé. La garde incrustée de pierreries était presque disproportionnée à la fine lame étoilée. Judith commença la lente incision. La bête se crispait, se tortillait comme l'hydre dont on a tranché le cou. L'on voyait en coupe les poils plantés sur les minces et souples gisements du cuir. Ces ondes de pelage faisaient un sanguinolement noir. Judith étincelait. Jamais elle n'avait été si prenante, comme spiritualisée par l'intensité de sa jouissance. Elle buvait le sang du vison. Elle allongeait ses ongles délicats à chaque soubresaut des boucles. Le couteau subtil glissait de bas en haut véloce en miroitant. Il extrayait de la forêt où celui-ci était immergé le ruban de chaque vison. Le vison sacrifié se multipliait. Dois-je dire qu'un rayonnement plus intense montait de la parure ? La fourrure n'avait perdu sa structure sociale et vestimentaire que pour acquérir l'existence plus efficace, plus sauvage de son ruissellement libéré. Une fois rompus ces parapets que sont coutures, ourlets, il bouillonnait plus vivace comme au centre d'une contrée liquide peuplée d'archipels de pilosités. Judith plonge maintenant ses mains dans ce grouillement de nœuds, de serpents. Elle s'enroule le cou d'une liane de fourrure. Elle en bride une autre entre ses cuisses du nombril aux reins. Elle se ceinture le torse d'une couleuvre plus large et plus molle. Elle se fait un bandeau, elle se bague les chevilles. Elle emmaillote ses jambes. Elle engendre des toques, des masques, des manches, des scapulaires, des pantoufles. Le vison voyage le long de ses membres, parsème sa peau de touffes luisantes. Elle enroule, dénoue, tord avec une verve de serpent les anneaux de fourrure.

Il faisait nuit depuis longtemps. Le village s'éteignit dans son berceau de rochers. Du vide, seule la grande moulière noire surnageait dans l'affleurement d'un jour astral. On avait l'impression que la mer élevait, grandissait son disque lumineux, immobile au-dessus des maisons et des campagnes.

Les invités abattirent leur nuée de mobylettes cabrées et de motos glapissantes. La fête devait débuter dans le jardin des Houx pour rayonner ensuite vers la villa Etoile, le roncier, le kiosque, ma ferme, ma bergerie, puis le cimetière, le mausolée, les champs, les bois, les rivages. Elle s'élargirait en grandes ondes tourbillonnant jusqu'aux abysses.

Les copains de Christophe et de Judith leur ressemblaient comme des jumeaux. Groupes qui gesticulent, s'esclaffent. Prunelles en lumignons forant le masque du visage cuit. Foule de bracelets cliquetant aux chevilles maigres et dorées, rutilant aux poignets étroits comme des ramilles. Les types ont des anneaux à chaque oreille façon corsaire. Métèques à point. Strass, quinquets, ferblanterie qui fait mouche à tout geste. Amulettes, secrets fétiches. De grandes filles ont apporté leurs joujoux de gamines : poupées, nounours pour faire plus chou, ce sera très pervers. Robes, jupes, shorts, slips : des kyrielles... Pantalons, pulls, corsages, culottes courtes, futals au long style d'épi. Dans la divergence des aines le coin violet d'un short délavé, artistement corrodé. Frocs raturés, retors, usés, à hiéroglyphes griffonnés. Postérieurs en grimoires marqués de cœurs fléchés, de graffiti érotiques et de citations de Rimbaud. Pantalons de velours fendus en deux fesses bien garces et bien nettes... Filles petites, potelées, ébouriffées comme des griffons. Teint rose, rondes frimousses à la Zola. D'autres hautes, hampées, humant le vent maritime, très vikings, tapisserie Mathilde. Puis des langueurs, des Marlène, de grandes mines suaves, alambiquées, mais giclées de poils noirs que n'arrive pas à masquer l'évanescente mousseline. Squelettes encore de sylphides à chichis. Longs mecs acides façon d'aspic, très haut perchés. Grands yeux meurtris de fards sombres élargis en auras immenses. Artémis à longs cils, cuisses dures, échine en fouet, derrière musclé : les croquantes stylées. Trémulantes poitrines, d'autres bien pommées sans plis. Tarzan en salopette unisex. Jésus à moustaches. Judas tendres et lascifs, la larme à l'œil au premier Christ à longues boucles et torse d'ascète. Petites Ségur façon Nitouche. Vierges de quatre sous, genre lavis, mièvres et transies tourterelles à pubis clair style photo Hamilton. Et de grandes chevelues, racées sultanes, rongées de stupre, tout en haleine. Girafes au style mystique façon Le Greco. Grappes d'Egéries en guenilles très chères. Mecs d'idylles, barbes de bons bergers des îles. Gentilles Gauloises à hautes chaussettes de laine bicolore. Fées de Papouasie, tout en muscles, lourds médaillons retroussés. Une vierge à cigare m'inspecte avec intensité. Paysannes à sabots et robes claires. Agglutinements, coudes aigus, nombrils nus, démasqués nets, parfum et tout, vivant tout seuls, Robinson sur leurs îles, c'est ça le sexuel. Gros ceinturons de cuir, à clous sur les tailles lianeuses. Tout ça roublard, rutilant vache, rouleur de lombes et de petits biceps. Bouts de lurex, turbans cashmeres constellés de scories, diadèmes de zircon, marcassite et lapis-lazuli. Fermetures Eclair raffinées comme des bijoux : fines échardes métalliques ou géantes exhibées comme serrures au ventre. Les pulls moelleux comme des frelons...

Ils déboulent en pelotons ces demi-dieux, savent éructer très fort la vitalité. Les Séphora en sari braquant leurs mamelles pointues. Les Isis au crâne ras. Les Psyché à chichis. Les Manon bouche en cœur. Les grandes gitanes dégainées, les louves efflanquées, hautaines, les Hercule quintessenciés, les malabars aux poils blonds, les Tarzannes aux petits rognons, les Lolita et les Lulus. Les Zazie, les Zorro, les Zoé. Les amazones à violentes crinières. Les grandes Gargamelle débraillées, les Goulues. Les demi-folles, les demi-nues, satin plaquant entre les cuisses leurs immenses lèvres sombres. Les Lucrèce éplorées et les Judith à couteaux tirés. Les Iseult mijorées. Les Houris agrestes. Les Geishas, les Phryné un peu marijuanées. Les grandes Ophélie bottées de chevreau jusqu'aux cuisses et fumant la pipe, sans seins ni fesses, n'exhibant qu'une liane de cheveux blonds. Les toutes bleues fées minces et fœtales. Les Desdémone négresses à muscles. Les Cléopâtre de prairies. Les Œdipes myopes et mignons à lunettes. Les Hector de cinquante kilos. Les Thésée champions de tennis. Ulysse à longues nattes baisant leur Pénélope en culottes, cheveux brefs. Don Juan de la moto et du prêt-à-porter. Casanova du Coca-Cola. Yeux qui m'astiquent. Les Bécassine en goguette un peu groggies. Des cultivées qui s'extasient sur les poètes ardus : vouh ! Artaud, Michaux !... la drogue j'adore, extra, magique !... Des Ninon et des Madelon, mamelles rustiques et talons pointus. Des Byron en tricot très court, pattes de gazelle, grands yeux de palu. Des Aurélia bien mouchées, impeccables braguettes. Des Chopin pustuleux. Des Mao gracieux comme les garçons du Quattrocento. Des légions de tee-shirts semés de sigles d'universités de Western. Des Kennedy, large sourire, scintillantes quenottes, façon salubre, Amérique des années soixante. Des gorilles très croustillants, des sorcières aux yeux bleus, à peau claire, des empoisonneuses hirsutes. Nonchalances, postures d'escrime ou de mollusques. Eurydice et Béatrice à chewing-gum, mégot et un peu bies-bies. De grandes suicidaires, prunelles calcinées, affichant leurs avant-bras tout tatoués de cicatrices et de fulminations. Elles portent l'artère en bandoulière et le front trop large.

Je m'arrête. Et pourtant combien j'aimerais bâtir un grand vitrail à cette race immédiate ! Demain, tout ça croupi, bedon bésicles, fric et baraques à bouffe. Poussif et morne rampant à la tombe.

Ils montent au premier étage se déguiser dans les chambres. Le grabuge redouble, les surprises, les cris, les défis. Plus calmes et comme déjà dérobés à leur humanité, ils descendent dans leurs déguisements de bêtes, en lent cortège... Quelques-uns laissent échapper des abois qui hérissent le poil de Diane. Christophe en pluvier doré arbore son plumage cuivré. Un peu lourde sa tête dodeline. Jambes et cuisses nues saillent comme des pattes de son corps fuselé et couvert d'ocelles. Judith en litorne montre le flamboiement de ses flancs maïs entre ses ailes violettes. De grandes rectrices noires rayonnent de ses reins jusqu'au tapis. Elle porte des collants ardoise jusqu'à mi-cuisses.

La litorne et le pluvier se tiennent par la main en avançant parmi quantité d'autres bêtes admiratives. Précieux, vifs et farouches au moindre geste ils volettent et sautillent. Pierre incarne le grand lièvre tellurique, fraîchement sorti de la terre, musclé, roux, ses hautes oreilles captant les ondes magnétiques. Sa fine moustache frémit, moitié d'Artagnan, moitié Bunny. Le congre noir est joué par Lilua. Lisse collant noir d'un seul tenant des pieds au cou. Michaël cuirassé en coléoptère progresse avec difficulté. Ses élytres sont d'un beau rouge minium moucheté de ténèbres. Deux mèches s'élancent de chaque tempe en antennes vibratiles. Il porte un loup où brillent dans leurs trous ses pupilles pointues. Le coléoptère et le congre font quelques pas ensemble. En truite du chaos Vivie éblouit. Opulence de ses flancs jaunes et visqueux tachés de sang. Ses grands voiles latéraux palpitent en guise de nageoires. Elle ouvre sa gueule armée de petits crocs très acérés. Elle s'est enduite d'une huile solaire choisie pour son odeur de poisson. Lucienne campe la rate, couverte d'une courte fourrure grise. Son nez déploie les deux aigrettes symétriques d'une moustache délicate, sensible comme un radar. Sa queue longue, au grain finement réticulé lui dégouline entre les cuisses. De hautes incisives lui retroussent les lèvres. Son ventre se trémousse gonflé de mamelles. Ses yeux sont actifs et perçants. Dressée sur les pattes la rate étreint la litorne. Etrange face-à-face du museau et du bec.

Josianne en bouvreuil braque sa gorge vêtue de plumes écarlates plantées dans une couche de colle. Elle promène ce buste écarquillé d'où tombent les ailes de crêpe sombre. Ses jambes fines sortent d'un short de fourrure lui descendant jusqu'aux genoux. Elle sautille obèse et délicate, avec des agressions contre les robes légères, volages comme des poiriers en fleurs. La puissance de Rodolphe en très grand cerf impressionne. Il s'est musqué l'épiderme. Il empeste. Ses bois s'étirent de part et d'autre de sa tête et se compliquent d'andains, de tiges. Il dresse cette forêt par à-coups, attaque le congre et la rate, les pourfend. Voici Henry le crapaud. Il descend par petits sauts chaque marche d'escalier. Quel est son sexe ? On n'en sait rien. C'est le grand crapaud hermaphrodite. Il a le corps caparaçonné d'une moire gluante et cloquée. Son masque bouffi, cornu, hérissé de glomérules et de verrues crache des coassements. Sa peau vert-jaune crame d'une phosphorescence lunaire. Ses petites pattes dodues gigotent quand soudain il se gratte le cou comme un varan.

Les animaux s'attroupent en vivant amalgame de plumes, d'écailles, de peau et de toison. Les fragments du vison s'incrustent et brillent à tel endroit précis de chaque anatomie. Les bêtes piétinent, bruyantes se harcèlent. Elles sont impatientes de la suite, avides de pousser à bout les fantastiques implications de leur nouvelle animalité. Lucienne produit un effroi monstre en enfourchant soudain sa moto. Ses cuisses poilues s'arquent autour du réservoir ventru. Ses mamelles s'affalent jusqu'au guidon. La rate fuse entre les groupes et saisit en croupe les grandes oiselles et la truite. Le cerf la pourchasse à coups de cornes et de sabots. L'odeur de l'essence tourbillonne en nuées suffocantes. Une excitation confuse fait palpiter mes tempes. La fièvre des adolescents m'habite, me subjugue. Dans ma poche, je serre le griffon doré de la Diane. Son feu solide me guidera.

On va d'abord jouer au portique. Il faut voir le congre se nouer à la corde liquide et lorgner le disque blanc de la lune. La litorne et le pluvier doré escaladent un des portants qu'ils étreignent à chaque essor entre les tenailles de leurs cuisses plumées. Ils courent sans vertige le long de la barre transversale. Puis s'immobilisent juchés là-haut dans un contexte étoilé. Le grand cerf s'est accroupi dédaigneux du portique. Il lance les aiguillons de ses bois contre le garçon. La terre ouverte vomit des lombrics. Il se redresse. Il brame soudain en voyant là-haut la litorne coiffée de la lune. Le coléoptère rouge grimpe à la perche avec un bruit de mastication et un froissement d'antennes. Il agite ses fines pattes fébriles. Ses ailes s'ouvrent et se referment par à-coups. Après un rétablissement il se hisse à la surface de la barre transversale. Alors, Michaël s'immobilise à l'extrémité opposée de celle qu'occupe déjà la litorne et le pluvier. Tous trois regardent droit devant eux. La litorne et le pluvier, longs, minces, jaune et bleu comme des flambeaux. Le coléoptère rond, corseté d'écailles écarlates, dont le ventre noir brille comme du skaï. Prodigieuse vélocité de la rate qui d'un trait se met à courir en verticale tout le long de la barre. Elle va occuper d'un bond la place centrale entre la litorne Judith et le coléoptère Michaël. Elle est la grande rate aérienne dont les mamelles se gonflent dans le ruissellement de la lune. Le lièvre tellurique s'est approché du portant droit. Il renonce à grimper. Il creuse le sol et s'enfonce dans la fraîcheur et la force de la terre. Seules ses deux oreilles dépassent comme des périscopes. Le crapaud immobile au pied du portant gauche lève sa gueule de Moloch vers la litorne, la rate et le pluvier. Ses flancs sont haletants. Son corps ramassé en motte grouille de petites bosses. Il jette en un éclair la mèche de sa langue sur un insecte qu'il engloutit.

La truite géante s'installe exactement à mi-chemin des deux portants entre le Lièvre et le Crapaud. La rate là-haut au centre de la barre lui correspond. La truite se couche sur son flanc. Elle lève un peu sa tête fusiforme vers la ténébreuse rate. Le portique dresse son théâtre total, aérien et terrestre. Une onde de jouissance traverse les coreligionnaires de cet étrange rite des animaux. Un sentiment de plénitude nous grandit, nous articule à tous les prolongements de la terre et du ciel. Jamais nous n'avons rempli rôles plus définis. Nous nous savons enracinés dans la force et la nécessité des premières peurs et des premiers désirs. Bosch, Grünewald, Gustave Doré et Grandville dressent autour de nous de grandes images légendaires et lumineuses comme des phares. Nous sommes redevenus les enfants que fascinent les bêtes du commencement. Ce n'est pas un hasard si les premières images et les premiers récits que nous avons reçus alors qu'à peine nous sortions des langes furent des histoires d'animaux. Les commencements sont vrais et définitifs. Les bêtes ne nous ont jamais quittés. Intacte nous retrouvons en nous la splendeur du loup.

La cible suivante est le roncier dans lequel la meute glapissante engouffre ses gueules velues, visqueuses ou plumeuses. Le dédale entier avale ce serpent de toutes les bêtes à la file. Aussitôt un frémissement saisit les entrailles du roncier. Les mailles se crispent en petits nœuds noirs et serrés. A peine si la lueur de la lune parvient à passer. Dans les layons, les galeries, les sentes, la faune est alertée. Les hérissons s'enfoncent au creux de leur terrier. Les rats se pelotonnent dans les plus secrètes fentes de la terre. Les vers luisants s'éteignent. Les araignées se contractent comme du charbon. Les criquets ont cessé leur tapage. Les lapins tressaillent en colonies serrées au fond des grottes souterraines.

C'est Diane qui précède et conduit, tel un héraut, la horde des animaux. On traverse les clairières, les cryptes. Les rangs se serrent dans les étroits goulets. La rate renifle les traces de duvet laissé par les petits lapins. Le crapaud plus lourd ferme la colonne. Il progresse au même rythme lent, tenace. Le congre glisse comme un serpent tout exalté de ces senteurs inconnues de champignons, de feuilles, de poils. Il désire enserrer dans ses anneaux le corps de quelque lapine musquée, haletante et lui mordre le cou. La litorne et le pluvier doré sautillent terrorisés par ces ténèbres de la terre. C'est la truite qui souffre le plus, rampant, se dandinant à coups de nageoires, écarquillant ses ouïes saignantes. Mais la course unit, confond les bêtes disparates.

Sous le poil, la plume, l'écaille, la peau ce sont les mêmes entrailles où circule un seul courant de vitalité.

L'entreprise consécutive est la visite des animaux de ma ferme. La faune masquée veut se confronter à la race authentique. Les Judéochrétiens alignés sur la juque supérieure autour du coq supplantent les blancs Asimov serrés au bas de l'échelle. Devant cette porte soudain ouverte et cette brutale profusion de gueules gluantes ou touffues, les poulets se hérissent. Des gloussements, des caquètements fusent dans leurs rangs. Les poules agitent la tête, crête convulsée, leur gros œil oblique tout étonné se dilate. La rate et le congre s'avancent, savourent des yeux ce cordon dodu de cocottes. Qui sera le sacrificateur du grand coq judéochrétien qu'on a prévu de saigner ? C'est le congre qui perpétrera le meurtre. Il se faufile. Il s'enroule à la première juque et se glisse en méandres par degrés. Une violente panique s'est emparée du poulailler. Les bestioles bondissent de tous côtés. Elles tentent de sortir mais sont chaque fois refoulées par la horde des animaux massés devant la porte. Les ailes battent. Les becs, les ergots griffent. Le congre ne s'émeut pas. Il glisse, il grimpe tout doucement vers le coq patriarcal de la dernière juque. Bientôt la cage n'est plus qu'une frénésie de plumes, de pattes et de gueulades. Une indistincte touffe écarquillée de volants, de rectrices, de pennes, de crêtes écarlates. Le congre accroche le coq qui se débat, frappant de l'ergot et du bec. Le congre esquive, s'enroule aux cuisses, au bréchet, au cou du coq. Il étouffe lentement l'oiseau qui gigote. Tout se tait. Le congre a mordu dans le camail gonflé de la gorge. Il ramène le coq tout pantelant dans sa gueule.

La deuxième halte se produit dans la Bergerie. La brebis et ses petits font un vacarme de bêlements en voyant déboucher la ménagerie hirsute. Cette fois, pas de conflit sur le choix du bourreau. Il faut la coopération de toutes les bêtes pour maîtriser les moutons qui bondissent et se cabrent. Les agneaux frère et sœur seront épargnés. C'est la brebis à laquelle les bêtes sautent à la gorge. Elles tiraillent le cou qui violemment les rejette. Les crocs harponnent, s'incrustent dans la profondeur du molleton. La brebis lâche un affreux bêlement en s'écroulant.

Le cortège des animaux quitte la cour de la ferme. Une pause a été prévue dans le grenier de la villa Etoile. Les vasistas sont grands ouverts sous les combles. La lune et les étoiles abreuvent le grenier tout sec. Le grand cerf avance ses bois, les plonge dans une ouverture. Ils ressortent au sommet du toit comme les branches d'un arbre qui voudrait rejoindre les étoiles. Le crapaud s'est pelotonné sous un vieux sommier. On entend ses coassements réguliers. Le congre et la rate nouent un début d'idylle dans une mare de lune. Le grand lièvre tellurique allonge les oreilles dans l'ouverture d'un vasistas à faible hauteur. A l'extérieur les oreilles du lièvre sortent comme les bois du cerf. La truite géante s'ébroue après l'épreuve du roncier. La litorne et le pluvier juchés sur un tabouret, immobiles, fixent la Grande Ourse. Une bande de chats qui s'étaient enfuis à l'arrivée des animaux reviennent peu à peu, par bonds, sinueuses approches, délicates moustaches. Ils dégoulinent de partout. Souples et drus. Leurs yeux de malachite constellent le clair-obscur de ce grenier galactique. Amicalement un petit chaton tète l'abondante mamelle de la rate. Le grand coléoptère a refermé ses élytres pour mieux rêver à la planète Mars.

Nous restons immobiles Christophe, Judith, Pierre, Vivie, Lilua, Rodolphe, Josianne, Lucienne, Michaël : congre, lièvre, cerf, crapaud, litorne, pluvier, rate, truite, coléoptère.

Nous rêvons. Je leur montre à la lueur des étoiles mon talisman : le griffon doré de la Diane. Tous viennent le toucher, le caresser, le baiser. Hélianthe nous irradie de sa force, de sa magie.

Alors, nous avons poussé la porte du cimetière et enfilé les allées sans bruit, à petits pas. Les Christ déploient leurs bras et murmurent, inclinant leur profil devant l'engeance de Jérôme Bosch, cette lente invasion des bêtes de l'apocalypse. C'est la rate qui ne lâche pas de ses yeux de furet la plaie ouverte au flanc de Jésus. Le congre fixe les vierges immaculées, les angelots, les statues de jeunes filles mortes à vingt ans. Il rampe au pied des Marie. Il caresse son échine élastique contre la robe voilant les cuisses. La truite s'est introduite dans une tombe fraîche qui sera probablement comblée demain. Elle s'écarquille dans la terre. Son ventre resplendit sur des tons d'aurore. Le grand cerf arrive à la hauteur des Christ. Les bois ondulent au rythme de sa marche entre les couronnes d'épines. Le cerf s'arrête devant une grande croix. Il lance l'épée d'un andain qu'il retourne dans le flanc immémorial du plus haut des Christ.

Nous sommes rassemblés au Mausolée d'Hélianthe, dans la petite cour de l'obélisque. Nous nous sommes démasqués. Vivie toute bouclée a jailli des écailles jaunes de la truite. Elle est agile et dansante comme une statue de Vishnu. Judith a décroché son masque de litorne. Son ovale pur domine le bréchet de bristol emplumé. Christophe a dégrafé la boutonnière unissant les deux volets de son plumage de pluvier. Son torse comme un cierge émerge des ailes rejetées. Pierre empoigne les oreilles de son habit de lièvre et d'un grand coup les repousse comme un heaume. Sa tête négroïde surnage de cette citadelle de poil roux. Lilua s'est débarrassée de sa lisse combinaison de grand congre. Elle a dégagé ses membres graciles, mais peut-être un peu trop poilus — quoique délicatement — pour une fille. Michaël écarte ses élytres de coléoptère. Il ressemble à Mercure tenant encore dans chaque main, de part et d'autre de ses aisselles déployées, ses grandes ailes rouges et brillantes. On dirait qu'il émane du palais même de son corps. Lucienne a dépouillé sa lourde fourrure de rate et ses mamelles postiches. Ses seins très courts sont vernis de sueur. Elle a le ventre étroit et blanc comme un couteau. Rodolphe souffle en soulevant au-dessus de sa tête sa coiffe de grand cerf plus architecturée que la forêt de Brocéliande. Henri ouvre sous le nombril le gros bouton qui tient sa coruscante tunique. Par une espèce de césarienne rapide il s'extirpe de ses écailles de crapaud. Henri a la peau très blonde. Il est dépourvu de muscles. Ses hanches sont un peu rondes. Entre les cuisses il n'a qu'un duvet pointu. Je m'étire sur l'amoncellement doux de toutes les fourrures abandonnées. Je baigne dans leurs matières et leurs senteurs confondues. Diane appuyée contre mon cœur me lèche les mains. L'obélisque autour duquel nous sommes réunis indique comme un doigt juste à la verticale, une invisible planète : jumelle sauvage de la terre.

Bientôt nous nous lassons de cette cour étroite. Mais l'obélisque a rechargé de sa force la bande des animaux. Les masques sont de nouveau ajustés. C'est un confus grouillement de bêtes qui jaillit du cimetière... Nous nous lançons à travers champs, les chemins ondulent dans la course. Toujours la Diane dirige la horde fouettant le vent de sa crinière rousse. Nous possédons nos rôles à fond. Nous sommes ces animaux personnifiés qu'on voit courir en groupe dans les albums d'enfants... Notre cortège fou se dénoue sous les arbres qui sentent bon la lune, la mousse et la nuit. Nous voudrions galoper ainsi pour l'éternité, frénétiques et jubilants, dans un tohu-bohu de bêtes complices, lâchées sur le monde entier. Nous ressentons comme une fureur d'exhibition. Nos travestissements nous procurent une force inouïe. Pour peu, l'on se serait dévorés de plaisir comme les animaux débridés de la jungle...

Nous quittons la campagne et dévalons la rue du village pour rejoindre la mer. Le martèlement des sabots, les reptations de l'écaille, les frottements des griffes, un fracas d'appels de toutes sortes réveillent les villageois. Des lumières éclairent les façades à hauteur des chambres. Ces falots lentement se répondent d'un bout à l'autre de la rue. Les rideaux s'écartent. Des visages grimaçants, distendus par l'obscurité surgissent et se penchent. Le flot échevelé des bêtes bat le trottoir et roule dans les ruelles. Toutes ces bobines menaçantes allumées dans le cadre des fenêtres excitent les hurlements des chienlits qui galopent. Le cerf heurte les portes, le congre pisse sur le pas des boutiques. La rate escalade une gouttière et va houspiller un couple. Le mari à coups de poing essaie de désarçonner la rate tandis que la mégère glapit en sortant ses griffes. Tous les animaux se groupent sous la fenêtre pour applaudir la rate. Le couple recule devant cette masse ténébreuse d'où saillent des gueules plates et fuyantes de poissons, des profils simiesques, des museaux réjouis de serpents, de gros becs d'oiseaux qui claquent, des mufles béants de crapauds. Houle de crinières, de cornes, de queues, de mamelles, d'écailles, de mandibules, d'ailerons martelant la muraille.

Le couple a soudain rabattu la fenêtre et bouclé les volets. La rate s'obstine à tambouriner sur les lattes longtemps en poussant des cris stridents.

Puis le village est déserté en un clin d'œil. On envahit la plage. La mer basse découvre le parterre gluant et sauvage de la moulière. Les bêtes se poursuivent dans les rochers. Le cerf de ses bois transperce un bébé poulpe. Le crapaud trône au sommet d'un grand roc d'où il dresse le mufle vers le village en proférant de longs coassements. Le hameau serré tremble sous le choc de cette fureur de la terre. Le grand coléoptère survole le village en décrivant des cercles. Dilaté, rouge. Dure carapace dorsale et ventre mou. Pattes courtes poilues. Museau trivial. Antennes fébriles. On dirait le monstre central et volant de *la Tentation de saint Antoine* par Callot. La bordure d'un soleil sanglant émerge peu à peu de l'horizon. La moulière se couvre aussitôt d'un réseau de veines, d'artères pourpres irriguant les masses biscornues du varech et des rochers noirs. Le paysage est glauque, planté de crinières d'algues, travaillé de bouillonnements et creusé de flaques. Chaos où frémissent les animaux à écailles, ailerons, toisons... Toutes les bêtes sont tournées vers le soleil naissant qui les rougit, les distend, leur taille dans la chair un masque mobile et sanguinolent. Ils forment une île compacte d'où se détache le relief tourmenté des becs, des trompes, des hures, des antennes, des groins, des cimiers, des museaux. C'est comme une roue ténébreuse armée de protubérances plus ou moins solides, plus ou moins érectiles. Un grand mugissement de bestialité face au soleil qui grandit. Plus que *la Tentation de saint Antoine* par Bosch, Bruegel ou Callot, l'ensemble évoque cet oblique resserrement du tableau de Grünewald tout hérissé de becs et de gueules. Et c'est comme si ces bêtes souffraient horriblement de la naissance du soleil... L'œil vide, tremblantes, elles regardent l'astre épais, gluant. Elles crient, elles veulent dire des choses qu'elles n'arrivent pas à dire. Elles ont mal d'un vieux mal planétaire et incompréhensible.

La balade des monstres se poursuivra au pied des falaises fendues et dans les blockhaus. La mer d'un seul galop a rejoint le rivage. L'écume et le vent du matin fouettent la cavalerie des vagues meurtrières. L'oriflamme du Levant ondule devant la gueule des sphinx bétonnés.

C'est dans les grands blockhaus retentissant du choc des vagues que la fête s'achève. L'aurore traverse de filaments rouges les voûtes noires. Des émanations d'algues et de sable mouillé se glissent contre la peau. Règne un parfum de poisson, d'urine, de force et de mort. Les animaux s'accouplent dans les ombres. Le congre a pénétré le pelage de la rate féconde. Le grand coléoptère enfourche le crapaud. Le batracien ressemble à un dragon hybride. Dans sa base molle, gonflée, visqueuse s'enchâsse un caparaçon rouge déployé en élytres. La truite aux écailles béantes a reçu le grand lièvre de la terre. La litorne et le pluvier confondent leurs plumages aux incrustations or et mauve. Le grand cerf regarde la mer d'où peut surgir à chaque instant quelque Léviathan, hydre du large, faisant rouer sous la ligne de son dos la courbe de son ventre immense et pur. Les fragments du vison parsèment l'obscurité de reflets brillants. Dans la gueule ouverte du blockhaus soudain jaillit le soleil comme un sang bouillonnant qu'aurait craché la mer. Les bêtes mêlent leurs soubresauts dans un flamboiement sombre. L'écaille fait miroiter la peau. Une griffe ouvre un long pelage. D'une toison écorchée sort un ventre liquide. Deux cuisses s'épanouissent blanches comme un pelage. Un groin fouille une bouche. Des ailes frémissent rouges sur des reins noirs. Un bec harponne une lèvre sanglante. Le blockhaus n'est plus qu'un seul monstre d'écailles, de plumes, de poils et de peau nue. Une seule tête aux reliefs de bouches, de becs et de museaux. Sexe unique convulsé de creux et de saillies, écarquillé de feu et gorgé de nuit.

Le lendemain nous ressentîmes un grand écœurement. Une dispute opposa Christophe et Judith. Des jalousies éclataient sur nos occupations de la nuit. Je voulus arrêter la querelle. Ils se liguèrent contre moi. Je les traitai de petits novices. Ils me renvoyèrent une insulte choisie, ulcérante. Ils partirent en claquant la porte. La police arriva avec une liste de griefs signée par la population du village. Tapage nocturne, provocations, mascarade, exhibition...

Deux jours passèrent sans que j'eusse revu Christophe et Judith. Etrangement, ils ne me manquaient plus. L'injure humiliante et précise qu'ils m'avaient décochée s'était envenimée et durcie dans ma chair. Leurs visages dès que je les évoquais m'apparaissaient déchus, mesquins et grimaçants. Je sentais autour de moi la violence du village.

Tôt, je quittai la maison pour chasser le lièvre avec Diane à la lisière des bois. Un plateau s'étendait déclinant d'un côté vers la mer et de l'autre se perdant au fond des forêts.

La surface était plantée d'une herbe haute et sèche, favorable au gîte. Un galon de mûres commençait à décorer les ronciers. Des cargos remontaient lentement l'estuaire que descendaient en sens inverse la flottille des petits chalutiers de Honfleur. En marge, tout seul à la surface de la mer glissait un grand navire blanc : un bananier qui revenait du Congo. Deux pigeons remontaient d'une première randonnée au-dessus des campagnes. J'abattis le premier qui tomba à pic. Mais le second m'échappa d'un vol heurté, zigzaguant, qui prouvait que je l'avais touché. Je ramassai la première victime dont la touffe tiède et si mièvre me surprit. Cette odeur de sang chaud, cette maturité du gibier de fin d'été m'infligea une brève nausée. D'autres chasseurs apparurent en bandes nombreuses. J'entends d'abord les éclats de voix en contrebas. Le bord du plateau est toujours nu. Mais j'aperçois les chiens, actifs museaux filant au ras du sol. Puis les fusils pointent, les casquettes. Je vois bondir en surface la vague des laines, des bandoulières, des vestes kaki. Les chasseurs dès qu'ils m'aperçurent déployèrent exprès leur rang en face de moi de façon à me couper le chemin et à gâcher ma battue. J'aurais dû partir. Mais je me sentais dans mon droit de premier occupant. En outre Diane depuis un moment lâchait des jappements fébriles. Frémissante et roidie, l'œil fou elle me signalait l'imminence du gibier. Les chasseurs avançaient à grandes enjambées énergiques. Leur bande en une souillure galopante se découpait sur le ciel pâle. Derrière eux la mer bouillonnait. Sa voix rauque montait poussée par le vent d'ouest, celui de la pluie, de la fécondité et de la mort. Les chiens sillonnaient l'étendue en un treillis serré, rapide, alerte et bondissant. Je poursuivais ma progression, précédé de Diane. Le lièvre débusqué allait jaillir d'un instant à l'autre. J'espérais le tirer avant que les autres ne fussent à portée. Après l'avoir fourré dans ma veste j'aurais tourné les talons et abandonné le terrain désert à l'ennemi. Ma vengeance eût été parfaite. Mais le lièvre tardait à débouler. Il devait être gîté un peu plus loin. Pourtant l'excitation de Diane attestait qu'on était près du but. Je m'approchai encore de la ligne des chasseurs. Je percevais leurs mots d'encouragement aux chiens : exhortations brèves, furtives, lâchées comme des jurons érotiques. Je distinguais le halètement des bêtes furetant, battant chaque pouce de terrain. J'entendis le froissement des bottes contre les tiges et cette espèce de tumulte de la respiration matinale, ahanement des muscles et de la marche des hommes. Une sorte de bouffée d'amitié traversa ma haine. Un lyrisme soudain qui me saisissait pour ces chasseurs obstinés, mauvais, lancés contre moi comme un défi. Me pénétrait l'odeur de leurs chiens, de leurs fusils huilés, de leurs vestes marron gribouillées de sang, de leurs cartouchières... Une odeur de patine, de poil, de cuir et de terre.

Diane s'était figée, levant une patte. Elle avait le museau trémoussant, l'œil fixe, visionnaire. Le lièvre déboula, oreilles couchées, lourde trombe de pelage. Je fis feu. Diane s'élança. Les coups éclatèrent en face. Je vis le lièvre rouler tué net, puis la chienne s'affala juste après. J'étais paralysé... Un chasseur se détache soudain du groupe, court vers le lièvre et l'empoigne avec une énergie têtue, méchante. Brusquerie de cette silhouette qui galope, grossit, se déhanche, se casse sur le lièvre tué. Diane... Je m'élançai. La Diane était couchée morte. Pelisse flamboyante, immobile. Je regardais les chasseurs qui sans un geste, sans un mot déviaient légèrement de ma route pour continuer la battue. Je les voyais, je sentais l'odeur de Diane : lait, musc et suint. Une odeur de force, de vie, de bonté. Il me sembla distinguer entre les chasseurs une grimace diffuse, un ricanement sinueux. Je saisis mon fusil, je tirai : aucune détonation mais un déclic à vide. Sans réfléchir j'avais utilisé le coup droit que je venais de lâcher contre le lièvre. Dans la même seconde ma pensée bondit de nouveau. J'appuyai sur la détente gauche, le coup partit. Je vis la bande des chasseurs subitement pétrifiée. J'entendis leurs cris. Une silhouette titubait, s'effondrait sur un chien qui s'esquiva avec un glapissement saugrenu. Dans sa chute le chasseur blessé se ressaisit, se braqua et tira sur moi. Le coup m'atteignit de biais. Il m'effleura le visage. J'étais intact hormis les yeux dont la prunelle fut tranchée par la griffe des plombs... Plus tard, le tribunal jugea le châtiment suffisant. On n'emprisonne pas les aveugles...

A présent tout est fini, le drame déplié. Rien ne peut troubler la nuit. J'avance vers ma source. Des bêtes sortent de l'ombre. Leurs fourrures brûlantes me protègent. Plumes, pelages, écailles. Tout un faisceau de forces me berce, me conduit. Maintenant je connais l'héritage et l'ascendance. J'ai débloqué mes espaces imaginaires. Partout des filiations. Le Cerf porte dans ses bois immenses le cercle parfait de la lune. Le grand Lièvre sort de la terre pour circuler dans le ciel... La Voie lactée c'est la Truite. Le vison concentre sa splendeur d'astre noir. Aux quatre points cardinaux brillent le Pluvier doré, la Litorne, les constellations du Congre et du Crapaud. Au zénith il y a le Griffon.

Je plonge... De partout affluent les crinières rousses. C'est dans la nuit qu'éclate la plus grande lumière de ma vie. Du fond de l'obscurité le soleil d'Hélianthe. Etrange cavale rouge, fée cynocéphalique, Artémis aux seins noirs. Fille de Nerval et de Mars. Tu me happes dans tes cercles de grande chienne cosmique. J'embarque derrière toi entouré de tous les animaux. A nous l'arche aux dimensions de la terre.

IMPRIMERIE BUSSIÈRE À SAINT-AMAND (CHER)
DÉPÔT LÉGAL NOVEMBRE 1988. N° 10389 (5916)

Collection Points

SÉRIE ROMAN

DERNIERS TITRES PARUS

R248. L'Alliance, tome 2, *par James A. Michener*
R249. Juliette, chemin des Cerisiers, *par Marie Chaix*
R250. Le Baiser de la femme-araignée, *par Manuel Puig*
R251. Le Vésuve, *par Emmanuel Roblès*
R252. Comme neige au soleil, *par William Boyd*
R253. Palomar, *par Italo Calvino*
R254. Le Visionnaire, *par Julien Green*
R255. La Revanche, *par Henry James*
R256. Les Années-lumière, *par Rezvani*
R257. La Crypte des capucins, *par Joseph Roth*
R258. La Femme publique, *par Dominique Garnier*
R259. Maggie Cassidy, *par Jack Kerouac*
R260. Mélancolie Nord, *par Michel Rio*
R261. Énergie du désespoir, *par Eric Ambler*
R262. L'Aube, *par Elie Wiesel*
R263. Le Paradis des orages, *par Patrick Grainville*
R264. L'Ouverture des bras de l'homme, *par Raphaële Billetdoux*
R265. Méchant, *par Jean-Marc Roberts*
R266. Un policeman, *par Didier Decoin*
R267. Les Corps étrangers, *par Jean Cayrol*
R268. Naissance d'une passion, *par Michel Braudeau*
R269. Dara, *par Patrick Besson*
R270. Parias, *par Pascal Bruckner*
R271. Le Soleil et la Roue, *par Rose Vincent*
R272. Le Malfaiteur, *par Julien Green*
R273. Scarlett, si possible, *par Katherine Pancol*
R274. Journal d'une fille de Harlem, *par Julius Horwitz*
R275. Le Nez de Mazarin, *par Anny Duperey*
R276. La Chasse à la licorne, *par Emmanuel Roblès*
R277. Red Fox, *par Anthony Hyde*
R278. Minuit, *par Julien Green*
R279. L'Enfer, *par René Belletto*
R280. Et si on parlait d'amour, *par Claire Gallois*
R281. Pologne, *par James A. Michener*
R282. Notre homme, *par Louis Gardel*
R283. La Nuit du solstice, *par Herbert Lieberman*
R284. Place de Sienne, côté ombre
par Carlo Fruttero et Franco Lucentini
R285. Meurtre au comité central
par Manuel Vázquez Montalbán

R286. L'Isolé soleil, *par Daniel Maximin*
R287. Samedi soir, dimanche matin, *par Alan Sillitoe*
R288. Petit Louis, dit XIV, *par Claude Duneton*
R289. Le Perchoir du perroquet, *par Michel Rio*
R290. L'Enfant pain, *par Agustin Gomez-Arcos*
R291. Les Années Lula, *par Rezvani*
R292. Michael K, sa vie, son temps, *par J. M. Coetzee*
R293. La Connaissance de la douleur, *par Carlo Emilio Gadda*
R294. Complot à Genève, *par Eric Ambler*
R295. Serena, *par Giovanni Arpino*
R296. L'Enfant de sable, *par Tahar Ben Jelloun*
R297. Le Premier Regard, *par Marie Susini*
R298. Regardez-moi, *par Anita Brookner*
R299. La Vie fantôme, *par Danièle Sallenave*
R300. L'Enchanteur, *par Vladimir Nabokov*
R301. L'Ile atlantique, *par Tony Duvert*
R302. Le Grand Cahier, *par Agota Kristof*
R303. Le Manège espagnol, *par Michel del Castillo*
R304. Le Berceau du chat, *par Kurt Vonnegut*
R305. Une histoire américaine, *par Jacques Godbout*
R306. Les Fontaines du grand abîme, *par Luc Estang*
R307. Le Mauvais Lieu, *par Julien Green*
R308. Aventures dans le commerce des peaux en Alaska *par John Hawkes*
R309. La Vie et demie, *par Sony Labou Tansi*
R310. Jeune Fille en silence, *par Raphaële Billetdoux*
R311. La Maison près du marais, *par Herbert Lieberman*
R312. Godelureaux, *par Éric Ollivier*
R313. La Chambre ouverte, *par France Huser*
R314. L'Œuvre de Dieu, la part du Diable, *par John Irving*
R315. Les Silences ou la vie d'une femme, *par Marie Chaix*
R316. Les Vacances du fantôme, *par Didier van Cauwelaert*
R317. Le Levantin, *par Eric Ambler*
R318. Béno s'en va-t-en guerre, *par Jean-Luc Benoziglio*
R319. Miss Lonelyhearts, *par Nathanaël West*
R320. Cosmicomics, *par Italo Calvino*
R321. Un été à Jérusalem, *par Chochana Boukhobza*
R322. Liaisons étrangères, *par Alison Lurie*
R323. L'Amazone, *par Michel Braudeau*
R324. Le Mystère de la crypte ensorcelée, *par Eduardo Mendoza*
R325. Le Cri, *par Chochana Boukhobza*
R326. Femmes devant un paysage fluvial, *par Heinrich Böll*
R327. La Grotte, *par Georges Buis*
R328. Bar des flots noirs, *par Olivier Rolin*
R329. Le Stade de Wimbledon, *par Daniele Del Giudice*
R330. Le Bruit du temps, *par Ossip E. Mandelstam*
R331. La Diane rousse, *par Patrick Grainville*